U0905765

长线伏行

长篇小说

蔡必贵 著

图书在版编目（CIP）数据

长线伏行 / 蔡必贵著. — 南京：江苏凤凰文艺出版社，2020.9

ISBN 978-7-5594-4925-2

Ⅰ. ①长… Ⅱ. ①蔡… Ⅲ. ①长篇小说—中国—当代 Ⅳ. ①I247.5

中国版本图书馆CIP数据核字（2020）第089778号

长线伏行

蔡必贵　著

责任编辑　孙金荣
策划编辑　王安琪
特约编辑　郑嘉期
责任校对　孔智敏
出版统筹　孙小野
出版发行　江苏凤凰文艺出版社
　　　　　南京市中央路165号，邮编：210009
网　　址　http://www.jswenyi.com
印　　刷　三河市金元印装有限公司
开　　本　880毫米×1230毫米　1/32
印　　张　9.5
字　　数　218千字
版　　次　2020年9月第1版
印　　次　2020年9月第1次印刷
书　　号　ISBN 978-7-5594-4925-2
定　　价　46.00元

二〇一九年五月二十一日，

多名科学家提出申请，

希望确立一个新的地质年代——

人类世，

以表明人类活动对地球造成的巨大影响。

一

二〇〇一年夏，深圳，关外。

廖喜正在打麻将，他今晚手气很差，一直在输，好不容易做了副大牌。

这里是工厂旁的小店，棚子下面放两张麻将桌，打个通宵只收十块。当然，店主醉翁之意是在水钱和烟钱。来打麻将的，大都是附近厂里的工人，打个五毛一块，通常不构成赌博，所以明目张胆地打也没人管。

小店旁有个夜宵摊卖炒米粉，两块钱一份，加蛋两块五。这时候是晚上十点多，工人们跑来吃夜宵，老板忙得热火朝天，像在打仗。拿到炒米粉的人，就手托泡沫饭盒，围在麻将桌旁，边吃边看。

廖喜做的是豪华七小对，缺一张北风。

七月正是深圳最热的时候，棚顶的塑料小吊扇咿咿呀呀，形同虚设，他胸前早已被汗湿透，自然卷的头发一绺绺贴在额头上。天气闷热得要人命，他又输了一整晚，却不急不恼，脸上笑嘻嘻的，认认真真搓着牌。

廖喜对面坐的是山林雪，他搭档，沈阳人，今年二十七岁。山林雪高高瘦瘦，头顶上有两个旋，据说这种人天生脾气倔。这么热的天气，山林雪一件白衬衫扣到喉咙，身上一滴汗也没有。他今晚没怎么输，也没怎么赢。

轮到廖喜摸牌了，他食指跟中指扣起一张麻将，拇指在底下用力摩挲，口中念念有词。只见他神色一凛，所有人都盯着那张牌，他右手高举，夸张地往桌上一摔，啪，却是一张五万。

廖喜哈哈笑道："吓不死你们。"

下家是个三十来岁的河源人，姓刘，他没有再给廖喜表演的机会，摸了张三筒，鸡和，结束这一局。原来，廖喜要和的北风都扣在老刘手里。

廖喜满不在乎地推牌，洗牌，哗啦啦弄出很大声响说道："再来再来。"

就在这时，他裤袋里振动了一下，于是掏出一部手机，诺基亚新款，蓝色冷光屏上，显示着一条短信：速回。

几乎同时，山林雪也收到了信息。

山林雪看了一眼手机："走吧，廖老板。"

廖喜点点头，然后站起身来："不好意思啊，有事。"

他掏出荷包，抽出一张一百，又抽出一张一百，轻轻放在麻将桌上。

"多的请大家喝水抽烟。"

另两个人都站了起来，笑容可掬："廖警官慢走，廖警官太客气了。"

又转过头对着山林雪："山警官慢走。"

两人并排往外走，廖喜在本地人里算高的，山林雪高他半个头，加上廖喜壮实，山林雪瘦削，走在一起有点哼哈二将的意思。

山林雪问道：“你故意的吧？一整晚没和，给老刘送钱。”

廖喜打哈哈：“一点点小钱，当特勤费咯。”

把两百块说成一点点小钱，廖喜自有他的底气。虽然刑警工资只有两千多，但他从来不缺钱。话说回来，他们打麻将，同样是醉翁之意不在酒，真正的目的是在观察一个追了很久的嫌疑人有没有藏匿在附近。

“你说，都这么晚了，洪队找我们干吗？”廖喜问道。

“回警署就知道了。”

山林雪说的警署，指的是布古警署，全国第一个，也是最后一个警署。从地图上看，布古镇往下是罗湖，罗湖再往下就是香港，所以拿布古镇来当试点，效仿香港，学习那边先进的警察机构管理模式。

布古警署隶属深圳市龙港分局，设有一名署长，两名分管副署长，署长由龙港分局副局长兼任；警署下设刑警中队，又划分为侦查分队、技术分队、治安分队，另有法制组和内勤办公室，并下辖布古、板田、萝岗、土径等八个派出所。

在当时，布古镇号称全国第一镇，面积三十平方公里，人口超过一百万，大部分是外来人口和流动人口；与此相比，整个警署只有二百多名警察，包括文职跟出勤干警，算下来，平均每个警力要负责五千人的治安。压力之大，可想而知。

廖喜跟山林雪都是刑警侦查分队的，队里小二十号人。队长姓洪，是个部队转业的老刑警，惠州人，文化水平不高，但业务能力很强。

快十一点了，洪队还喊他们回警署，肯定是有大事。

两人脚步匆匆上了车，这是署里最老的一部三菱帕杰罗，车上空调没雪种了，开到最大也不管用，廖喜就一个劲喊热。

山林雪边开车边问：“有这么热？”

廖喜语气夸张道：“是人都热啦，好不好？你以为像你啊，冻死鬼投胎。”

山林雪没有答话，只是专心开车。

到了署里，会议室灯火通明。两人推门而进，里面坐了十几个人，中队里没出差、没在案上的基本都来了，还有几个生面孔，估计是分局下来的人。

洪队站在台上，看了他们一眼，两人赶紧在后面找位置坐下。

洪队清了清嗓子：“向大家介绍下，这是分局刑警大队的蔡科长，这两位是他的得力干将小郑、小冯，来协助我们办案的。接下来，有请蔡科长介绍案情。”

说完话，洪队便站到了一边，表情很严肃。

蔡科长是北方人，一口标准的普通话，抑扬顿挫，比洪队的夹杂着客家方言的普通话顺耳多了。

案子很简单，有个高中女学生失踪了。

好端端的人突然不见了，在当时的布古镇，算不上什么新鲜事。镇上一百多万人口，打工的、做生意的、建房子的，还有偷鸡摸狗的，流动性很强。许多来派出所报失踪的，小孩子离家出走两天，自己就回来了，成年人找了半个月，后来发现到另一个地方打工去，或者干脆回了老家。布古镇本就警力不足，实在无法对每个“失踪”案，都抽调人手去侦查。

在当时的布古镇，到派出所里报失踪，一般要等到四十八小时以后，才能受理。哪怕过了四十八小时，立案了，调查起来难度也很大。

当然，还有另一种情况，比如某年某月在某处发现了无名尸体，这时候会调出记录，看能否跟哪个失踪人口对上。

这次的情况有些不同。

今天晚上七点四十分，一对夫妻到布古派出所报案。这对夫妻都是初中教师，丈夫姓许，妻子姓王，报称他们十七岁的女儿许静失踪了。

许老师说，女儿早上八点多出门，去布古镇的人才市场找一份家教的工作，结果到现在还没回家。女儿从小品学兼优，特别乖，家里没有让她去打工挣钱的需要，是她自己坚持，说是要趁着暑假挣点钱，减轻爸爸妈妈的负担。

派出所的民警说，早上八点到现在，还没到十二小时，没法立案。可能是去同学家玩了，再等等，不用急。

许老师的妻子王老师马上激动起来，说不可能，她女儿很乖，就算要去哪里玩，也一定会打个公用电话，跟家里人申请。现在人没回来，电话也没一个，肯定是出事了。

民警还是劝，不用着急，回去再等等，如果许静明天还没回家的话，再过来报案。

王老师当场情绪失控，边哭边骂，说民警不负责任，草菅人命。许老师对妻子好言安慰，又向民警道歉，两人一起离开了派出所。

所里也没当回事，结果半小时后，市局领导来了个电话，把他们劈头盖脸骂了一顿。原来，这对普通的教师夫妻，却有其不普通之处，所以他们的女儿失踪，却得不到救助，便成了让市局领导难堪的一件事。领导大发雷霆，骂完派出所民警，便责令龙港分局成立专案组，限三天内把人找到。

蔡科长总结道："情况就是这么个情况。我知道，我们布古镇人口多，环境复杂，丢了个小女孩，就像大海里丢了根针。但是，我跟领导立了军令状，哪怕让它海枯石烂，哪怕再掘地三尺，也必须把这根针找到。同志们，有没有信心？"

会议室里稀稀拉拉回应："有。"

洪队的脸色不好看了，大声喝道："有没有？"

大家这才一鼓作气："有！"

蔡科长拍拍洪队的肩膀说道："老洪，辛苦。"

洪队紧抿着嘴，点点头。

接下来，洪队开始安排具体工作。内勤已经打印好了资料，在场的人手一份，上面印有失踪少女的个人资料、家庭住址，还有许静从小学到高中的所有同学和老师的联系方式。

会议室里，一时都是掀动纸张的哗哗声。

山林雪跟廖喜同时翻开资料。许静，女，一九八四年生，十七岁，身高一米六五，体重四十七公斤。老家福建莆田，一九九六年随父母迁到布古镇，目前就读布古中学高中部。成绩优良，社会关系简单。父亲许文远，四十二岁，初中语文老师；母亲王晓霞，三十九岁，初中数学老师。

资料上，还有一张许静的照片。照片上的她甜甜地笑着，虽然是黑白打印，也能看出样貌清秀，性情温柔。

洪队吩咐，会议室里这十来号人，分成五个小组。一组去人才市场，走访还在营业的店铺；二组搜查布古镇大大小小的网吧宾馆；三组上门找许静的老师同学；四组去火车站和汽车站；廖喜和山林雪是第五组，负责去许静家，跟她父母了解详细情况，看还有没有线索可以挖。

洪队坐镇署里，蔡科长到市局汇报。五组人马，有重要线索及时汇报，如果没有，明天早上七点统一回警署集合。

任务安排好，洪队站在台上说道："我没蔡科长那么有文化，我只知道，人是在我们这丢的，就必须由我们找回来。布古镇可以丢人，我们布古警署，丢不起这个人！听明白了吗？"

台下齐声喊："明白！"

于是便散会。

一群人呼啦啦往外走，洪队站在门口，用力看着每一个人。

警署没有专门的停车场，刑警们都把车停在路对面的家居城。过马路的时候，大家抽烟的抽烟，打电话的打电话，对于即将到来的通宵工作，没有一个人发牢骚。干刑警这一行，早就习惯了。

廖喜也给小谌打了个电话，说今晚有任务，回不去了，让她早点睡。

小谌大名谌紫微，是廖喜女朋友，舞蹈老师，江西宜春人。山林雪工作三年，没有拍过拖，一直单身。

两人还是开那辆帕杰罗，廖喜钻进驾驶室："你看出来没？洪队今晚不太对劲，话里有话。"

山林雪打火，松手刹："看出来了。"

"你不想知道为什么吗？"

"不想。"

廖喜自讨没趣，打开车窗，点了根烟。

许静家住在布古花园，跟警署离得不远，十分钟就到。

山林雪开着车，突然来了一句："我们的侦查手段太落后了。"

“哦？”

山林雪继续说道：“都二十一世纪了，侦查破案还是靠走访，排查，蹲守，走群众路线，跟十年、二十年前没什么区别。”

“那不然呢？”

山林雪来了精神：“不然，我们应该依靠高科技，比如说，你看这条路，隔两百米装一个摄像头，二十四小时不间断，数据实时上传。这样一来，无论发生什么，调出对应的摄像头就能知道当时的情况。”

廖喜笑道：“装这么多摄像头，你给钱？”

山林雪滔滔不绝：“我们还应该每人配一个机器，输入身份证号，不对，应该是个扫描仪，像百佳超市收银那种，扫一下人脸，就能知道他所有信息，家庭，配偶，单位，有没有犯罪记录。”

“科幻电影啊？”

山林雪没理他，继续道：“还有，像网吧、游戏厅、宾馆、夜总会什么的，都必须要用身份证，不然就不给消费。跟摄像头一样，所有数据实时联网。这样一来，不光找人方便，有案底的人一在这些地方出现，我们马上就能掌握……”

廖喜打断他：“停停停，要是真有这些东西，还要我们干吗？”

“不要我们了，那就下岗，你嘛廖老板，可以去继承你爹的公司。”

廖喜笑了笑：“什么狗屎公司，我才不要。你呢，真到那时候，不当警察，去干吗？”

山林雪沉默了一会儿：“真到那时候，我就当一个专业罪犯，找出系统里的漏洞，去犯案，反过来逼着系统自我完善。系统越完善，敢犯法的人就越少。到最后，我们这个国家，就不会再有犯罪。”

廖喜愣了一下，哈哈大笑：“我靠，阿雪，你有病啊。”

廖喜摇摇头，又说道:“好啊，你犯罪，我还是当警察，专门抓你，然后……”

山林雪刹车:“到了。”

车停在布古花园保安岗亭前，山林雪出示警官证，开进小区。两人停好车，便上了楼。

许静家在五楼，没有电梯，廖喜爬完楼梯，又是汗流浃背。

许老师夫妇早在客厅等着。

廖喜一进门，刚表明身份，王老师便冲了过来，呼天抢地:“警察同志，你们一定要找回我女儿啊。”

许老师拉着她，回沙发上坐下。

这一对教师夫妻，丈夫高大瘦削，文质彬彬；妻子虽然有点发胖，加上头发凌乱，眼睛也哭肿了，仍能看出年轻时是个美人。有这样一对父母，也难怪许静长得好看又有气质。

廖喜也在沙发坐下，安慰道:“王老师，你不要急，我们整个警署都出动了，一定能把人找到。”

山林雪也说道:“王老师，您要相信人民警察。”

山林雪是北方人，对着长辈上级或者陌生人，会礼貌地用“您”来称呼；南方大部分人，比如廖喜，就没有这个习惯。

山林雪坐在沙发另一边，掏出本子记录。他们这对搭档向来如此，廖喜问，山林雪记。廖喜长得慈眉善目，人畜无害，便于让受访者放下戒备，畅所欲言。山林雪心细，逻辑缜密，能提炼重点，找出疑点，并适时把话题拉回正轨。

廖喜问道:“王老师，你仔细回想一下，早上许静出门的时候，情况是怎么样的？越详细越好。”

王老师抬头看她丈夫："许老师，要不，你来说吧。"

"好的，王老师，你去厨房倒两杯茶。"

廖喜不由得好笑，这对夫妻在自己家，还以老师相称，对女儿，难道也喊许同学？

许老师比妻子镇定多了，他用手指敲敲茶几，像讲课一样，说得不疾不徐，有条有理。

据许老师回忆，女儿许静是早上八点半出门的，最迟不超过八点三十五分。出门时，她穿着一条蓝色牛仔裤，一件佐丹奴黑色短袖，因为怕被抢所以没背包。简历跟成绩单拿在手上，口袋里有五十四块零钱，是王老师昨晚就准备好的，用来搭车买水吃午饭打电话。头发是扎起来的，特意戴了一副平光眼镜，说这样会显得成熟些。

王老师把她送到小区门口，看着女儿上了 211 路公交车。从布古花园到布古人才市场，两块钱，三站路。本来她要陪着女儿去的，但女儿坚持说要锻炼自己，而且难得暑假，让妈妈在家好好休息。

王老师刚好倒茶出来，听她丈夫这么说，情绪又激动起来，带着哭腔："我应该陪她去的，静儿这孩子，就是太懂事了，太懂事了。"

许老师轻声道："好了，别说了。"

王老师马上安静下来，坐到沙发上，低着头，不断抽泣。

廖喜跟山林雪对视了一眼。

看起来，在这个家庭里，男主人是绝对权威，说一不二。而且，父亲对女儿出门时的情况，事无巨细，从衣着打扮，到时间节点，连五十四块零钱都记得那么清楚。这说明他不仅掌控财务，而且对妻子也好，对女儿也好，都管得比较严。

"许静上了 211 路，能确定她是在人才市场下的车吗？有没有可能去了别的地方？”

山林雪问道。

廖喜赶紧圆场：“就是说，许静到了人才市场之后，有没有告诉你们？”

“有，用公用电话打回家了。”许老师说道。

山林雪仍然不识趣，接着问：“她有没有可能去了别的地方玩，但是跟您说在人才市场，比如说，网吧？”

许老师有点生气：“许静跟那些坏学生不一样，她从来不骗人，更没有去过网吧。我去年就给她买了电脑，还去那干什么？”

山林雪继续问：“那她有没有比较好的朋友？”

“没有。”

王老师看气氛有点僵，解释道：“静儿下学期就高三了，学业比较紧，所以许老师……所以我们，建议她不要跟别的同学玩，尤其是那些不三不四的。”

“高三不加把劲，就只能上中大了。”许老师说道。

廖喜有点想笑，幸好忍住了。他自己是一九九六年参加的高考，连深圳大学都没考上，因为想当警察，就去了市公安局警察训练学校。中山大学可以说是全广东最好的大学，在许老师看来，却是一个垫底的选择，可想而知他对女儿的要求有多高。

廖喜想了一下，问道：“所以说，许静不可能是去了别的地方，对吧？”

许老师点头。

山林雪合上记事本：“好的，许老师，您说的我都记下来了。方便看看许静的房间吗？”

许老师想了想：“可以，王老师，你带一下。”

王老师起身带路，山林雪跟廖喜跟在身后。

这是一套两室一厅的房子，许静的房间居然是主卧，房间宽敞明亮，收拾得一丝不乱。唯独看不出这是间少女的闺房。墙上干干净净的，一张明星海报都没有，床单跟枕头都是素色的。书桌上一尘不染，台式电脑罩着布，却没有能连接上网的调制解调器，连鼠标键盘也都收了起来。

房间里有六列书柜，整整齐齐摆着各种大部头中外名著、学习资料，还有一些关于教育的专业书籍，应该是许老师的藏书。

山林雪走到书柜前，抽出一本格格不入的书——村上春树，《世界尽头与冷酷仙境》。

王老师连忙解释：“许老师不允许家里有这种不三不四的书，但许静高二上学期考了全年级第一，问她要什么奖励，非要买这本书，许老师才勉强同意的。”

廖喜又有点想笑，村上春树哟，太高雅了，他看都看不进去，居然还不三不四。这么说来，他中学喜欢的金庸古龙，现在看的网络小说，像什么《风姿物语》《搜神记》，必须算禁书了。

山林雪翻开这本《世界尽头与冷酷仙境》，书页很蓬松，看得出被翻了许多遍，但主人非常爱护，没有任何折痕。他闭上眼睛，想象这个女孩子，深夜关了灯，打着手电筒在床上偷偷看书的样子。纤细的手指翻动书页，长睫毛止不住扑闪。那应该是个很美好的画面。

廖喜在房间里转了一圈，问道：“王老师，有没有许静照片？”

“有有有，”王老师边说边打开抽屉，拿出一本相册，放在书桌上，“都在这里了。”

廖喜跟山林雪凑过去看，相册里一页一页，记录了许静从一岁到十七岁的人生。翻到最后几页，是许静穿着校服，在运动会上跑步。她体态轻盈，像一只白鸽。

王老师又开始要哭：“上个月刚拍的，本来还说暑假去拍全家福，现在……”

“学校运动会，谁拍的照片？”山林雪问道。

王老师摇头：“这我不知道，高中部的运动会，我跟许老师都是初中部的，没有参加。”

她又仔细看了看照片，说道：“应该是同学吧。”

“知道是哪个同学吗？”廖喜问道。

王老师又是摇头。

山林雪抽出一张照片，仔细看着：“王老师，这张，我可以带走吗？”

“当然，只要能找到静儿……”

山林雪把照片夹进本子里，看着廖喜：“咱们走吧。”

两人走出房间，又对着许老师夫妻说了些一定尽全力，请相信人民警察之类的话，然后便告辞了。王老师一直送他们到楼下，又目送着三菱帕杰罗开出小区。

廖喜摇下车窗，朝外抓了一把，抱怨道：“什么鬼天气，都几点了，风还是热的。那么热的天，在家叹冷气[1]多好，你说这个许静，为什么要出去找暑期工呢？”

“你要是有个这样的爹，也会想出去透透气的。”

“女儿都不见了，他也太镇定了。”

---

1 广东话，叹是享受的意思，冷气指空调。

“硬撑的。他右手手掌有几个指甲印，握拳太紧。”

“有吗？你观察得还真仔细，”廖喜看了眼手表，“十二点多，我们现在去哪？要不车上睡一觉？”

“去布古中学。”

“去干吗？学校又没人。”

“去了你就知道。”

布古中学离得不远，同样十分钟路程。廖喜往录音机塞了一盘磁带，音箱里开始放粤语歌，王杰，《几分伤心几分痴》。

廖喜跟着哼了起来。他是龙港人，会讲本地的客家话，从小看TVB，听劲歌金曲，又自学了粤语。不仅如此，他同学里潮汕人多，所以连潮州话也能讲几句。

这三种广东方言，在山林雪听起来，都是鸟语，一概不懂。

“又是王杰。”山林雪说道。

“你不觉得我们声线很像吗？类型也像啊，都是浪子。”

山林雪连笑都没笑。

廖喜自顾自地说：“还是老歌好听，最近出了个什么周杰伦，小谌迷死他了，成天让我听，我就不喜欢。”

廖喜跟着王杰唱：“到底得几分伤心几分痴，旧事藏梦里也不再有意思……”

在王杰的歌声里，越野车到了布古中学。两人在校门口停车，叫醒门卫室的阿叔，出示了警官证。阿叔打着手电筒，带两位警察到学校运动场，又开了锁。

山林雪踏进跑道，从记事本里取出照片，确认当时许静所在的位置。然后，他把一边抽烟的廖喜叫了过来。

山林雪喊道："廖老板，来，你站在我这。"

廖喜不明就里，傻乎乎站着。

山林雪往后退了几步，用手比成一个取景框，上下移动。

"你弯下腰，低一点，再低一点。"他的取景框不断上移，到最后，自己踮起了脚尖。

"咔嚓。"

廖喜终于忍不住了，走过来问："靠，搞什么鬼？"

"你一米七五，对吧，刚让你弯腰，矮十厘米，就是许静的身高。"

"哦，然后呢？"

"然后，你看这张照片的角度。"

廖喜低头看了会儿照片，恍然大悟："你是说，拍这张照片的人，个子很高。"

他又皱眉想了一下："阿雪你一米八三，这个角度，拍照的人得有……我看得有一米九了。"

山林雪点头："对，你回想一下，刚才相册里有八张运动会照片，拍的都是许静，正常来说，不会有那么多单人照。所以说，给许静拍照这个人，跟她关系很好。"

"然后，她爸她妈都不知道这个人的存在。很可疑啊。"廖喜补充道。

山林雪翻过照片："而且你看，照片背后写着一个'静'字，应该是男性的笔迹，后面还跟着一颗桃心。"

这时候，一直在旁边偷听的门卫大叔也挤了过来，挤眉弄眼道："两位警官，你们要找拍照的人啊，我知道是谁咯。"

"您说。"山林雪说道。

“喏，就是教体育的高老师，他姓高，真的很高，有这么高咯。”阿叔举起右手比画着。

廖喜问道：“阿叔，高老师住哪？”

门卫阿叔指着夜色中的一栋建筑，“喏，就那边，教师宿舍咯，哪间我不知道。”

“好的，谢谢您。”山林雪谢道。

两人对了下眼神，就往运动场外走。

廖喜心情有些激动：“阿雪，你可以啊，这样都给你发现了。他们肯定是在拍拖。你说，会不会是这个高老师把许静拐走了？不不，应该是私奔。要不然就是他们偷偷约会，高老师想那个许静，许静不肯，失手就把她杀了。”

“别想太多，找他问问就知道了。”

廖喜还是心潮澎湃，摩拳擦掌，好像高老师已经确定是凶手，他马上要将其捉拿归案。

走到半路，廖喜的手机突然响了。掏出来一看，却是洪队发来的短信。看完短信，他脸上的兴奋就没了。

“怎么了？”

“第一组，分局来的小郑跟小冯，找到重要线索。人才市场旁边有个士多店，店主姓李，他认出来许静了。说是早上十一点钟左右，看见她被一个中年妇女带走。店主还说，这个人隔三岔五就会来人才市场，看来无论从事什么勾当，都是个惯犯了。洪队刚发短信，让所有人都回署里。”廖喜闷声道。

山林雪找到的线索被否定了，廖喜备受打击，他自己却一点也不气馁：“好，那我们赶紧回去。”

两人开车回到警署,其他组人也先后赶到。洪队通报了最新案情,合理的推断是，许静被店主所说的中年妇女带走，然后被拐卖或非法拘禁，甚至杀害，所以至今未归。但是店主并不认识这个女嫌疑人，更不知道她住在哪，加上人才市场附近环境复杂，都是城中村的出租屋，能排查到的希望不大。

洪队说道:“分局下来的同志小郑跟小冯已经帮我们把店主带回来了。技术分队连夜给嫌疑人做模拟画像，明天一早，所有人分成两组找人。一组以人才市场为圆心，向外一圈圈排查；二组化整为零，在人才市场守株待兔。找到这个女嫌疑人，就能找到许静。”

说到这里，洪队看了下表:“现在是凌晨一点半，距离人才市场开门还有七个小时。大家今晚都辛苦了,现在回去好好休息,养精蓄锐,明天打一场硬仗。”

他视线扫了会议室一圈，厉声道:“距离领导给我们的期限，只剩不到六十小时。记得我说过的，我们布古警署，丢不起这个人！”

散会后，山林雪先送廖喜回家。廖喜跟女朋友小谌一起住，三房两厅的新房，总面积一百多平方米。这个小区去年底才刚交楼，差不多三千块一平方米，虽然赶不上市区，但放眼整个关外，算是最贵最好的。

小区建筑模仿欧式风格，电梯、地下车库自不必说，甚至有健身房和泳池。开车进出门口时，戴着白手套的保安还会朝业主敬礼。

以廖喜跟小谌的工资，自然负担不起这样的房子，不过廖家财力雄厚，一口气在小区里买了三套，一套给儿子住，另两套拿来出租。廖喜自住的这一套，全屋豪华装修，花了十来万，各式家电一律进口，影碟机能同时放三张碟。

廖喜曾经邀请过山林雪搬过去跟他一起住，说是怕山林雪一个人住憋出病来，况且吃饭也不方便。小谌爱做饭也会做饭，多山林雪一个人，无非多一副碗筷。廖喜对山林雪说，一世人两兄弟，租金当然不可能收，要是他实在过意不去，大不了交点伙食费。

山林雪毫不犹豫地拒绝了。廖喜爱热闹，他恰恰相反，喜欢独处。除了工作之外，他不想跟任何人打交道，哪怕是亲人，哪怕是最好的朋友。

他租住的旧小区离廖喜不远，但条件就差得远了。小区是二十世纪九十年代的建筑，设施陈旧破败，物业管理基本不存在。没有地下车库，汽车横七竖八地停在地面，经常引发纠纷。人行道上狗屎遍布，楼道里弥漫着尿臊味，半夜还有醉汉在楼下大哭大笑，对着空气赌咒发誓。

但是山林雪一点都不介意，只要回到他简陋的出租屋，房门一关，外面的纷扰世界都与他无关。

今夜也是如此。

跟小区的杂乱无章相比，出租屋里是另一种极端——简陋到极端。如果有小偷摸进来，会以为这是一间空房。客厅没有茶几沙发，地面放着十几个纸箱，里面装满了书。

书一半是刑侦专业的，另一半是关于考古学和地质学的著作，其中的繁体竖排版跟英文原版，都是托廖喜找人从香港带过来的。山林雪没有其他爱好，除了维持基本生活，剩下的大部分工资都花在了买书上。

同样，卧室里没有风扇，没有床，只有一张席梦思放在墙角。床垫旁边也堆满了书，方便他随时取阅。

山林雪没有开灯，夹着他的硬皮记事本摸黑走进卧室。他从本子里取出许静的照片，用透明胶贴在墙壁上。

月光从窗外洒进来，与席梦思相对的那一面墙上，密密麻麻地贴满了各种各样的照片。除了一部分是从报纸、杂志上剪下来的，剩下的都是冲洗好的相片，不知道山林雪从何得来。

照片里的内容，无一例外，都是十五到十八岁的少女。有正脸的，有侧脸的，有长发也有短发，有站的、跑的、跳的，有各种类别的衣着打扮。总之包罗万象，应有尽有。

对于这张新的收藏品，山林雪似乎特别满意，站在墙边，仔细端详了许久，然后才去洗澡。卫生间里有台樱花牌热水器，几乎是出租屋里唯一的现代化用品。无论春夏秋冬，山林雪都要洗热水澡。他把水温调得很高，能把皮肤烫到通红。只有在洗热水浴时，他才能放松紧绷的神经，感觉安全而舒适。

这个深夜，当热水从莲蓬头倾泻而下时，卫生间里传来古怪的声响。

并不像人类。

二

布古镇的早晨，笼罩在工地扬起的尘土里。

这几年，深圳热火朝天，到处都在盖房子，布古镇也不例外，无论哪个角落都响彻着水泥搅拌机和打桩机的轰鸣。

今天早上，小谌开车送廖喜到布古警署。车是一辆白色的丰田佳美，原装进口，当然也是廖家出钱买的，给儿子通勤用。但廖喜嫌开车麻烦，反正有山林雪当司机，便把佳美丢给女朋友开。

廖喜是土生土长的布古人，性格开朗，出手大方，见谁都是笑嘻嘻的，所以人缘一直很好。他能跟同事做朋友，跟群众做朋友，甚至跟犯罪嫌疑人做朋友。不过，廖喜自己也没有想到，他会跟来自辽宁沈阳、个性完全相反的山林雪，成为最好的朋友。

廖喜比山林雪小两岁，却是同一批到布古警署报到的。因为山林雪上的是中国刑事警察学院，位于沈阳，相当于警校里面的清华大学，本科要读四年；廖喜是高中毕业后，不顾家人反对，进了本市公安局下属的警察训练学校，只读两年，实际上是中专学历。

虽然两人毕业证的含金量差别很大，体现到工资上，差距却非常小。具体来说，廖喜一个月拿两千四，山林雪比他多两百块。廖喜用的诺基亚新款手机，就抵他们一个多月工资。

这样的收入在深圳，勉强算是中等，过不上好日子，也不至于会饿肚皮。与之相比，过境的香港货柜车司机，一个月能赚两万多港币，他们在水围村包养的二奶，稍微有点心计，就能分到七八千。

当然对廖喜来说，两千多也好，七八千也好，没有什么实质性的区别。他当警察不是为了这份工资，而是兴趣使然。珠三角地带的同龄人，都深受香港警匪片影响，许多人想学小马哥，学陈浩南，恨不得拿把刀就上街砍人；廖喜崇拜的，却是电影里的警察。

这可能跟他个人经历有关，初中暑假，他没学过游泳，却被几个同学怂恿着，一起去了大鹏海边。当廖喜被海浪卷走，大声呼救时，那些口口声声兄弟义气的损友，却一个个呆若木鸡，一动不动。如果不是那个在附近游泳的大叔，廖喜的生命就定格在十四岁那年了。

后来才知道，那个大叔是一名外省警察，来深圳旅游的。

从那以后，廖喜就想当一名警察。保护好人，惩罚坏人，如果运气好，成功破获大案，那可比当上社团头目还要风光。

三年前，警校毕业，他终于如愿以偿。一名刑警的生活跟他想象的一样，也跟他想象的不太一样。

廖喜虽然不计较钱财，但并非缺乏经济头脑。在自然卷的头发和满脸笑容的掩盖下，是继承自商人父亲的精明。比方说，刚到警署没几天，他就意识到警察跟警察之间收入差别巨大。

刑警领的是死工资，而派出所的民警兄弟，名义上收入是一样的，实际上却可以通过种种手段，轻松月入过万。正因为如此，许多刑警在干了一段时间后，都会申请调去派出所。

如此一来，廖喜就更加佩服坚守刑警岗位的弟兄，毕竟不是每个人都跟他一样，家里有钱，没有后顾之忧。所以，他经常请警署的同事们吃饭，平日有谁借个五百一千，他也从来不问缘由。

唯独山林雪从来没找他借过钱，很少去聚餐，出勤时一起吃快餐也坚决要求平摊。许多人觉得他装模作样，故作清高，廖喜一开始也这么想，后来跟他搭档久了，就渐渐习惯了。

一开始，廖喜喊山林雪“山哥”，后来混熟了，就叫他“阿雪”。与此相对，山林雪对廖喜的称呼是“廖老板”。

这天早上，廖喜到达警署时，山林雪早在门口等着了。他往廖喜手里塞了一张模拟画像:“赶紧，他们都出发了。”

两人驱车来到布古人才市场，时间刚好八点半，距离许静失踪，已经整整二十四个小时。按照洪队的安排，他们俩要在小卖铺对面的隆江猪脚店里，伪装成百无聊赖的食客。

除了廖喜和山林雪，还有其他八名手足，包括分局来的小冯跟小郑，在人才市场各处布控。只要犯罪嫌疑人一出现，绝对能一举擒下。

“怕就怕她不出现。”廖喜说道。

说这话时，时间已经过了正午。他们守了一上午的株，连兔子毛都没见着。

隆江猪脚店的墙上钉了个铁架子，架子上放着一台电视，用盗版影碟播《流星花园》。坐在收银台的潮汕女孩，顶着一头黄毛，看得津津有味。

两人刚吃完猪脚饭，廖喜低着头，正在用手机玩贪吃蛇。

除非是特殊场合，否则一年到头，两人穿警服的次数并不多，大多数时候都是便衣出行。此时山林雪穿着白衬衣、黑裤子、黑皮鞋，一丝不苟，像个房地产中介；廖喜穿得就随意多了，耐克短袖，牛仔裤，凉鞋，更像是小生意人。

“我在想一个问题。”

廖喜头也不抬道：“什么问题？”

“许老师说，许静是八点半出的门，坐 211 路，十分钟就能到人才市场。无论如何，不会超过九点。但是小店老板说，他中午吃盒饭时，才看见许静被领走。”

“所以呢？”

“所以我在想，有没有这个可能，许静到人才市场前，还去过别的地方。”

廖喜不以为意道：“那又怎样，反正人最后是在这儿不见的，我们守着不就好了？前面还见过谁，有什么关系？”

“可能没关系，也可能有关系。”

“你这人就是想太多，靠，跟你说话，害我蛇都死了，差点就破纪录。”

游戏结束了，廖喜索性放下手机，点了根烟：“我也在想一个问题。”

“请讲。”

“我在想，许静还活着吗？”

山林雪沉默了一会儿：“凶多吉少。”

“案子的性质是什么？”廖喜问道。

“目前来看，最大的可能性，就是抢劫杀人。”

廖喜有点不甘心：“我看不至于吧，你没听许老师说吗，她身上就几十块零钱，为了这点钱杀人，划不来。”

“把人捅死抢了八块钱，把脚砍断抢条假金链，这几年来，我们又不是没遇到。”

廖喜一时语塞:“你这人就是心理阴暗，以为全世界都一样。要我看，许静肯定还活着，只不过被控制了，准备卖到山里去。等我们把嫌疑人抓到，就能救她出来。”

“要真是这样就好了，完璧归赵，皆大欢喜，可惜……”

山林雪突然表情一凛，语气急促道:“有情况！”

廖喜抬起头来，却没发现女嫌疑人的身影。时值正午，找工作的都吃饭去了，人才市场门外稀稀拉拉的，只有几名年轻男子匆匆走过。

“看什么啊，我什么也没看见啊。”

山林雪指着一个男人说道:“你看，那个戴墨镜的男的，是不是很高，比我还高。”

廖喜掐掉烟头骂道:“是比你高，靠，干吗，这都不服？”然后他突然醒悟，“你是说……”

廖喜手忙脚乱地从随身携带的公文包里翻昨晚发的资料，上面有许静所有老师同学的联系方式。这个公文包，相当于他的百宝袋，里面常备着几套空白的搜查证、传拘证、调查取证通知书、协助查询财产通知书，还有若干封条、物证袋和介绍信，等等。

这些物品明显对廖喜造成了阻碍，使得他此时的样子像是乱翻百宝袋的叮当猫。

山林雪却拿出他的老爱立信，飞快地摁下一串号码，看来他早已把那人的手机号牢记在心里。

电话通了。

戴墨镜的那个男人从口袋里掏出一部手机，犹豫了一下，挂断。

山林雪放下手机说道:“是他。”

"他怎么会来这儿，果然有问题。"

两人对了下眼神，站起身来，朝那男人走去。

男人东张西望了一会儿，正准备离开，廖喜快步走到他身后，出其不意地喊道："高老师！"

高老师下意识地回头，见是个陌生男子，拔腿就要跑。

山林雪已经挡在他前面："别跑，跑了就说不清了。"

"我们是警察。"廖喜说道。

高老师看了看廖喜，又看看山林雪，勉强笑道："警察同志，不是你们想的那样。"

廖喜指着自己的公文包，里面放着手铐，山林雪摇摇头，表示不用。

两人把高老师带到一处无人的树荫下，听他交代。

高老师承认，他跟许静确实存在恋爱关系，但是，他反复强调，没有任何实质性的接触。昨天早上，许静来人才市场之前，先在布古公园门口跟他见了面。高老师有两部手机，借给许静一部，这样他们就能发短信聊天。之后两人分头离开，许静去人才市场，高老师回了教师宿舍。

他们本来约定好，无论许静有没有找到暑期工，回家之前，都先把手机还给高老师，不然万一给许老师发现，问题就严重了。结果中午十一点多，许静给高老师发短信，说找到了一份工作，之后就没有了消息。

晚饭前，高老师给许静打了个电话，发现手机已经关机。

高老师掏出手机说道："警察同志，不信你们自己看。"

山林雪接过那部摩托罗拉翻盖，打开收信箱检查。果然如高老师所说，两人一上午发了几十条短信，许静发的最后一条，时间是十点五十分，跟小卖店老板说的刚好对上。

廖喜擦擦汗，问道："昨晚我们同事有打电话给你吧，这些线索为什么不讲？"

高老师一脸苦相："我哪里敢？说出来你们一调查，许老师再一闹，我老师还当不当？"

"你今天来这里干吗？"山林雪问道。

"小静不见了，我也很着急啊，再说了，给她那部手机是我新买的，花了两个月工资……"

廖喜忍不住骂："靠，什么时候了，你还心疼手机？"

山林雪眼睛一亮，问道："什么款式？"

高老师借给许静的手机，刚好跟廖喜同款，连颜色都一样。只不过廖喜买的是行货，高老师买的是香港走私的水货，便宜好几百。

高老师交代完了，眼巴巴看着两人。

"阿雪，你相信他说的吗？"廖喜问道。

"我看没什么问题。"

廖喜厌恶地挥挥手："那你走吧，一周内不要离开布古，随时准备协助调查。"

高老师千恩万谢，临走时又说："两位警官，那个，要是手机找到了……"

"好的，一定物归原主，您放心。"山林雪说道。

"这种人渣，你还跟他客气？"廖喜生气道。

"没必要跟他计较，正事要紧。这条线索很重要，我们得赶紧汇报。"说完他拿出手机，打电话给洪队，把情况复述了一遍，包括昨晚找到的照片。

洪队开口就骂:“这么紧要的线索，昨晚为什么不说？你们两个死仔，还想自己立功啊？”

“洪队，我是怕线索无关，反而扰乱调查。”

洪队还是怒气冲冲，说道:“有关无关不是你说了算。赶紧把号码给我，上技侦手段，一开机就能定位。”

山林雪报了手机号码:“对不起，洪队，是我疏忽了。”

“好了，算了，既然有财物，那就存在销赃的可能。你跟小廖，去电子市场看看，这边我重新调配人手。”

洪队又补充道:“你们去干什么，不要跟别人说，特别是那两个，知道了吗？”

“报告洪队，知道了。”

廖喜在旁边听着，等山林雪挂了电话，他会心一笑:“洪队啊，还憋着这一口气。当年他跟蔡科长是搭档，结果人家早提上去了，据说还要提，我们洪队还是个副科。”

“不说这些，赶紧出发吧。”

布古镇的电子市场只有一个，汇集了全镇的电脑、手机交易，还有各种盗版碟，虽然不及华强北成规模，但也是人声鼎沸，热闹无比。

两人到了电子市场，在一楼的手机档口转来转去。廖喜装作要卖二手手机，跟店主们搭话，想要知道这两天有谁来卖过一部新款诺基亚。因为他的手机太新，还被当成是贼赃，店主们反而更感兴趣，因为能狠狠压价。

两小时下来，一无所获。

廖喜又热又渴，在一处潮汕老板的档口坐下，找人家讨茶喝。

他低声问山林雪:“要不，把模拟画像拿出来，问他们有没见过嫌疑人？士多店老板说，她隔几天就来领个人走，肯定是惯犯，那抢了手机，只能来这里卖。”

“我建议不要，打草惊蛇。说不定他这头跟你说没见过，转头就通知嫌疑人。”

廖喜便有些气馁，叹了口气道:“也对，那怎么搞？”

“等吧。”

果然，接下来便是漫长的等待。平心而论，在电子市场蹲守，已经算是五星级的享受了。有风扇吹，有功夫茶喝，还能欣赏摊位上背心短裤的小妹。三年前，同样是夏天，两人第一次执行任务，逮捕一个抢劫杀人犯，硬是在草丛里蹲了三天三夜。别的不说，光蚊子就能把人抬走了。

山林雪四处转悠，廖喜就坐在潮汕老板的档口，喝茶，聊天，玩贪吃蛇。大概五点左右，他起身上厕所，就在这时遇见了嫌疑人。

确切来说，他不是认出了嫌疑人，而是闻了出来。

一个中年女人，趴在玻璃柜台上，正在跟老板讨价还价。廖喜走到她附近时，一股血腥味扑鼻而来。

人类的血，是一种特殊的味道，像铁锈跟红糖混在一起。作为刑警，他对这种气味很敏感。

嫌疑人跟模拟画像出入不大，身穿一件黑色短袖，体型中等偏瘦，样貌普通，三十五六岁。最重要的是，她手里捏着一部诺基亚新款手机。

廖喜心脏怦怦直跳，装出若无其事的样子，从她身后走过。

他想起隆江猪脚店里，山林雪说的那句话——凶多吉少。

廖喜听见老板说:“兰姐，就这么多，水货不好卖，不信你问别家。”

兰姐说:“算了算了，给你吧。”

廖喜心想，该怎么办呢?

手铐跟警官证都在公文包里，包在潮汕老板档口。如果现在扑上去，围观群众起哄，嫌疑人有机会趁乱逃脱；如果回去拿公文包，嫌疑人很可能卖了手机，又消失在人海里。

他灵机一动，转身折回，表情夸张地说:“哇，诺基亚新机，怎么卖啊？”

兰姐看了他一眼，把手机收进包里说道:“不卖。”

廖喜生气了，大声说:“你卖给他，不卖给我？”

兰姐转身要走，廖喜拉住她，嚷嚷道:“你看我没钱？”

他这一番即兴表演，成功吸引了不远处的搭档。

山林雪快步走了过来，向围观民众出示警官证，说道:“警察办案，怀疑她偷手机。”

围观人群一哄而散，害怕牵连到自己。

两人押着兰姐，走出电子市场，回到车上。山林雪回去拿公文包，廖喜在后座，让兰姐把包里的手机都拿出来。

两部手机，一部市话通。

廖喜紧盯着兰姐，汗流到眼睛里都不敢眨，以防她跳车逃跑。

兰姐突然说道:“太好了。”

车窗外，铺天盖地的阳光，不远处的打桩声，一下一下，敲击着廖喜的心脏。

枯瘦的中年女人，面带微笑说:“你们终于找到我了。”

一瞬间，廖喜有些恍惚，仿佛眼前不是犯罪嫌疑人，而是刚被解救出来的受害者。

之后的二十年里，午夜梦回，廖喜总会听到这句话。

几个人围绕在他耳后，轻声呢喃：“你们，终于，找到我了。”

山林雪把公文包扔进车里，打破了廖喜的恍惚。

廖喜揉了把脸，问道：“现在怎么办？带她回警署？”

“不，那就太迟了。”

山林雪发动越野车，回过头来对兰姐说：“带我们去你那儿。”

“好。”

山林雪又问她住在哪儿，兰姐报了个地址，那是一个著名的城中村，在布古镇东部边缘，跟人才市场方向相反。

问清楚地址后，山林雪催促道：“廖老板，赶紧打给洪队，人抓到了，请求支援。”

廖喜照他说的做，洪队大喜过望，让他们在城中村门口等着，大部队马上就到，千万不要擅自行动。

兰姐微笑，看着他们手忙脚乱，好像一切与自己无关。

从被抓住开始，她似乎就认命了，没打算挣扎，更没有尝试给同伙通风报信。这种配合的姿态，反而让廖喜怀疑自己。或许认错了人？或许这个兰姐，真的就是个销赃的扒手？

山林雪在前面开车，廖喜打开那部水货诺基亚，卡被拔掉了，手机也恢复了出厂设置，所有痕迹都被抹除。

“你把许静怎么了？”廖喜问道。

“许静？哦，她长得好漂亮，跟我年轻时很像。”

没错，是她。廖喜压住怒气，重复道：“你把她怎么了？还活着吗？”

兰姐若有所思道：“还活着吗？这要看你们。”

廖喜骂了一句："靠！"

他转过脸去，对着山林雪吼："快点，开快点！"

越野车便在路上横冲直撞，接连闯了几个红灯，引发一串不满的喇叭声。

廖喜不停逼问，有几个同伙，害了几个人，许静到底怎么样了。

兰姐却只是笑笑："你到了就知道。"她甚至还反过来催促，"快点喔，靓仔。"

过二十分钟像是一个世纪，车终于到了兰姐所说的城中村。在村口停好车，却没看见其他伙计的踪影。廖喜打电话给洪队，对面答复说正在路上堵着，十分钟，十分钟一定到。

洪队加重语气道："我也在路上了，小廖，沉住气，一定不要擅自行动！万一你有个冬瓜豆腐[1]，我不好跟你爸交代。"

廖喜打电话时，兰姐坐在一旁，似笑非笑地看着。

等他挂了电话，兰姐问道："现在几点？"

廖喜皱眉，没好气道："五点半。"

"五点半啊，等不了。"

廖喜凶道："什么意思？"

"等不了十分钟。"兰姐笑道。

十分钟，可以是人漫长一生中弹指即逝的瞬间；十分钟，也可以是某个人生命里最后的瞬间。

廖喜转向山林雪，问道："怎么办？"

他原本以为，山林雪的答复会是"等"。因为山林雪做事，一向不

1 冬瓜豆腐，广东话，意为"三长两短"。

疾不徐，有条不紊。更何况，两人今天不值班，身上都没配枪。对方不知道有几个人，更不知道有什么凶器，唯一能确认的是，绝非善男信女。

山林雪却说：“上。”

那就没有任何顾虑了。

廖喜只觉得热血上涌，打开车门，领着兰姐往城中村里走。山林雪跟在后面，警惕地注视着四周。

快到晚饭时间，窄巷里都是饭菜的气味。小孩骑着三轮车，肆无忌惮地乱窜，改衣店门口，一只猫懒得抬头。有认识兰姐的，还笑着打招呼：“回来啦。”

兰姐指路，廖喜跟山林雪一前一后，在城中村的迷宫里走了一两百米，拐了好几个弯，她说：“到了。”

生锈的绿色防盗门半掩着，楼道黑漆漆的，像无底洞。

“几楼？”廖喜问道。

“二楼。”

山林雪抬起头，凝视上方。两排农民房相互对峙，只剩极窄的一道蓝天。如果画面倒转，天空便是无底深渊。总有人不小心掉下去，消失在视线外，剩下我们这群幸运儿，每天行走在悬崖边缘。

两人押着兰姐，往楼梯上走，黑暗中，能听见彼此的心跳。

廖喜紧张地咽下口水，压低音量道：“别出声。”

兰姐笑笑：“上了二楼，右转，靠里面这间。”

二〇四房，同样锈迹斑斑的防盗门。

“你来开门。”山林雪命令道。

廖喜尽量恶狠狠地警告：“别耍花样。”

兰姐从包里掏出钥匙，开门。

两人分立左右，门被推开的瞬间，探头朝里面看去。

屋内的窗户都用报纸糊了起来，光线昏暗，一个赤裸上身的男人席地而坐，背对着他们。

“我回来了。”兰姐说道。

“卖了多少？”男人问道。

廖喜跟山林雪对了下眼神，从门侧闪出，准备一起冲上去制服那个男人。

男人却异常敏锐，察觉到了动静，转过头来。

没等两人冲上去，男人从地上抄起一把菜刀，站直身子。

廖喜的瞳孔适应了黑暗，看清此人身材粗壮，只披一条围裙，脸上表情狰狞，活脱脱一个杀人屠夫。

山林雪往前一步。

廖喜小腿一软，早知道，应该在楼下等；早知道，今天应该申请配枪。

但他很快站直，跟着往前一步。

一世人两兄弟，要死一起死。

一旁的兰姐却突然喊：“快跑！他们有枪！”

男人愣了半秒，把菜刀一扔，擦着山林雪的脸飞过。

然后他转身跑进厨房，跨上灶台，从窗口一跃而下。

山林雪反应极快，转身夺门而出，朝楼梯狂奔。

廖喜下意识也想追，山林雪扔下一句：“你救人！”

他回过头来，却发现兰姐已经蹲在地上，双手捂脸，肩膀一下一下地抖动。

廖喜拿出包里的手铐，把她铐在防盗门的栅栏上，然后便转身进屋。

刚才太紧张了，没有留意地板上黏糊糊的是什么？

鞋底抬起时，有微妙的黏稠感。

是血。

地板上都是血。

下一秒，廖喜几乎停止了心跳。

客厅角落里，靠近厨房的位置，铺有一块红白蓝条纹布；条纹布上，分门别类，井井有条，陈列着一具女尸的组成部分。多年以后，廖喜在网上看见开箱视频，便会回想起这一幕。

…… ……

这场景超越现实，如同地狱降临。

如果能逃避眼前的噩梦，他宁愿跟山林雪换个位置，自己去追杀人狂魔。

廖喜绝非第一次面对尸体，但现在的他实在没有勇气拨开那板结的头发，确认死者的身份。

这就是许静吧。

果然，还是阿雪说得对，凶多吉少。

他胃里一阵翻江倒海，冲到厕所门口，又停住了脚步。万一，厕所里还有什么。

就在这时，他听见一丝微弱的呼喊。

“救我。”

一瞬间，廖喜还以为自己听错了。

声音再次传来，从关着门的卧室。

廖喜推开房门，另一名受害者全身赤裸，双手被铁丝捆住，又被绳子吊在天花板上。她遍体鳞伤，脚下一摊鲜血，浸泡着一把锋利的螺丝刀。

受害者抬起头来，奄奄一息，脱皮的嘴唇上下翕动。

“救我。”

三

山林雪重复道:“对，我说过了，受害人许某能逃过一劫是因为塑料袋不够用。据犯罪嫌疑人张某金交代,他一般是在晚上五点半前后,对受害人进行分尸。因为这个时间,邻居都在做晚饭,容易掩盖动静。但刚好那天塑料袋用完了,不够装,张某金就决定,第二天再杀许某。”

他轻叹口气,无奈道:“我刚才也说了,具体情况您可以问廖警官,现场的情况，他更清楚一些。”

廖喜嘿嘿一笑:“人家就喜欢问你呢。”

警署三楼的小会议室，空调开得很足，外面骄阳似火，玻璃窗分隔开两个世界。

屋里除了山林雪跟廖喜，还有一个短发干练的年轻女性，这是来自《特区法制报》的记者,衡久远。她带了台笔记本电脑，一边提问,一边噼里啪啦地打字。

布古镇这一起特大抢劫杀人分尸案，因为是在七月九号破获，也称为“七九”案。案件结束以来，半个多月里，廖喜跟山林雪成了警署的风云人物。受害者救回一个，嫌疑人全部抓获，警员轻微负伤,基本上等于大获全胜。洪队挣足了面子，对两人的擅自行动也就忽略不计了。洪队说，年轻人有冲劲，是好事，特殊情况特殊处理嘛。

衡久远说道："那好，我复述一遍，你们听听有没有错。"

衡久远对着屏幕，念道："嫌疑人刘某兰，供述是在一年半前，遭到同案犯张某金的殴打及强奸，事后没有报案，反而在张某金的胁迫下，为虎作伥，成为其帮凶。具体作案方式，刘某兰每隔一段时间，到人才市场物色各种女性，包括工厂女工、保姆、文员、家教等，将其带回出租屋。张某金藏在门后，手持铁锤，待受害者进门后，迅速将其敲晕。"

廖喜补充道："对，幸好那天，兰，呃，刘某兰是去销赃，不是带人，不然的话，要不是我，要不就是山警官，免不了吃一锤子。"

衡久远继续念道："之后，两名嫌疑人用铁丝绳索等工具，将受害者捆绑起来，并堵上嘴。随后，便是各种令人发指的折磨跟侵犯。受害者逐渐失去意识，张某金与刘某兰会在其面前，在其面前……"衡久远咳嗽了一下，跳过记录中的敏感词，继续念道，"获得变态的快感。在此过程中，刘某兰会持续对受害者施加伤害，最终致其死亡。之后，刘某兰负责销赃，并采购生活用品，原本从事屠宰工作的张某金负责分尸和抛尸。两名嫌疑人作案的时间间隔，取决于从受害人身上得到的财物能供其挥霍多长时间。"

廖喜纠正道："哪来的挥霍，他们穷得很，过年骗不到人回去，吃十天半个月方便面。有时候实在没东西吃，他们甚至……"

山林雪咳了一声，廖喜赶紧打住。

衡久远好奇道："甚至干吗？"

"甚至再吃半个月方便面。"廖喜赶紧说道。

衡久远白了他一眼，继续念道:“一年多来，两名丧心病狂的犯罪嫌疑人，强奸杀害多名女性……具体人数是多少？”

“不方便透露。”山林雪说道。

“说了你也没法写。”廖喜补充道。

衡久远接着念道:“性质极其恶劣。刘某兰自知罪孽深重，法网难逃，因此在公安干警的追捕过程中，予以某种程度的配合。事后，布古警署出动刑警技术分队，在嫌疑人的出租屋内，发现大量受害者的证件、衣物、钱包等，并检测出地板、墙壁甚至天花板上的大量残留血迹。”

她喝了一口菊花茶，继续道:“目前，两名犯罪嫌疑人已被刑事拘留，移交司法机关，等待他们的将是法律的严惩。被营救出的受害人许某，已于两天前出院，身体并未遗留残疾，但仍可能留有巨大的心理创伤。逮捕行动中，布古警署一名刑警同志，勇斗持刀歹徒，光荣负伤……”

山林雪连忙说道:“负伤太夸张了，我脸上是擦伤，胸口挨了两拳，根本没事。我刚才不是说了，嫌疑人跳楼把腿摔伤了，我上去跟他搏斗，没两分钟，其他同事就赶到了。”

廖喜在旁边笑:“人家说你负伤，你就负伤好了嘛。”

山林雪瞪了廖喜一眼:“廖老板，行了啊。”

衡久远还想说什么，这时候洪队推门进来，喜笑颜开地问道:“采访结束了吗？”

“结束了结束了。”廖喜抢着说道。

“下午什么安排？”洪队问道。

“我想先去案发跟抛尸现场，拍几张照片。”衡久远回答道。

“没问题，”洪队看了眼手表，“快十二点了，一起吃个便饭？”

廖喜突然站起来：“不好意思，我答应了女朋友，中午要陪她吃饭。”

他又走到洪队旁边，挤眉弄眼：“洪队，你不是还有个午餐会？”

洪队稍微一愣，马上心领神会：“对对，差点忘了。”

两人并肩朝门外走，廖喜回头笑道：“山警官，好好招待我们衡大记者。”

山林雪无可奈何，对廖喜摇头道：“真有你的。”

会议室门一关上，衡久远不悦道：“山警官，陪我吃饭，有那么难为你吗？”

“我不是这个意思。”

衡久远哈哈一笑：“不是就好，那你请我吃什么？”

“您想吃什么？”

“随便。”

山林雪松了口气：“我带您去食堂。”

“这也太随便了吧！你们当警察的好小气啊，就这么招待客人？”

山林雪头疼道：“那您有什么想吃的吗？”

衡久远想了一会儿，说道：“我要吃辣的，你能吃辣吗？”

“我可以，附近有家老牌川菜馆，还不错，走路就能到。”

“好呀，我最爱吃川菜了。”

她收拾好东西，山林雪站起来要往外走，衡久远把采访包往他手里一塞：“帮我拿着，绅士点。”

川菜馆开在江西商会大厦的楼下，最早是小谌带他们去吃的，廖喜广东人，被辣得涕泪横流，一个劲喝可乐。山林雪虽然是东北人，却出奇地能吃辣，跟江西人小谌不相上下。

走去川菜馆的路上，衡久远戴着鸭舌帽、大墨镜，突然哈哈笑了起来。

山林雪不由莫名其妙："怎么了？"

"我觉得好搞笑啊。"

山林雪愈发摸不着头脑："有什么好笑的？"

衡久远哈哈笑道："一个沈阳人请一个贵阳人，在深圳的江西大厦吃四川菜，这还不好笑？"

"深圳不就是这样，移民城市，哪里的人都有。"

"所以我喜欢深圳，在这里，我们都是没有过去的人。"说完这句，她还戏剧性地摊开双手，在阳光下转了个圈。

山林雪没再搭话，专心走路。

到了川菜馆，山林雪让衡久远点了几个菜，便等着上菜。

"当警察累吗？"衡久远问道。

"还行吧，干什么都累。"

"对啊，当记者也累，你看这么大个采访包，背着跑来跑去。我跟你说，你们关外太远了，还到处修路，烦死个人。"

"以后应该会修地铁，你们市区过来就方便些。"

衡久远不信道："地铁？修到关外？"

"对，不过这边地质条件比较复杂，有岩溶发育区分布，地面沉降跟隧道塌陷的风险都很大，而且地下管线纵横交错，所以到最后，很可能修成轻轨，就是有个高架桥在上面走的那种。"

"什么发育区？"

"岩溶发育区，地质学概念。"山林雪解释道。

衡久远赞叹地说道："哦？你还懂地质啊，人才，大学学这个的？"

“没有，个人爱好。”

“可以啊你，这么正经的爱好，我就没有。大学那会儿还是有的，现在都搞忘了。”

衡久远又问道：“你猜我现在喜欢干吗？”

“不知道。”

衡久远伸出双手，摆出敲键盘的姿势：“我没事就喜欢上网，嘀嘀嘀，小企鹅，你知道吧？能跟全国各地的人聊天，超有意思。对了，你号码多少，我加你。”

“我没有。”

衡久远明显感觉到了他的冷漠，低头说道：“哦，那好吧。”

山林雪意识到自己有失礼貌，想了想说道：“对了，我问您一个问题。”

“什么问题？”

“我想知道，像您这样一个活泼可……活泼开朗的女孩子，为什么选法制口？娱乐跟财经多好，法制都是些负面新闻，太黑暗了，接触多了会抑郁的。”

衡久远来了精神，振振有词道：“对啊，就是因为有黑暗，所以我要面对黑暗，记录黑暗。还有，更重要的，跟黑暗抗争的人，像你这样的人。我选择当一名法制记者，就是把你们的故事写下来，让更多的人知道。”

“我没有您说的那么伟大。”

她注视着他的双眼，非常认真地说：“你有，我相信你有。”

山林雪被她的眼神烫到，身体下意识地往后一仰，脑海里浮现出另一片景象。

天地浑然一体的白色中，同样灼热的眼神，那四个字带着呼出的白气，像一个魔咒。

“我相信你。”

女记者的声音，仿佛从很遥远的地方传来，显得极不真实。

“你怎么了？”

山林雪深呼吸道：“没什么。”

是川菜馆的老板解了围，他端过来一大盆麻辣烫，大声喊：“来咯！”

衡久远欢呼一声：“老板，来碗米饭。”

她仿佛忘记了刚才的所有对话，兴高采烈地看着山林雪，问道：“米饭，你要吗？”

“要。”

衡久远对着老板大喊：“两碗！”

这顿午饭吃得极为成功，衡久远不仅填饱了肚子，还大惊小怪地声称，山林雪是她见过最能吃辣的，依据是他根本不出汗。

饭后，两人回警署等廖喜，结果只等到他的电话。

电话里，廖喜一本正经地说有点事，晚点再跟他们会合。

山林雪毫无办法，只好开车带着衡久远回到城中村的那栋农民房。

案发现场的二〇四房，门口贴着封条，隔壁的二〇三房大门紧锁，贴着转租信息。人真是奇怪的动物，长达一年半时间里，跟杀人狂魔为邻，反而相安无事；事发仅仅半个月，危险其实已经除掉了，却迫不及待要搬走。

衡久远也无法例外。

坐在会议室里，听两名年轻警察讲述案情，是一回事；身临阴森恐怖、残留血腥味的凶杀现场，进行拍照采访，又是另一回事。

山林雪看她脸色不太好，便问道："要不要先出去透口气？"

衡久远摇头苦笑："早知道，就不吃那么饱了。"

虽说如此，等缓过劲来之后，她还是不厌其烦地拉着山林雪，仔细询问，张某金是从哪个窗户跳下去的，许某被绑在卧室哪个位置，那具被整齐切割的女尸，又到底是怎么摆放的。不仅如此，她还试图还原死者遇难的详细情景，拍下了每个角度的照片。

这些受害者，大多是跟衡久远一样的年轻女性。原本，她们应该生活在外面的阳光下，有各自的快乐跟烦恼，然而现在，她们的肉体连同对未来的期望，都被分割得七零八落，被毫无尊严地胡乱抛弃。

或许正是意识到这一点，衡久远才努力克制生理不适，把整套流程做得无比细致认真，甚至虔诚。

山林雪心想，眼前这个年轻女记者，说她要面对黑暗，记录黑暗，看起来，并不只是说说而已。

等山林雪走出二〇四号房，重新贴上封条时，廖喜总算是来电话了。他在电话里说，事情已经处理完，直接在石牙岭山脚见。

石牙岭在布古镇中心，山上林木茂盛，周围都是在建的楼盘工地，平时基本没人，但今天刚好是星期天，来游玩的市民不少。两人把帕杰罗停在山下，等了半个小时，廖喜才匆匆赶到。

廖喜从一辆绿色的士上下来，迫不及待地点了根烟，才走向山林雪他们。

山林雪有点奇怪，问道："小谌没送你？"

一瞬间，廖喜的脸色很不好看，勉强笑笑："她下午有课。"

衡久远见人都到齐了，把采访包又塞到山林雪手里，自己拍拍双手，说道："上山咯。"

三人拾级而上，廖喜边抽烟边爬坡，速度比平时更慢。

山林雪放慢脚步，低声问廖喜："怎么，吵架了？"

廖喜跟小谌吵架，倒不是什么新鲜事。他自诩跟王杰一样是浪子，为人又慷慨，身边难免有漂亮女孩子围绕。不过廖喜清楚，她们喜欢的可能是自己的钱，可能是自己的职业，唯独不是自己这个人。所以，哪怕有时候逢场作戏，但从未真的越雷池半步，小谌时不时吃醋发火，哄哄也就过去了。

廖喜嘿嘿一笑："小事来的，我搞得掂。"

说完这句，他把烟头扔地上，认真踩灭，然后对前面的衡久远喊："小心，别踩到咸鱼。"

旁边一个中年男人，瞪了廖喜一眼，赶紧牵着孩子走了。

衡久远停了下来，回过头问："咸鱼？山上还有人晒咸鱼？"

山林雪自然知道廖喜说的咸鱼是在指代什么。不光是廖喜，警署里其他同事也习惯这么讲。可能是受广东话影响，也可能是为了避晦气。不过，山林雪从来不用这个词，他觉得对逝者不尊重。

廖喜追上衡久远，气喘吁吁地说道："你知道吗，石牙岭、布古河，还有广九铁路沿线草丛，并称布古镇三大抛尸圣地。"

他叉腰缓了一会儿，继续说道："甚至有人说啊，周末来石牙岭行山，如果没见到咸鱼，那这个周末就不够完整。"

衡久远也领会到了咸鱼的含义，将信将疑："有这么夸张，吓唬人吧，廖警官？"

廖喜嘿嘿笑道："我们警署啊，技术分队，就是负责到现场搜集证据的，有个同事姓管，我们都叫他布古十三郎，你知道为什么吗？"

“我哪知道。”

廖喜故作神秘：“我告诉你啊，是因为他破了署里纪录，一个月，就一个月，见了十三条咸鱼。”

山林雪插话道：“行了廖老板，等会儿吓到人家。”

“开玩笑，我才不会吓到。不是有你们吗？再说了，如果真的发现了什么，我还能陪你们一起查案。”衡久远不服道。

“哈哈哈，阿雪，看见没，我们衡大记者，多大胆！”说完，廖喜擦擦汗，又把烟掏了出来。

山林雪皱着眉头，廖喜下午烟抽得太勤，又刻意表现得健谈，估计他跟小谌之间，不止一点小事。

两人搭档了三年，工作时朝夕相处，又都是搞刑侦的，善于察言观色，发掘细节。所以，他们相互之间的了解，只怕比恋人甚至父母都还要深。

三人到了接近山顶的位置，避开游人，左拐进一条小路，又在树林中穿行了一会儿，便到了张某金的抛尸现场之一。十天前，按照他的指认，刑警们从石牙岭各处挖出了许多袋人体残肢。

廖喜介绍道：“张某金通常是在半夜抛尸，他用三轮车把尸块运到山下，徒步上山，然后用铲子胡乱挖个坑，再把塑料袋扔进去回填。”

廖喜补充道：“衡大记者，你知道吗，关于埋尸这件事，我们山警官，有特别深刻的想法。他说，从古至今，地球上埋了那么多被杀的人，我们找到一些，没找到的更多。如果百万年后，人类灭绝了，新的智慧生命统治地球，他们也进行考古，就会发现，哇，都是被同类搞死的。这个史前物种，就喜欢互相残杀。”

山林雪说道：“我有说过吗，忘记了。”

“有啊，你还说，我们通过考古，挖出很多恐龙骨头，就命名了个地质年代，侏罗纪。到时候新的智慧生命也会给埋我们这一层弄个新名词，叫……叫什么来着？”

“廖老板，行了。”

衡久远赞叹道：“想象力好丰富啊，山警官，你不当警察，还可以去写科幻小说。”

山林雪说道：“我们还是干正事吧。”

于是他带着衡久远，在现场四处走动，拍照。跟在出租屋里一样，衡久远尽心尽力，拍摄着各种角度的照片。

山林雪提醒道：“东西别掉山上了，不好找。”

“放心，我又不是傻子。”

廖喜离两人远远的，背靠在一棵桉树上又开始抽烟。

山林雪扔下衡久远，走了过来。

“廖老板，小心引发山火。”

廖喜笑笑：“好久没下雨了。”他抬头看天，“快要打台风了吧。”

“你还会预测台风？”

“广东人的天赋。”

说完，廖喜抬抬下巴，示意道：“那条女，对你有意思。”

“是吗，我没看出来。”

“不要装了，人家不错啊，长得好看，有干劲，尤其性格活泼，跟你互补啊。听洪队说，她爸在贵阳当包工头，大的那种。”

“跟我没关系。”

“阿雪，你是有什么问题吧，三年了，我就没见你拍过拖。你知道吧，署里有人说你是基佬，”说罢突然夸张地往旁一躲，“靠，你不会是喜欢我吧？”

山林雪白了他一眼：“我要搞基，也找个帅的搞。”

“这我就放心了。”说完，他又开始抽烟。

山林雪想了一会儿，问道：“你跟小谌，在一起多久了？”

廖喜吐一个烟圈：“大半年了吧。”

“去年底到现在，八个半月。”

廖喜愣了一下，说道：“你比我还清楚啊。”

“最久的一个。”

“是。”

这三年来，廖喜换过几个女朋友，连他自己都数不清。尤其是刚当上警察那会儿，基本上两个月一换，护士、老师、空姐，没有重样的。甚至连高中时没追上的班花，当时还在深大上学，都跟他谈了三个月。虽然同在深圳，但南山和布古离得特别远，两人一个月煲电话粥加发短信，能花掉五六百，简直像异地恋。

去年年底，在朋友的婚宴上，廖喜第一次见到小谌，马上就被吸引了。小谌当时是伴娘，穿一件旗袍，脸有点朱茵的感觉，腰真的只有盈盈一握。常年跳舞的腿，长，结实匀称。

当时廖喜单身，小谌刚分手不久，在男方的猛烈攻势下，女方坚持了一个月才终于就范。别人是郎才女貌，他们是郎财女貌，在讲究现实的深圳人看来，倒也算般配。廖喜的妈妈很喜欢小谌，说她腰细屁股大，好生养，而且一看就能生男孩。

有次廖喜爸爸喝醉了，指着他骂：“你这个死仔包，要不赶紧把这身警服脱了，要不就早点给我生个孙子，哪怕你有个冬瓜豆腐，我廖家不至于绝后。”

也不怪他爸，廖喜三代单传，传宗接代，责任重大。

所以，廖喜本来是有打算年底跟小谌求婚的。

廖喜把烟吸进肺里，缓缓吐出，刚想说什么，衡久远却走了过来。

“搞定了，下山吧。”

三人便沿原路下山，走到一半，廖喜突然问道：“衡久远，这是你后来改的艺名，不对，笔名，还是真名？”

“真名，我爷爷起的。”她知道廖喜要说什么，来深圳一年，有数不清的人，跟她说过同样的话。

果不其然，廖喜接着便说：“钻石恒久远，一颗永流传。”

念完这句广告词，他突然哈哈大笑：“百年好合啊，好意头，好意头。”然后，他一路上不再说话，只是抽烟。

回到警署后，衡久远跟洪队汇报，说还要采访几个人，争取做成整版专题，又指名要山林雪全程陪同，洪队乐得成人之美，山林雪无可奈何，又无法推辞。等到他陪完晚饭，终于送走了衡久远，回到住处时，已经八点多了。这一天折腾下来，比出去办案还累。

山林雪站在卧室墙边，端详着许静的照片。这个不幸又万幸的受害者，在医院治疗的时候，他跟廖喜一起去探望过。病床上，死里逃生的妙龄少女正处于一种绝对茫然的状态，对身边所有一切都失去了感知的能力。

医生说她受了太大刺激，需要时间恢复。

无论谁叫她名字，都没有反应。唯独只有廖喜，他讲话时，许静会聚拢眼里的光，看着对方，像一头受伤的小鹿。

山林雪想了一会儿，取来一支钢笔，又揭下许静的照片，在她名字的桃心后面写上了一个“喜”字。

他重新把照片贴了上去，正准备去洗澡，却接到了廖喜的电话。一听就知道，他喝了酒。

廖喜在电话里，喊山林雪来新记湛江烧烤，陪他喝酒。这家烧烤店在布古公园旁，主打湛江生蚝。生蚝肥美、新鲜，还便宜。山林雪陪廖喜去过几次，他喜欢吃蒜蓉辣椒的，廖喜最爱原味的，什么都不加，烤熟了撬开壳就吃。

等山林雪赶到烧烤店，金威啤酒的空瓶，桌上已经摆了好几个。

一坐下来，廖喜便直奔主题："小谌跟别人好了。"

"怎么回事？"

知道山林雪不喝酒，廖喜先让老板拿了两瓶常温的王老吉，这才开始说他的遭遇。

今天中午，他原本没有约小谌吃饭，但是为了让山林雪跟衡久远独处，这才临时起意去找小谌。到了舞蹈班，没找到小谌，问她的同事莎莉，说是出去吃饭了。

廖喜心里咯噔一下，就觉得不对劲。

出了舞蹈班，廖喜打电话给小谌，故意说自己还在警署，刚接受完采访，中午陪市区来的记者一起吃饭。然后问小谌在干吗，她说是在吃饭。问跟谁，小谌说，和莎莉在一块。

廖喜叫了辆绿的，在整个布古镇兜来兜去，找了快一个小时，终于在一家快捷酒店后门的停车场，看见了自己那辆白色佳美。他在酒店对面那家腊味店，一直蹲守到下午两点多，佳美开出了停车场，然后酒店正门走出一个人，正是小谌前男友，一个酒吧驻唱。

再然后，廖喜就去了石牙岭，跟山林雪他们会合。

对山林雪而言，这样的结果并不意外。一个多月前，他休假去市里买书，刚好撞见小谌跟前男友坐在咖啡厅里，动作亲昵。但是回来以后，山林雪并没有跟廖喜说。别人或许会以为廖喜傻，山林雪却清楚，以他的智商和职业敏锐，迟早都会发现女朋友的问题。不，或许廖喜已经知道了，至少是有所怀疑，他引而不发，自然有他的原因。

山林雪明白，通报坏消息的人跟制造坏消息的人一样令人痛恨。这个道理在向受害者家属宣布噩耗时尤其适用。

小谌对廖喜的不忠，证据确凿，已经是既成事实，也就没有继续讨论或者尝试澄清误会的必要。

“那你打算怎么办？”山林雪问道。

廖喜仰头灌下大半瓶金威，擦擦嘴：“我打算明天，跟小谌摊牌。她要是更爱那个男的，我就放她自由。要是她，她愿意跟那男的断绝关系……”

他眼眶湿润着说道：“阿雪，我想了一下午，我可以当作什么都没有发生，年底向她求婚。毕竟还年轻，谁没有犯过错，错了也可以从头再来。你说对不对？”

山林雪震惊了。他知道廖喜很善良，很大方，但他没有想到，廖喜为了所谓的爱情，可以宽容，或者说妥协到这种程度。

山林雪不禁想，如果自己遇到这种情况，会怎么处理呢？会有廖喜的胸襟，去原谅对方吗？

不太可能。自己第一时间，就会果断分手。真正美好的感情，应该容不得一粒沙子才对。

廖喜突然说道：“阿雪，你知道吗，我好羡慕你的。”

“为什么？”

“靠，还用问吗，你又高又帅，还有内涵。我什么都没有。喜欢我的女孩子，都是喜欢我家的钱，还有我这身警服。”

“喜欢你的家境跟职业，有什么问题？”

“这些都不是我，是外在的东西。家里的钱，又不是我挣的，没有成就感。”

“那我问你，你说的高、帅、有内涵，就是我吗？就是我这个人的本质？我长成这样，不也是父母给的遗传，又不是我努力得来的。”

“钱很可能会没有，比如我爸生意失败，破产了。”

山林雪更加不解道：“且不说我从来没觉得自己帅吧，我问你，难道我的外表就是永恒的吗？是个人就会变老，变丑，对吧？再说了，如果我毁容了呢，如果我截肢了呢，我们当警察的，发生这些事情太正常了，不是吗？”

廖喜一时语塞，想了一会儿说：“那你还有内涵啊，你买的那些书，我光看封面就打瞌睡。我只喜欢看网络小说，小谌说我浪费时间，浪费生命。”

山林雪突然哈哈大笑：“内涵？你说我有内涵？”

廖喜很少看他这样开怀大笑，觉得莫名其妙。

“我看什么地质学、考古学，又不是为了造福人类，那都是个人爱好，消磨时间。跟你看网络小说，有什么本质区别？”

廖喜挠挠头：“你这么一说，好像也对。”

山林雪乐不可支，喝了一口王老吉：“廖老板，我再问你一个问题。”

“你问。”

“假设，假设啊，有一天你爸真的破产了，你也不当警察了。你就开个肠粉店吧，每个月辛辛苦苦，赚五千块。我问你啊，到时我找你借钱，五千块，你借吗？”

廖喜毫不犹豫道："那还用说，当然。"

"那一万呢？"

廖喜想了一会儿说："一万啊，你真的急用，我还是会借吧。一世人，两兄弟。"

"那就对了啊！这才是一个人的本质，是你的本质。再过十年、二十年，世界怎么变，你也不会变。对吧？是不是这样？"

廖喜嘿嘿笑道："我都不好意思了，靠，不对啊，我有借钱给人的本质，那又怎样？"

"那就很好啊。你的本质不是喜欢借钱给人，是关心朋友，待人真诚。哪怕你跟小谌分开了，只要能找到喜欢你本质的女人，你的本质不会变，她对你的喜欢也不会变。"

廖喜疑惑道："真的？"

"真的。"

廖喜高兴地说道："阿雪，我相信你。那么高深的道理，你想得出来，我肯定想不出来。我看啊，你的本质，是一个哲学家。"

山林雪也笑，难得说了句粗口："去你妈的哲学家。"

廖喜举起了一瓶金威，山林雪拿起一罐王老吉，两人碰杯："干！"

就在这时，山林雪的电话响了，是衡久远打来的。

挂掉电话后，山林雪嘟囔了一句："还真是个傻子。"

"谁啊，怎么了？"

"衡久远，她下午把胶卷掉了。"

"菲林啊，掉在山上了？"

山林雪叹气："不是，在出租屋里就掉了。她说记得很清楚，顺手放在窗台上了。我明天回去帮她拿。"

“行，那我们继续喝。老板，再来一打生蚝，一半辣一半不辣！”

廖喜突然问道：“阿雪，我也问你一个问题。如果到时是我找你借钱，你借吗？”

山林雪不假思索道：“不借，我要留来买书，提升内涵。”

廖喜骂道：“靠，真的不借？”

山林雪哈哈笑道：“那我考虑下吧。”

这天晚上，廖喜毫无意外地喝多了。

喝多了就唱歌，还是王杰，这次换了《谁明浪子心》。“可以爱的话，不退缩，可相知的心，哪怕追逐……”廖喜唱得声嘶力竭，鬼哭狼嚎，惹得烧烤摊人人侧目。

吃完烧烤，廖喜还残留一点意识，说怕自己喝醉回家，对小谌说出什么不理智的话。于是，山林雪陪着他，在附近找了个招待所的双人房，两人凑合睡了一晚。直到第二天早上，他们才起床，各自回家洗澡，然后去警署上班。

之后的半年里，廖喜一直庆幸，当晚自己做了这个决定。

四

发现那具无名女尸的是廖喜。

第二天早上，山林雪有案卷要整理，廖喜刚好到东边去，顺便帮衡久远拿胶卷。

当他推开二〇四房的门，就看见那具尸体躺在地上。

女尸全身赤裸，仰卧于地，双手摊开，两脚并拢，脚冲着门，头向着厨房。现场并没有看到衡久远落下的胶卷。

廖喜第一反应以为尸体是衡久远。因为两者体型相似，年龄相仿，而且都是短发。廖喜以为，衡久远是昨天半夜回来拿胶卷，然后遭遇了不测。

幸好不是。

廖喜上前查看，发现死者是一名面容姣好的陌生女性，脖子上有绳子的勒痕，初步判断是其致死原因。

在尸体的胸部下方，肚脐以上，用马克笔写着三个字符，竖向排列。

山
丨
丨

廖喜马上打电话向洪队汇报。

机械性地做完这一切之后，廖喜才从宿醉和震惊中缓过劲来，大脑重新启动，开始思考眼前的景象及其背后的意义。

这太令人难以置信了。

为什么一个曾经的犯罪现场，原来的凶手都已经被抓了，又出现新的死者？

摆在他面前的第一个问题是，这一起案件，要以自杀还是他杀来定性？廖喜断定是后者。因为一个人不可能在自缢身亡后，又跑到地板上躺好，这根本不符合常理。

紧接着，一连串问题争先恐后出现在廖喜脑海。这里是不是犯罪第一现场？死者是谁？凶手是谁？凶手为什么要在这里杀人或者弃尸？凶手的这种行为，应该视作偶然，还是故意向警方挑衅？

突然间，一个可怕的念头跳了出来。如果竖着看，山，丨，丨，山林雪的山；横着看，彐，一,一，彐刚好是雪字的下半部分。

廖喜被自己吓到了，用力拍着自己的脑袋，努力让这个联想烟消云散。

在这个上午，以及接下来一个月，甚至之后的二十年间，这些疑问一直困扰着廖喜。通过他们不懈的努力，一部分问题得到了解答，而另外的一部分，因为无法预测的原因，成了长久的秘密。

警署同事们很快到达了现场，技术分队取证拍照，洪队在门口不停踱步。他止不住愤怒地说："这完全是骑我们头上屙屎屙尿，啊，屙屎屙尿，当我们布古警署是吃素的？"

如果仔细琢磨这句话，会发觉它非常好笑，不过在这个场景，没有任何人想要笑。

根据技术分队管文浩的报告，从尸僵程度判断，受害者的死亡时间应该是在今天凌晨一到四点。在死者颈部甲状软骨上发现索沟，应是颈部受到外部压力，造成机械性窒息死亡。具体是被他人勒死还是自缢身亡，需要进行尸检才能确认。

除此以外，尸体上未发现可见创口，也没有被性侵犯的痕迹。现场找不到最关键的绳索，也没有遗留任何能证明死者身份的物品，包括衡久远留在这里的胶卷，很可能是被凶手带走销毁了。

遗体的腹部上，用黑色马克笔留有记号，由三个奇怪字符组成。如果竖着看，是山，丨，丨；如果站在遗体右手边，横着看，则是彐，一，一；站在遗体的左手边看，则是一，一和英文的第五个字母 E。暂不明白凶手或死者写下这串字符的用意。

报案时间为今天上午十点二十三分，报案人是本署刑警中队队员廖喜。据廖喜称，自己之所以来到现场，是为了取衡久远遗留下的胶卷。

从现场提取到大量的脚印跟指纹，其中包括山林雪跟廖喜的指纹。前者称是在昨天协助衡久远拍摄时留下，后者则称是半个月前解救受害者许某时所留。

两名刑警虽然没有作案动机，但是从证据学上说，存在一定的嫌疑。幸好，根据两人供述，昨晚他们喝了酒之后，一同住在招待所，互相提供了不在场证明。尽管如此，也有队员私下向洪队建议，为避嫌起见，山林雪跟廖喜应该退出此次调查。

这个提议，被洪队断然拒绝了。

这个退伍侦察兵，三十多岁的刑警队长，打死也不相信，他手下的两个兵，两个得力干将，两个侦查分队骨干，会在合谋杀人之后，弃尸于上一次案件的犯罪现场，再一起做伪供。这不仅是在质疑他两个手下的人格和智商，也是在质疑他洪子良的人格和智商。

警署会议室里，洪队当着所有人的面，面色严肃道："有人怀疑自己战友，是谁我就不点名了啊，非常不好！说什么小山跟小廖有犯罪嫌疑，去过现场就有嫌疑？要照这么说，今天在场的，包括我，都有嫌疑。是不是我们都退出调查，啊？再让分局的兄弟来帮忙？"

台下没有人说话。

洪队怒气冲冲："小山跟小廖是什么人，别的中队不清楚，你们不清楚？他们会杀人，杀了人，还蠢得把尸体扔在上一个现场？不可能！我现在告诉你们，这个案子，小山小廖不光参与调查，还要负责调查！"

他又给廖喜和山林雪下达命令："'七九'案，活人是你们找到的。这一次，还是同一间出租屋，死人也是你们找到的。你们两个，给我负责到底！把事情给我弄明白了，把人给我抓到！听明白了吗？"

两人立正敬礼，齐声道："明白！"

接下来，洪队当众拍板，这个案子由山林雪和廖喜主要负责，侦查分队陈宇峰、黄宇、周轩、徐铂洋，技术分队管文浩、陈弘，予以配合。协警最近都在帮治安分队抓黄赌毒，如非必要，不要抽调人力。

于是，在"七九"案结束的半个月后，一具无名女尸，开启了新的案件。这起谋杀案，尸体被发现的日期是七月二十三号，因此命名为"七二三"案。

“七二三”案，是廖喜职业生涯中的一场鏖战。对他来说，这不失为一件好事。廖喜发了几条很长的短信，跟小谌摊牌，最后说，给她一星期时间好好考虑。这段时间里他要忙破案，休息也回父母家住，希望小谌不要打扰他，双方都静一静。

小谌的短信很简单，区区三个字：对不起。

接着又补了一条：我知道了，我会好好考虑的。

放下手机，廖喜便放下了活着的女人。此刻，他的心里，只有死掉的那个女人。

道理很简单，搞清楚是谁杀人之前，得先弄明白，被杀的人是谁。从现场来看，死者脸上虽然没有化妆，但手指跟脚趾上，都涂着紫色的指甲油，极有可能是从事服务性行业的。第一阶段的外围调查，集中在布古镇所有地下服务业，希望能找到突破口。

侦查分队的六个伙计，八仙过海，各显神通，分头进行调查。警署辖区内的各个夜总会、酒吧、按摩院，还有三教九流的线人齐上阵。结果，第二天中午就找到了线索，是一起打麻将的那个河源人老刘提供给他们的。

在老刘的茶烟酒店里，他看了眼死者照片：“这不是皇朝一号的红牌，小眉嘛。我丢，上个月还点过她呢，怎么就死了？”

廖喜跟山林雪对视了一眼，皇朝一号，是布古镇最大的夜总会。

廖喜问道：“你确定是她？”

老刘又仔细端详了会儿：“头发剪短了，没错，就是她。小眉，眉毛的眉。她特别喜欢紫色的东西，你看，手指甲是紫色的，没错吧。”

“小眉，真名叫什么？”山林雪问道。

老刘嘿嘿一笑：“山警官，鸡婆来的，鸡婆会跟你讲真名？”

有了这条线索，接下来就好办多了。按照流程，应该是去皇朝一号，找几个人确认，拿到受害者详细资料，再通知家属来认尸。没料到，却来了个不速之客。

大概就在前天下午，石牙岭上，廖喜靠着桉树抽烟那会儿，一股热带低气压，在菲律宾吕宋岛东北部海面上生成。昨天，低气压增强成为热带风暴，日本气象厅将其命名为玉兔。布古镇从早上开始刮风，到了中午，两人从老刘的店里出来时，差点被风吹走。

二〇〇一年第七号台风，“玉兔”，正在香港东南面海域，伺机登陆。

两人开着那辆三菱帕杰罗，刚回到警署，雨就劈头盖脸下了起来，窗外黑压压一片。在警署里，他们遇见了另一位不速之客，《特区法制报》记者，衡久远。

她坐在山林雪的办公桌前，心情显然不怎么好。

衡久远首先报告了一条坏消息，因为“七九”案本身的敏感性，加上一波未平一波又起，为了避免造成负面影响，干扰办案，龙港公安分局跟《特区法制报》一致认为，她之前写的那篇报告，不宜发表。

不光现在不能发，以后也不能发。

这对廖喜来说，倒也不在意料之外。三年的刑警生涯，没破的案子也好，破了的案子也好，最后能见诸报端的，实在是少之又少。毕竟让广大市民群众知道自己生活的世界并不安全，不会带来什么好处。

不过，这也再次提醒了他，让他给脑里众多疑问中的一条画上了加粗的下划线。

“七九”案并没有经过本地或者市里的媒体报道，如果凶手是模仿作案，或者有意挑衅警方，那他的信息从何而来？看来，之前某个队员的怀疑也并非毫无道理，只不过，怀疑的对象不应该局限于廖喜跟山林雪，而是所有参与“七九”案的公安干警。当然，还有衡久远。

并不是说这些人有作案嫌疑，而是可能有人无意中透露了一些信息，引发了凶手的兴趣。这同样可以作为一个调查方向。

对于廖喜的分析，山林雪表示认同，不过他认为，当务之急，还是对皇朝一号进行调查取证。

台风“玉兔”的到来，打乱了他们原有的计划。外面风大雨大，迟点可能会造成积水内涝，今天晚上，皇朝一号肯定不会开门营业。这样一来，调查疑似名为小眉的坐台女，只能通过电话进行。

两人探讨案情时，衡久远就在一边干坐着。等他们起身要去向洪队汇报，她拉着山林雪问道：“那个女孩……”

廖喜笑了笑说：“阿雪，你陪下她吧，我自己去找洪队。”

山林雪无奈坐下：“那个女孩，怎么了？”

“那个女孩被杀，会不会是因为我？”衡久远低声道。

“跟你没有关系，不要有心理压力。”

不知道什么时候，山林雪称呼衡久远，已经不再用“您”了。

衡久远还是不放心：“不是啊，会不会是我们聊天的时候，凶手听到了什么，所以跑到那房子里去杀人？比如说，前天中午吃火锅的时候。”

“吃饭那会儿，我们没聊这个话题。”

“所以说，真的跟我没关系吗？”

山林雪点头：“对，完全没关系。”

衡久远放下心头大石，喃喃道：“那就好，那就好。”

在山林雪内心，他并不觉得这件事跟衡久远完全没关系。跟凶手和死者，可能确实无关，但是衡久远去现场拍照，尤其掉了胶卷这件事情，实实在在地对他跟廖喜造成了影响。

如果不是她那么粗枝大叶，廖喜昨天早上就不会回到二〇四房。如果不是廖喜发现了受害者尸体，无论是在多久之后，被哪一个人发现，这件谋杀案，都不会被怀疑到他们头上。

作为一名公安干警，莫名其妙被认为有杀人嫌疑，山林雪自己倒无所谓，但是他看出来了，廖喜嘴上没说，内心多少有些不满。

不过，他心里清楚，因为这个迁怒于衡久远，既没有道理，更毫无必要。把案子破了，把人抓住，就能还他和廖喜一个清白。

窗外风雨正急，窗玻璃被台风袭击，发出不堪重负的哀鸣。几个同事都站在窗边，探讨下班要怎么回家。

隔着办公桌，山林雪跟衡久远对坐着，一时沉默无语。

廖喜从洪队办公室出来，就去上厕所。前一天喝了酒，第二天就会拉肚子，对他来说是被验证多次的定律。

快拉完的时候，他听见小便池那边传来两个熟悉的声音。应该是陈宇峰和管文浩，他们俩一个东北人，一个江西人，合租了一套房子，平时挺要好的。

同是东北人，山林雪讲话听不出来口音，陈宇峰的东北腔就特别重，连同住的管文浩也被传染了。

“洪队还把你训了一顿？”管文浩问道。

“别提了，他一向偏心眼子，咱又不是不知道。”陈宇峰答道。

“你没事招惹他们干啥？”

陈宇峰忿忿道：“我看不过眼啊，这两人，一个仗着家里有钱，一个仗着文凭高，一天天的，装大尾巴狼呢。再说了，根据条例，确实不该让他俩参与，回避原则。”

说完他又压低音量道：“尤其是你看，咸鱼身上还写了个山字，山，山林雪啊。”

“别瞎联想。我说阿峰，你等着瞧，破了这个案子，年终先进个人，还得是他们的。”

“我的天，那得给他们高兴成啥样。”

廖喜在厕格里，先是生气，后来又觉得好笑。他早知道是陈宇峰搞的小动作，没想到他会公然在警署里说。东北大兄弟还是太实在了。更何况，冷静下来想想，陈宇峰说的也并非没有道理。

一开始被怀疑是杀人凶手，廖喜是挺郁闷的，后来也就想开了。像他爸常说的，不遭人妒是庸才。从另一个角度看，在同事眼里，他也是个值得嫉妒的优秀刑警了。

这么一想，廖喜就开心了。他决定逗逗外面两人。

廖喜突然推门而出：“陈宇峰，管文浩，你们几时还钱啊？”

这两人都欠着他钱，管文浩三千多，陈宇峰两千。

廖喜冷不丁这一嗓子，把陈宇峰吓得一抖，尿都滴在鞋子上了。两人尴尬地打了声招呼，提上裤子，手都没洗就溜出了卫生间。

等廖喜回到办公室，山林雪已经准备出发了。

“技术分队那边拿到了小眉领班的地址，我们现在过去，”说完山林雪又笑了笑，“廖老板，你猜她住哪儿？”

“住哪儿，总不会住我隔壁吧？”

“还真是。倒不至于隔壁，隔了几栋，跟你一个小区，新世纪华庭。”

“靠，真的假的，这么巧？”

“就这么巧。”

廖喜走到窗边，看一眼楼下："要走赶紧，不然等下水涨高起来，哪里都去不了。"

两人便收拾东西朝外走。

这时候，被他们遗忘的衡久远在一旁问道："我想跟你们一起去，可以吗？"

"不行。"山林雪拒绝道。

"你这样会干扰我们调查的。"廖喜解释道。

"今天台里没车，我是自己坐车来的，现在台风那么大，我肯定回不去市区了。你们走了，我今晚怎么办？"衡久远着急道。

"我们有任务，怎么能带上你呢？万一你泄露了案情，惊动凶手怎么办？"

听山林雪这么说，衡久远低下了头，感觉马上要哭了，也不知道她是装出来的，还是真的觉得委屈。

事到如今，廖喜只好和稀泥，想了个折中的办法。

"这样吧，你坐我们车一起走，到新世纪华庭，然后我跟阿雪去调查，你呢，就到我家去。我女朋友也在家，她会照顾你的。"

山林雪皱着眉头："廖老板，这样方便吗？"

廖喜手一挥："没事，我跟小谌说一声就行。"

"万一……"

廖喜笑了下："阿雪你放心，她不至于。"

三人便一起出门。

楼下水已经到了小腿，这个时候，就体现出越野车的好处了，底盘高，不容易熄火。路边的树被吹得东歪西倒，行人走在路上，打不打伞都是浑身湿透。

衡久远坐在后座，说道：“深圳什么都好，就是台风吓人。”

“等你多待几年就习惯了，哪一年台风打得少，还觉得缺点什么呢，”廖喜说罢又问，“贵阳下雪吗？”

“下的，不过不大，毕竟也属于南方。”

“那还是东北好，可以堆雪人打雪仗。我告诉你，阿雪这人很怪，他名字里有个雪，还特别讨厌下雪。”

“啊，为什么啊？”

“没有为什么。”山林雪冷冰冰道。

衡久远哦了一声，便不再说话。

廖喜给小谌打了个电话，把事情跟她说了，小谌一口答应，让廖喜放心。

“廖警官，太麻烦你了。”衡久远不好意思道。

“没事，出门靠朋友嘛，互相帮忙。”

车子到了新世纪华庭，停进地下车库，廖喜跟衡久远说了自己家怎么走，便跟山林雪一起去找那个妈妈桑。

“看来当妈妈桑挺挣钱啊，能住这小区。”廖喜打趣道。

“当妈妈桑好。”

廖喜吓了一跳：“你还有这爱好，没看出来啊。”

山林雪解释道：“我是说，像她这种职业，见不得光，看见我们就会怕，怕就能好好配合。”

两人照着地址，上了电梯，到一三〇六房门口，按响了门铃。

很快，一个女人的声音从门后传来。

“谁呀？”

山林雪回答道：“您好，请问是陈盈盈女士吗？我们是布古警署的，想找您了解一些情况。”

女人很警惕：“我是，你们有证件吗？”

山林雪把警官证放在猫眼前，过了一会儿，房门打开了。

这个皇朝一号的领班，老鸨，或者叫妈妈桑，看上去三十五左右，穿着睡袍，身材微胖但不失风韵，一头卷发，脸上虽然精心保养，但已有了些细纹。

她一反刚才的冷漠，热情地招呼道：“两位警官，进来坐进来坐。”

廖喜一愣：“盈姨？”

盈姨也认出了廖喜，笑道：“这不是廖总的公子吗？哎呀，好久没见，越来越帅了。不用换鞋不用换鞋。”

山林雪问道：“你们认识？”

盈姨亲热地挽着廖喜，一边往里走一边说：“认识，当然认识，老熟人了。”

廖喜有些尴尬。半年前，他爸招待一个浙江来的大客户，让廖喜也去露个脸，饭局上便有盈姨。他当时就看出来了，这个盈姨不像从事正经行业的，不过没料到她是个妈妈桑，更没料到会在这种场合遇见。

两人便在沙发客厅上坐下，盈姨忙前忙后，又是倒茶，又是递烟，还一定要去削水果，劝也劝不住。

山林雪打量着这间房，金灿灿的欧式风格，又豪华又土气，倒是挺符合房主的职业。他心里有些疑惑，当妈妈桑真有那么挣钱，还是说，她有别的收入来源？

盈姨的水果削得又快又好，她端着果盘放到茶几上，又飞快地插上牙签。看起来，确实是个优秀的夜总会从业者。

盈姨坐了下来："两位警官，外面打台风，雨那么大，你们还要出门工作，辛苦了哟。也多亏你们，我们这些小市民才有安稳日子过。"

山林雪听得不耐烦，打断道："陈盈盈女士，我们这次来，是有一起案件，需要您配合调查，希望您能提供一些有用的信息。"

说完，他看了廖喜一眼，便打开随身携带的笔记本。

"配合配合，一定配合。"

廖喜问道："盈姨，你的同事里，有没有一个叫小眉的？"

"小眉？有啊，她怎么了，出事了吗？难怪这几天没来上班，我还以为去哪里散心了。她被你们抓起来了？"

"没有，盈姨，小眉真名叫什么？"

盈姨记性很好，不假思索道："真名啊，袁静梅。"

"袁静梅，怎么写？"山林雪问道。

"袁世凯的袁，安静的静，梅花的梅。"

"她是哪里人，年龄，什么学历，在你这工作多久了？"廖喜继续问道。

"二十一吧，不对，上个月刚过生日，二十二岁。湖北人，老家恩施，就那个土家族苗族自治州，不过她是汉族。学历高中，你说能上大学的肯定不会做这个嘛。来了一年多，一年三个月吧，从广州过来的，之前在那边的场子上班。廖警官我跟你讲……"

"盈姨，叫我小廖就行。"

盈姨改口道："好好，小廖，我跟你讲，小眉这个人，乖乖女来的，心肠很好，老是喂流浪猫、流浪狗，哎哟，我看着都嫌脏。还有啊，她出来挣钱，真的是为了供弟弟上学。你知道，夜场里十个有九个都这么讲，八个假的，小眉是真的，"一口气说完这些，盈姨又问，"她到底犯什么事了？”

“七月二十二号晚上，到七月二十三号凌晨，您在干什么？”山林雪问道。

盈姨莫名其妙道：“上班啊，有个老板生日，请我们吃夜宵，到五点才散。怎么了？小眉到底出什么事了？”

廖喜连忙道：“等下再跟你讲，对了盈姨，这个袁静梅，她出台吗？”

盈姨笑了：“出台？小廖哟，别跟你盈姨说笑了，我们皇朝一号，全布古谁不晓得，正经场子，美女们喝个酒聊个天，绝对没有那些乌七八糟的事情。”

“她有没有什么恶习，比如吸毒或者赌博？”

盈姨头摇得像拨浪鼓：“没有没有，小眉不是这样的人，我不是给你说了吗，她挣的钱都寄回家里去了。我抽根烟，你们不介意吧？”

她点烟的时候，山林雪抬起头来：“她跟哪些客人或者同事比较好，又跟谁有矛盾？您能详细给个名单吗？”

盈姨吸了口烟，装模作样道：“这我要好好想想，我手下那么多美女，一时半会儿想不起来。对了小廖，能告诉盈姨吗，小眉到底怎么了？搞得我心里七上八下的。”

廖喜看火候差不多了，便从公文包里，掏出死者照片，递了过去：“盈姨，你看一下，这是不是袁静梅？”

盈姨呆住了，烟从指缝里跳下，掉到木地板上。

廖喜伸出一只脚，帮她把烟踩灭，然后跟山林雪对视了一眼。

山林雪点了点头，盈姨的反应很自然，很真实，看起来袁静梅遇害这件事，她确实不知情。

从震惊中恢复过来后，盈姨哭了。她抽了五六张纸巾，一边擦眼泪，一边骂老天不长眼。

盈姨抽泣着问：“她是自杀，还是被人害死的？”

“暂时不方便透露。”山林雪答道。

盈姨哼了一声：“别骗你盈姨，肯定是被人害死的，对吧？是哪个杀千刀哟，人杀了，衣服也不留一件。小廖，山警官，你们一定要把凶手抓到，小眉太可怜了，太可怜了。”

两人等盈姨情绪稳定，才让她把刚才说的那些人报了个名单出来，山林雪一一记在本子上。盈姨不愧是金牌妈妈桑，不管坐台小姐还是客人，所有人的电话号码，她倒背如流。从这个角度看，倒是跟山林雪有共同之处。

盈姨一共给了七个人的名字，到最后，她突然有些犹豫。

“怎么了盈姨，还有没说的人吗？”廖喜问道。

盈姨想了一想：“没有了。”

山林雪继续施压：“您给的信息非常重要，一个都不能漏，有助于我们尽早抓到凶手。”

盈姨还是坚持：“真的没有了。”

山林雪把死者腹部那三个神秘字符展示给盈姨看：“这是什么意思，您有印象吗？”

盈姨摇头：“没有。”

廖喜看聊得差不多了：“盈姨，你记下我的电话，以后想到什么，再告诉我。”

“好的，一定。”

廖喜又补充道：“还有，关于袁静梅遇害这件事，盈姨先不要告诉任何人，免得打草惊蛇。”

“我知道了。”

山林雪想借用一下卫生间，盈姨便带他过去。里面的洗浴用品却都是小孩子用的，有些还带卡通图案。

山林雪想，这个房子的户型，应该跟廖喜家的一样，主卧带有一个卫生间。这么说来，陈盈盈家还住了一个小孩，用外面这个卫生间，而她自己用主卧里的。应该是她儿子，或者亲戚的小孩。

而且他留意到，从进门到现在，客卧的门一直是关着的，说不好小孩就在里面。

从卫生间出来后，山林雪便问道：“盈姨，您一个人住吗？”

“还有我儿子，平时在学校寄宿，放假才回来。”提起儿子，她脸上不由自主地流露出笑容。

山林雪又问道：“他在家吗？”

“在家，房间里学习呢。我跟你说山警官，他成绩可好了，又自觉，才多大的孩子，根本用不着我操心……”

盈姨突然顿住，收起脸上的笑：“哦，两位警官，需要让他出来，接受调查吗？”

山林雪站在客卧门口，犹豫了一下。

廖喜赶紧说道：“不用不用，别打扰他学习。”

转头又对山林雪催促道：“赶紧走吧，台风那么大，等下回不去了。”

两人便告辞出门。

出了门，廖喜埋怨道：“别那么多疑行吗，把她弄烦了，以后不给线索怎么办？”

“也对，她儿子应该还很小，我刚去卫生间，毛巾都是数码宝贝的。”

“就是。接下来怎么打算？”

“从这几个人着手吧。”山林雪拍拍手上的笔记本。

走了十几层楼梯，来到地下车库，两人便傻眼了。整个小区的雨水都倒灌进车库，把它变成了一个地下泳池。灯也不亮了，勉强看到不远处的帕杰罗，露出一个车顶，小轿车干脆全部消失。

这个情况，别说是越野车，连船都未必能开出去，只能开潜水艇。

山林雪无可奈何，望洋兴叹。

廖喜笑笑说道：“人不留客天留客，看来，你得到在下寒舍凑合一晚了。”

五

晚饭时间快到了，小谌跟衡久远在厨房忙活，两个男人坐在客厅看那份七人名单。

“四女三男，里面两个好姐妹，两个钱财纠纷，一个打架斗殴，还有两个争风吃醋。我们这袁静梅，看起来人缘一般。”

“哪个像杀人犯？”廖喜问道。

“男的肯定嫌疑更大，活活把人勒死，一般女性体力不够。现场也没有什么打斗痕迹，说明这男的力气不小，一出手就把死者制服了。”

廖喜的意见正好相反：“我看，就是女的嫌疑大，尤其这两个姐妹，曾恬，外号小猫，还有何玲玲，她倒老实，就叫玲玲。阿雪你想想，要是有矛盾的人，大半夜的，怎么能把死者叫到那去？应该就是好姐妹约去的，然后有个男的帮凶，趁其不备，痛下杀手，咔嚓。”

廖喜做了个抹脖子的动作。

山林雪皱眉道：“你说的也有道理，不过要加个前提，二〇四房是第一现场。不然可能是在别处杀了，用行李箱什么的搬过来。死者体型瘦小，最大的那种拉杆箱完全够装。”

廖喜双手抱住后脑勺，身体往后仰：“法医报告什么时候出来啊？”

“本来是明天下午，这个台风一捣乱，起码后天。”

廖喜又骂：“这凶手真是神经病，杀人就杀人呗，还在身上画个记号。那记号到底什么意思？”

山林雪皱眉：“不知道。”

两人又拿出现场照片，对着记号左看右看，依然毫无头绪。

这时，小谌从厨房出来，招呼道：“吃饭了吃饭了。”

衡久远也跟了出来，大声道：“廖哥你运气也太好了吧，小谌姐人长得好，做饭也超厉害！”

小谌拍了下衡久远的手：“行了行了，那么夸张。”

廖喜笑了一下，自嘲道：“是啊，我就是行运超人，虽然一无所长，毫无实力，但胜在一辈子好运气。”

山林雪想了想，把照片上的字符，山，丨，丨，临摹在笔记本上，然后带去饭厅。

他在饭桌摊开笔记本，问两个女人：“能看出来这是什么吗？”

小谌看了一眼，摇摇头，转身进厨房拿碗筷。

衡久远拿起笔记本，竖着看了一会，又横过来看，说道：“这个，是不是〇〇一呀？”

山林雪来了精神：“〇〇一，怎么看出来的？”

衡久远便问廖喜：“家里有计算器吗？”

“有。”

廖喜到书房取了个卡西欧计算器，递给衡久远。

衡久远在上面先输入一个零："你们看，零是这样的。"

接着，她又输入一个一："你们看，刚才的零，中间缺了一横，现在这个一呢，缺了左边整个部分。"

小谌不解道："什么意思啊，把我搞糊涂了。"

衡久远在笔记本上，用两种颜色的笔，把计算器的数字写了一遍："这样会更直观一点，黑的是〇，〇，一，我们把数字逆时针旋转九十度，你们看下，红的地方，不就是，山，｜，｜？"

山林雪抢过笔记本跟计算器对着看，惊讶道："还真的是！"

"小衡好聪明。"廖喜感叹道。

衡久远不好意思地笑笑："小时候跟爸爸去工地，没事做，就玩他的计算器。"

山林雪心下一沉。如果确实像衡久远说的，记号代表了〇〇一，那么凶手的意思很明显，这是他的第一件牺牲品。

作品一号。

廖喜也想到了同样的问题，表情严肃道："还要死人啊。"

"哎呀，别说这些啦，我们吃饭吧。"小谌打断道。

晚餐很丰盛，一桌人除了廖喜，剩下的都爱吃辣，偏偏菜都很清淡，没有一个是辣的。

"这有辣椒酱，要吃的自己加。"小谌说道。

衡久远一边往碗里倒辣椒酱，一边说道："小谌姐，你对廖哥也太好了吧！"

廖喜笑笑，没有说话。

吃完饭，两个女人在客厅看电视，廖喜和山林雪负责洗碗。

"阿雪，你算了吧，笨手笨脚的，别把我盘子打碎了。"

山林雪便站在一边，看他洗碗。

“在单位吃食堂，回家你不做饭，都怎么解决的？”廖喜问道。

“楼下有家沙县小吃，拌面还不错。”

“拌面，你吃了三年？”

“我吃什么都一样，只要有辣椒。”

碗洗到一半，突然停电了。两个女人在客厅大呼小叫，廖喜赶紧擦干手，从柜子里找出应急灯。

接下来的晚上，停水停电，什么事情都没法做。廖喜提议打牌，于是四人围坐在应急灯旁，消磨时间。

窗外风雨飘摇，客厅里灯光昏暗。一对还未开始的恋人，一对濒临分手的情侣，仿佛世界上仅存的四个人置身于孤岛之上。

四人打了一会儿牌，衡久远听着窗外的动静说道：“台风好大啊。”

“嗯，翡翠台都挂了八号风球。”小谌回答道。

“小谌姐，你跟廖哥准备什么时候结婚呀？”

小谌看了廖喜一眼，没有说话。

廖喜打哈哈道：“没那么快，我在攒钱买钻戒。”

衡久远连忙道：“这个我知道，求婚要有钻戒，港产片里都这样演。钻石恒久远，一颗永流传。”

“是，我很小的时候就想，以后我求婚，要在一场很大的雪里，掏出一颗很大的钻戒，然后单膝下跪。”

山林雪说道：“你这是雪中送‘碳’。”

廖喜没听明白：“什么炭？”

“钻石，从地质学来讲，就是碳元素在地下高温高压的状态下形成的矿物，本质是碳。你在大雪里拿钻石求婚，不就是雪中送‘碳’？”

廖喜瞪了他一眼：“你这人，扫兴。”

衡久远笑着说道：“哈哈哈哈，好冷喔。”

小谌招呼道：“来来来，继续打牌。刚才谁赢了？”

后来应急灯没电了，大家牌也没的打，只好睡觉。两个女人睡主卧，山林雪坚持在客厅当厅长，廖喜乐得独享客卧。

凌晨一点，台风“玉兔”在电白登陆时，两个男人正在做梦。

台风夜里，他们梦见的却都是雪。

廖喜梦见，大雪纷飞，他掏出钻戒，单膝下跪，向小谌求婚。这时他发现，自己居然在二〇四房里，膝下都是黏稠的血。小谌像梦一样消失了，一具赤裸女尸，横卧在前。女尸慢慢坐起，脸却是模糊的。

没有五官的脸说：“你终于找到我了。”

脸上又长出一对破皮的嘴唇，上下翕动。

“救我。”

廖喜便吓醒了。他发现自己浑身是汗，散发出难闻的酸臭味。他还发现，自己在害怕。恐惧也有气味，比汗臭，比血腥味还要难闻。

一个充满恐惧的警察，是合格的警察吗？

睡觉前，小谌拉着他衣角，说她已经想好了。廖喜让她等多一星期，在八月的第一天，告诉他结果。他怕答案是分开，另一方面他也怕答案是继续。

对感情患得患失的男人，是合格的男人吗？

他坐起身来，听着外面的台风。

山林雪是冻醒的。

在那简陋的出租屋里，僵硬的床垫上，他有一床厚厚的拉舍尔毛毯。但寄宿在别人家，大热天，他不好意思开口找廖喜要毛毯。山林雪知道，自己已经足够奇怪了。

他梦见冰天雪地，北风呼啸。一个身穿红衣的小女孩，躺在雪地里。他伸出手来，死死掐住女孩的脖子。女孩注视着他的眼睛，表情坚定，说：“哥哥，我相信你。”

转眼间，视角从他身上抽离，上升到空中。他看见一个少年，十六七岁的样子，赤身裸体站在风雪中，冻得瑟瑟发抖。

“好冷啊，妹妹你冷吗？”

身边没有妹妹。

雪在他脚下结晶，然后蔓延而上。雪变成了他的血液，又变成了骨头跟皮肉，最终，他完全成为一个雪人。

“只要把自己当成雪，就再也不会感觉到冷。”

山林雪从梦中醒来，发现自己泪流满面。

两人一个在卧室，一个在客厅，就这样隔墙而坐，直到黎明。

早上七点，台风停了，水电也恢复了供应。小谌跟衡久远拉着手，从卧室叽叽喳喳地出来，叫醒了装睡的男人们。大家一起洗漱，做早饭，吃早饭，然后各怀心事地出门，去面对台风之后满目疮痍的城市。

地下车库的水已经排干，留下满地淤泥。帕杰罗泡汤一晚上，自然是开不动了，只能等拖车来拖进维修厂。小谌把佳美停在地面，幸运地没被任何东西砸中，算是逃过一劫。

马路上都是被台风刮断的树枝树叶，甚至有整棵的树干，怕会堵塞交通。大家思前想后，还是决定走路上班。廖喜跟山林雪回警署，小谌去舞蹈班打扫，衡久远自告奋勇要帮忙。于是兵分两路，挥手告别。

走在路上，廖喜若有所思道：“这次台风，不知道要死多少人。天灾人祸啊，阿雪，你说是天灾死的人多，还是人祸死的人多？”

“走路不看路，光顾着说话的人，死的也很多。”

廖喜骂道：“靠，大吉利是。我就是在想，我们当警察有意义吗，能救多少人，还不如去当消防员，当医生。”

“当消防员，当医生，你会吗？”

“不会。”

“那不就得了，还是好好当警察吧。”

对于昨晚各自的噩梦，两人只字不提。男人可以很勇敢，但不论多勇敢，也不可能在清醒时分享内心深处的软弱和恐惧。再好的朋友也不行。

两人到了警署，已经过了八点二十，有不少住得远的同事还没赶回单位。他们向洪队简单汇报一番，便回到分队办公室，梳理手头上的线索。

首先是派出所调来的死者资料，袁静梅，外号小眉，职业是陪酒小姐，身高一米六七。一九七九年生，今年二十二岁，老家湖北恩施，学历高中。家中父母务农，有个读高中的弟弟。暂未发现吸毒或者赌博等恶习。没有前科，但社会关系较为复杂。

接下来，是盈姨提供的七人名单。

何玲玲，外号玲玲，番禺人，二十三岁，袁静梅同事。盈姨说她又懒又馋，比较胖，但脸长得好，又爱笑，挺讨客人喜欢。跟袁静梅情同姐妹。

曾恬，小猫，广西南宁人，二十一岁，袁静梅同事。曾因打架斗殴被行政拘留。也是袁静梅的好姐妹。

乔丹，男，不是打篮球的那个乔丹。布古镇人，二十五岁左右，职业是放高利贷。袁静梅找过他借钱，用来给父亲治病。后来本金还了，在利息上有争执，到皇朝一号找过她几次。

黄邃，男，江西赣州人，二十三岁，皇朝一号的保安。袁静梅丢过一部手机，怀疑是其拿走，但没有证据，两人因此结怨。

刘大羽，男，江西南昌人，三十岁左右，在布古镇开广告公司。经常来皇朝一号招待客户，有时对坐台小姐动手动脚。今年五月，刘大羽喝多了，强行猥亵袁静梅，被曾恬用酒瓶砸头住院，曾恬因此被行政拘留。

马君，女，沈阳人，二十四岁，陪酒小姐。认为袁静梅勾引她男朋友，因此对其很不友善。有一次差点打起来，之后处处针锋相对，据说还曾经在死者的饭里下泻药。

王悠悠，女，沈阳人，二十四岁，陪酒小姐。是马君的同乡，好姐妹，所以跟她一起搞袁静梅。

又看了一遍这个名单，廖喜伸伸懒腰："先找谁啊？"

"上午找好姐妹，下午找女仇人吧，反正台风刚过，她们也上不了班。"

"有两个你老乡。"

山林雪看了他一眼："对，老乡。"

打电话给何玲玲，电话没接，再打给曾恬，一问之下才知道，原来她们两人与死者合租一套房。曾恬说，何玲玲还在睡觉，袁静梅好几天没回来了。廖喜不由一乐，去一个地方，能同时取证两人，顺带着调查死者居所，这倒省了不少功夫。

何玲玲跟曾恬住得比较远，走路走不到，山林雪便找洪队借车。

拿钥匙的时候，洪队很不放心交代道："千万别再泡水了。"

"现在没水了。"山林雪实诚道。

洪队点点头，又提醒道："那你别给我开进河里。"

洪队的车是一辆丰田霸道，车况很好，尤其空调冷气十足。车一启动，廖喜便感叹："哇，这才叫冷气啊，好爽，几时我们也换辆霸道。"

"等你当上队长吧。"

还是山林雪开车，廖喜便坐在副驾驶，从旁边的置物盒里翻出一本悬疑小说看了起来。

才翻了几页，廖喜忍不住骂道："写的什么狗屎，嫌疑人有这么蠢，半天就抓到了，还用得着写几百页。"

骂完继续看，看几页又骂："作者是什么白痴啊，警察办案流程完全不对。洪队怎么看这种烂书？"

"你换个角度想，这是小说，随便谁走进书店都能买。要是把犯罪分子的作案手法，写聪明了，写详细了，给别有用心的人看到，怎么办？还有，警察的办案方式，里面都写明白了，犯罪分子学了去，不就有反侦查能力了吗？"

廖喜想了一下，不服气道："作者就是缺乏专业知识，水平太差。"

"你倒是有专业知识，怎么不去写小说？"

廖喜哼了一声："靠，我以后不做警察了，我就写小说去，肯定比他写得好。"

山林雪难得笑道："好啊，你当作家，我还当宇航员呢。"

此时是上午十点半，路面经过消防员、交警、清洁公司的紧急维护，已经疏通了许多。就像廖喜说的那样，深圳人已经习惯了台风，深圳人不怕台风。

“阿雪你知道吗，最早那一批军人来建设深圳，在罗湖盖房子，用的都是木板。台风来了，怕房顶被吹走，他们就趴在上面，用身体抵挡台风。”

“外地人来建设深圳，你们本地人在干吗？”

“种田啊，要不是改革开放，我家现在还是农民，住客家围屋，哪有今天的好日子。”

“是啊，要不是改革开放，我家那边，都还是工人。现在职业比较丰富，卖菜的、摆摊的、蹬三轮车的，还有来你们这儿坐台的。”

廖喜想起警署里，他无心说的那句话，便有些尴尬。

山林雪也意识到不妥：“我不是那个意思，历史车轮滚滚前进，总有受益的，也有受损的，就当我们为国家做贡献吧。”

廖喜连忙说道：“会越来越好的。”

两人开着霸道，来到布古镇南边的萝岗。这一带靠近罗湖，娱乐场所发达，皇朝一号就坐落于此，上班的夜总会小姐们也多数住在附近。

袁静梅生前跟两名同事租住在一个老旧小区内，两室一厅的房子。根据曾恬供述，她跟袁静梅同睡一间，何玲玲住另一间。

两人因为职业特殊，警察打电话说要过来调查，她们就乖乖等着，还特意收拾了下房间。果然像盈姨说的，何玲玲长得比较胖，脸却很小，皮肤白皙；曾恬瘦小黝黑，讲话带明显的广西口音。山林雪还发现，她右手手腕内侧有几道疤，应该是割腕留下的痕迹。

廖喜他们一坐下，何玲玲就问：“警察叔叔，小眉是不是出事了？不会自杀了吧？”

山林雪问道：“自杀？为什么这么想？”

“她最近不开心，半夜还躲在厕所哭呢。”

曾恬打断道：“别听她乱讲。”又拍了何玲玲一下，“乌鸦嘴。”

何玲玲娇嗔道：“干吗啦，她两天没回来了，我担心死了，手机也打不通。”

“去香港了，没信号。”曾恬说道。

何玲玲反问道：“怎么可能，去香港不用带衣服吗？”

曾恬没了耐心：“到那边买新的不行啊？”

廖喜接话道：“袁静梅确实遇到了点麻烦，所以来找你们调查，希望能帮到她。刚才你们说，她可能去了香港？跟谁去的？”

“警察叔叔……”何玲玲若有所思道。

廖喜笑道：“不用叫叔叔，我姓廖，你可以叫我廖警官，这位是山警官。”

何玲玲脑子有点慢半拍：“廖叔叔，不对，廖警官，我知道，她跟刘老板去的。”

山林雪拿出笔记本，开始记。

“刘老板？哪个刘老板？开茶烟酒店的，还是开广告公司的？”廖喜问道。

曾恬说道：“开广告公司那个，刘大羽，前几天赢了钱，让小眉陪他去香港玩几天。那个人特别样衰，咸猪手，我让小眉不要去，她说刘总给的钱多。应该今天就回来了吧，台风过了，马上会回来的。两位警官，你们找她什么事？”

山林雪发现，曾恬说这句话的时候，双手紧贴大腿，拇指竖起，说明她内心非常紧张。

“袁静梅她很缺钱吗？”廖喜继续问道。

“她家里又找她要钱呗，三万，给她哥哥结婚用。”曾恬忿然道。

“哥哥，她家还有个哥哥？”

“就一个哥哥。”

“她不是还有个弟弟吗，在上高中？”

曾恬哼了一声：“那是她怕别人笑话，故意说成弟弟。她哥哥三十了，什么事都不做，就知道喝酒赌钱，等于是靠妹妹养。廖警官，这种能把他们抓起来吗？一家人把小眉当成摇钱树，天天逼着她给钱，好像我们做……做这一行，能挣多少钱一样。”

何玲玲点头道：“就是就是，好过分的。”

“那你们最后见袁静梅，是在什么时候？”

曾恬想了一会儿：“应该是星期天下午，她接了个电话就出去了。我问她去干吗，她也不说。”

“下午几点？”山林雪问道。

曾恬回忆了一下：“三点多。”

廖喜跟山林雪对视了一眼，很显然，这个打电话给死者的人，很可能就是凶手。可惜，之前他们调查过袁静梅的通话记录，这个三点多的来电，是从布古镇东边一个公共电话亭打出的。

“袁静梅这个白痴，肯定是陪那个刘老板去了香港，怕我骂她，不敢告诉我。结果遇上台风了，今天就会回来的，最迟明天。”

曾恬说的这番话，明显是在安慰自己。看起来，她们感情确实很好。

山林雪在心里计算，星期天，也就是二十二号，那天他陪着衡久远在拍照。下午出门，第二天凌晨遇害，然后到了早上，廖喜在现场发现尸体。时间对得上。

廖喜问道："那个刘老板，是个什么情况？"

"他啊，三十岁左右吧，有老婆孩子的。喜欢揩油，不过出手还算大方。小猫还爆过他头呢，用啤酒樽，跟电影里一样的，就两个月前的事。"何玲玲看着曾恬说道。

曾恬瞪了她一眼："廖警官，这个刘老板不是好人。是不是他对小眉做了什么？她没事吧，人在哪里？"

廖喜犹豫着要不要告诉她真相，山林雪突然问道："你们在夜总会上班，收入怎么样？"

何玲玲大咧咧地说道："收入啊，看出不出台咯，出台就多，遇上大方的客人，那才爽呢。反正比你们警察赚得多。"

曾恬急忙辩解："山警官，别听她胡说八道，我们都是正经陪酒，不出台的。就是……就是比如说，陪老板出去哪里玩，老板自愿给我们钱，我们陪他开心一下，这样不犯法吧？"

廖喜笑了一下，心想，果然都是法盲。不过抓黄赌毒是治安分队的事，他们没必要越俎代庖。

对于夜总会的消费，他虽然没吃过猪肉，总是见过猪跑的。像皇朝一号这种场子，小费标准是所谓的二五八，也就是坐台两百，出台五百，包夜八百。当然，钱要交给夜总会和领班抽成，最终到小姐手上的，有一半就不错了。

所以，像曾恬跟袁静梅这种，跳过夜总会，私下陪老板出去玩的，在行业里其实很忌讳。如果妈妈桑比较狠，找人把小姐教训一顿，也是常事。当然，一般不至于会杀人。

廖喜问道："袁静梅还跟哪些客人比较好，或者跟谁有过节？"

何玲玲果然脑子不太够用："过节，什么节，中秋吗？"

廖喜无奈道："过节，就是跟谁有冲突，吵架打架什么的。"

"哦，这个我知道。"

何玲玲又报了几个人名，包括夜总会的同事，还有外面的客人。其中，大部分跟盈姨说的重复。看起来，两边都没有在撒谎。不过，问及这些人的具体情况和联系方式，何玲玲全都是说，记不得了，忘掉了，谁知道啊。

不过也没关系，找盈姨确认就行，反正她心里有个电话簿。

山林雪问道："七月二十二号晚上，到七月二十三号凌晨，你们在干什么？"

两位小姐的回答，跟她们的妈妈桑一样，都说是有个姓何的老板生日，请她们吃夜宵，五点多才散场。

山林雪把信息一一记录，然后合起本子："能带我看看袁静梅的房间吗？"

曾恬犹豫了一下说道："好。"

何玲玲却突然阻挠："不行不行，你们要有那个什么，翡翠台里经常演的，对对对，搜查令！"

廖喜无奈摇头，索性从公文包里掏出一张空白的搜查证，详细填好之后，交给曾恬。何玲玲凑过去围观，像在看什么新奇玩意，称奇道："搜查证原来长这样，第一次见。"

廖喜看了眼山林雪："搜查证都填了，那你慢慢搜，搜详细点，我出去来一根。"

曾恬带山林雪进了卧室，廖喜便走到楼道抽烟。

何玲玲却跟了出来，神秘兮兮地对廖喜说："廖叔叔，我告诉你啊，小眉有个秘密男朋友，经常偷偷发短信，嘘，不要给小猫知道喔。"

“接下来去哪儿？”廖喜问道。

“饿了，先吃个饭吧。”

“沙县拌面？”

“沙县拌面。”

六

吃完午饭，台风已经完全消散了，路面也收拾得干干净净，街边的商店，基本都恢复了营业。

廖喜感慨：“深圳速度啊。”

“你跟小谌怎么样了？”山林雪问道。

“我让她仔细考虑，八月一号答复我。你呢，跟小衡怎么样？”

“我不喜欢那种女孩子。”

“你是不喜欢女的吧。”

“你说是就是。对了，刚才问到了袁静梅老家的电话，可以通知家属，顺便看看有没有线索。谁来打？”

“老规矩，当然是你，反正你这个人没有感情。”

山林雪笑笑说道：“好，那你打给盈姨，确认下刚才的名单，来，笔记本拿着。”

店里闹哄哄的，山林雪走到外面，给袁静梅家属打电话。这种情况还是需要安静肃穆一点，表达对家属起码的尊重。

接电话的是袁静梅的父亲。正如他所预料，这个中年农民，对女儿的死并没有悲痛欲绝，呼天抢地。他所表达的痛苦，在山林雪听起来，更多是失去了一个经济来源的痛苦。问到法医检查结束后，遗体要怎么处理时，对方最关心的是如何收费，以及车费能否报销。

除此以外，关于女儿在深圳的情况，父亲一概不知。或许女儿所从事的职业让他感到丢脸，所以不愿了解太多。那么，女儿出卖尊严赚的钱，他花出去的时候，又如何能心安理得呢？

从辽宁，到湖北，再到广东，一路向南，哪里都有好的父亲，哪里都有不合格的父亲。

等他返回店里，却看见廖喜坐在桌前，脸色不太对劲。

“怎么了？”山林雪问道。

廖喜欲言又止：“没事。”

山林雪打开笔记本，看见何玲玲所说的名单中，其他都填上了，只剩一个，没有联系方式跟具体姓名。

他大概猜到发生了什么，却合上笔记本说道：“没事就好。”

山林雪相信廖喜，他是一个娇生惯养的孩子，是一个优柔寡断的男人，是一个喜欢抽烟喝酒的年轻人。但首先，他是一个警察。山林雪相信，必要的时候，这个搭档，会做出正确的选择。

廖喜深吸了一口气，站了起来：“走吧。”他走了两步，停下来问，“我们去哪儿？”

“先去找我的同乡，她们也住附近。”

接下来的大半天时间，两人先后找到皇朝一号陪酒小姐马君和王悠悠，还有广告公司老板刘大羽，进行调查取证。结果发现，在袁静梅遇害的时间段，即七月二十三号凌晨一点到四点，这三人都有不在场证明。

马君和王悠悠一致认为，她们跟小眉关系不错，都是别人在瞎传。要是小眉出了事，也与她们无关。

至于带袁静梅去香港玩，刘大羽的说法是，开玩笑的，他是有家庭的人，怎么可能做这种事。

刘大羽还说，袁静梅的相好，那条疯猫，他前两个月被她打了，到现在脑壳还疼，谁敢招惹啊，嫌命长吗？

两人出了广告公司，廖喜站在门口抽烟。

山林雪总结道："他们都在撒谎，不过，没一个像杀人犯。"

的确，从受调查者的谈话跟表情判断，对于袁静梅的死，他们都不知情。

廖喜看了眼手表："都七点了，还剩个乔丹和一个保安，何玲玲新说的几个阿猫阿狗，明天再找吧。"

山林雪点了点头。他先把廖喜送到他父母家，然后再回警署还车。廖家在布古镇西边，是一栋外形像别墅，但本质是农民房的建筑，有围墙、花园和车库。

廖喜下了车，站在大门前，点了根烟。此时此刻，他心情颇为复杂。山林雪说得没错，每个人都在说谎，不光陪酒小姐，广告公司老板，还有作为警察的自己。

中午打电话给盈姨，对方吞吞吐吐，最终还是说出了袁静梅的另一个客人，廖老板的全名。

廖鸿升。

也就是廖喜的父亲。

盈姨在电话里说："那天你们来我家，我想来想去，还是不告诉你的好。怕你有什么误会。小廖啊，你要相信，你爸绝对不是那种人。"

盈姨后面还说了什么，他已经听不清了。挂掉电话，廖喜只觉得脑袋嗡嗡作响。

他爸有一个相好，这个相好是坐台小姐，坐台小姐被人杀了，自己是调查这起命案的警察。

何玲玲还说过，袁静梅有个秘密男朋友，难道就是廖喜他爸？

如果完全按照人民警察的准则，他应该第一时间向上汇报，然后由上级指派其他刑警，对当事人廖鸿升进行调查，甚至传唤到警署。可是，廖鸿升是他爸，也是洪队的朋友，如果真的这样操作，等于把洪队摆上台，也就是让他难堪。

而且，洪队会怎么看自己呢，大义灭亲，坚持原则，还是头脑简单，不近人情？

更何况，如果最后证明这件事情跟廖鸿升无关，那么这一场闹剧，只会导致他们父子在布古镇沦为笑柄。

廖鸿升，最早是布古镇的农民。后来改革开放，他先是开石场赚了第一桶金，后来经人介绍，代理了几个德国工业品牌，主要做涂层厚度和附着力的检测，客户遍及全国各地，在布古镇也算是小有名气的老板。当老板，自然爱面子。

所以，思前想后，廖喜还是决定，先不跟山林雪说，回家探探父亲的口风。他相信阿雪已经猜到了，他也相信，阿雪会帮他保密。拍档三年，这一点默契还是有的。

廖喜狠狠踩熄烟头，推开大门。

因为提前通知要回家吃饭，所以廖喜的父母，还有家里的阿姨秋姐，都在饭厅等着。

看见廖喜走进来，廖母赶紧上前，接过他手中的公文包：“饿了吧，赶紧洗手吃饭。”

廖父端坐在大理石八仙桌旁说道：“仔啊，今晚陪老窦[1]喝点。”

晚饭吃得还算愉快，秋姐做的菜比小谌更合口味，他爸开了瓶人头马，父子频频举杯。

吃完饭，廖喜对廖母说道：“妈，你跟秋姐出去散会步，我有话要跟老窦说。”

廖母不高兴道：“什么话，妈都不能听？”

廖喜笑道：“男人间的事。”

廖母想了一会儿，可能误以为是小谌怀孕了，儿子面皮薄，便高兴起来，招呼秋姐出门散步，碗筷回来再洗。

廖父坐在宽大的茶桌后，切下一块陈年普洱，慢条斯理问道：“仔啊，有什么好事？”

廖喜在他对面坐下，借着酒劲，开门见山道：“你认识袁静梅吗？”

廖父抬起头来，皱眉：“谁？”

“袁静梅，小眉，在皇朝一号坐台，盈姨介绍给你的。”

廖父看了他一会儿：“认识，怎么了？”

廖喜有些急躁：“盈姨说，你跟这个小眉经常，经常……老窦，你都五十了，袁静梅才几岁？比我还小！你这么做，好意思吗？你对得起我妈？”

听完儿子的质疑，廖父依然不动声色，先把茶叶洗了一遍，才抬起头来：“你妈，你以为她不知道？”

廖喜瞠目结舌。

---

1 老窦，即爸爸，坊间也写成“老豆”。

“当然，你妈不知道什么小眉，但是她知道，我出去应酬吃饭，带上一两个年轻女人，很正常。小眉酒量挺好的，能帮我挡酒。你也知道，老窦五十岁的人，喝不动了。你又不肯接班，我有什么办法呢？”

“带出去吃饭，就这样？”

廖父觉得好笑：“不然呢？”

廖喜被父亲的态度激怒了，大声道：“不然？袁静梅死了，被杀了，你知道吗？”

廖父脸色一变：“死了？”

但他很快恢复了正常：“你怀疑我杀人？”

“有这个嫌疑。我问你，二十二号，也就是星期天晚上，你在干吗？”

“我可以告诉你，但是，首先你要回答我一个问题。”

“什么问题？”

廖父表情严肃道：“你现在是以我儿子的身份，还是以警察的身份，在跟我说话？”

廖喜心里一虚，小时候，每当他爸摆出这个表情，就意味着自己闯祸了，马上要吃藤条焖猪肉。

他把心一横，索性道：“我是你儿子，但现在，我是以警察的身份，向你问话。”

廖父冷笑一声：“好，廖喜，廖警官，我可以回答你的问题，七月二十二号晚十点，到七月二十三号早上五点，我和王小芬，也就是你的母亲，在家里睡觉。如果不相信的话，你也可以去问王小芬。”

听他爸这么一说，廖喜的气全泄了，后悔晚上喝了那么多酒，更后悔自己没头没脑，拿自己亲爸当嫌犯来审。果然，他爸是做大生意、见惯大场面的，处变不惊。姜还是老的辣，自己太嫩了。

这时候，廖父的茶终于泡好了，端了一杯，放到儿子面前："喝点茶，解酒。"

廖喜败下阵来："对不起，老窦。"

廖父呷了口茶："你现在是我儿子，不是廖警官了，对吧？"

廖喜低声道："是。"

"那好，仔啊，老窦也有句话要跟你说。"

"老窦你说。"

廖父盯着他的眼睛："你一开始要当这个警察，我就不同意，累，危险，搞不好就把小命丢了。廖家三代单传，你是男丁，要负责传宗接代的。你哭着喊着，求老窦，好，老窦给你托人，找洪队，把警服穿上了。很有面子，对吧？好啊，现在翅膀硬了，抓杀人犯，抓到我头上来了。"

廖父将茶一饮而尽，继续道："我给你两个月时间，中秋之前，把这份工给我辞了。不然的话，我就不认你这个儿子。你给我滚出廖家，祭祖也不准进祠堂半步。我当没生过你这个不肖子。警察工资一个月多少？有三千吗？你自己慢慢花，不用留来孝敬我。当然，我的身家，你别想分到半毫子。"

廖喜不敢反驳，低头听训，过了一会儿才嘟囔道："不分我分谁，你就我一个。"

廖父倒了杯茶，狡黠一笑："你又知道？"

等廖母散完步回到家，只看见她头发花白的丈夫坐在茶桌前，自顾自地喝茶。

廖母问道："仔呢？"

廖父笑道："上楼睡觉去了，你个仔啊，酒量太差。"

"他跟你说了什么？"

"他刚才讲，春节前辞掉工作，明年接手我生意。"

廖母开心道："太好了！我就跟你说吧，不用担心的，仔越大越会懂事。"

第二天早上起来，廖喜还有些后怕。幸好他没头脑发热，向洪队汇报，不然场面就没法收拾了。昨晚挨了一顿骂，倒不要紧的，当了二十多年儿子，老窦什么脾气，他心里有数。私生子也好，断绝父子关系也好，都是吓唬他的。

通过昨晚那番谈话，廖鸿升也有了不在场证明，而且，他完全没有杀人动机。所以接下来，还是先把精力放在另外几个人身上，如果出现了新的不利于廖鸿升的线索，再向洪队报告也不迟。

今天是七月二十六日，星期四，轮到廖喜值班，他七点四十赶到警署，山林雪已经在了。

上一轮值班的是陈宇峰和徐铂洋，他们迫不及待地卸了枪，给枪管员检查过后，又移交给山林雪跟廖喜。这是两支七七式手枪。山林雪的习惯是别在腰带上，廖喜一般绑小腿。

两人当刑警三年，廖喜打过四发子弹，都没击中；山林雪只开过一枪，命中了持刀毒贩的大腿。

廖喜每次领完枪，总是摸着枪套，念念有词。山林雪早就问过他，到底在念什么，廖喜说是小时候外婆教他的咒语，很灵的，念完之后，东西就不会丢。

山林雪当时说，不以党员要求你，起码也是无神论者吧，还搞封建迷信。

廖喜不搭理他，继续念，念完还说，想学都不教你，等你枪丢了，看你怎么哭。

对警察来说，枪是一件很要命的宝贝，危险程度，不亚于周星驰电影里的大杀器，攞[1]你命三千。

枪领来了搁身上，万一走火，打到自己算好的，住院；打到别人，坐牢。要是运气不好，枪丢了，轻则脱警服，重则进监狱。所以有些警察说，胳膊腿可以丢，起码立功；枪万万不能丢，丢了不光坐牢，还一辈子给人看不起。

因为手上有案子，洪队批准两人不用待在值班室，如果接到报案，再电话通知他们。所以，手机必须保持二十四小时开机。

两人便从警署出发，洪队今天要用车，所以先让协警骑摩托车送他们到新世纪华庭，跟小谌取那辆白色佳美。

仍然是山林雪开车，廖喜坐在副驾驶心里有点不是滋味。小谌那个前男友，有没有坐过这辆车呢？这几天，他们是怎么商量的？有没有再去开房？台风来的那个晚上，她想说的决定，又是什么？

“在想什么？”山林雪问道。

廖喜勉强笑笑：“我在想，公车私用违规，我现在私车公用，算不算违规。”

“你不光私车公用，还长期让同事当私人司机，官僚作风严重。”

“能者多劳嘛。”

“昨天那些人，你觉得谁最有嫌疑？”

廖喜想了想说道：“你那两个同……呃，那个马君跟王悠悠，我觉

---

1 攞，广东话里“拿”的意思。

得可以排除。抢男人这样的小事，对她们来说再正常不过，没理由会杀人。刘大羽我看问题也不大，他在布古镇有家有业，真有什么矛盾，用钱解决就好，不至于闹出人命。”

说到这里，廖喜停了一下，心想这后面半句，对他爸廖鸿升而言，同样适用。

“继续。”

廖喜继续说道：“何玲玲也可以排除，她傻成这个样子，就算想杀人，也没这个智商。这种人，没有组织能力，会把现场弄得乱七八糟，到处是线索。所以目前来看，最可疑的就是那个曾恬。你记得吗，何玲玲说过，曾恬跟袁静梅是一对，袁静梅又有个秘密男朋友，不敢让曾恬知道。有没有可能，是曾恬发现了，然后因爱成恨，就把她杀了？”

“从动机上是成立的，而且我补充一点，曾恬手腕上有割痕，证明她尝试过自杀，性格比较极端。但是你想想，她身材那么瘦小，一米六零不到，要把袁静梅勒死，很成问题。”

廖喜问道：“袁静梅多高来着？好像有一米六五以上。”

“一米六七。”

“那确实很难。这么说来，嫌疑最大的，还是保安黄邃、放高利贷的乔丹，以及袁静梅那个秘密男友。这几人之中，应该有一个，就是在星期天下午三点，用公共电话打给袁静梅叫她出去的人。”

山林雪点头道：“没错。我觉得，乔丹这个人最可疑。本来就是做非法借贷的，地下关系很复杂，说不定还涉及其他犯罪。”

“好，就先找这个乔丹。”

山林雪说了个号码，廖喜便打给乔丹，却没有人接电话。廖喜又打给派出所，调出乔丹的户籍地址，找过去才发现，那间村屋已经废弃多时，人去楼空。两人又走访了周围村民，终于问到了乔丹的新地址，是布古大道上的一处商铺，开茶庄的。等他们驱车前往，茶庄大门紧锁，廖喜拍了足足十分钟卷帘门，也无人应答。

问周围商户，都表示几天没见到人，从台风之后，茶庄也没开过门。

“这个乔丹，嫌疑很大啊。会不会是杀了人，畏罪潜逃了？”廖喜说道。

“现在下定论还太早，像他这种人，神出鬼没很正常，茶庄也不是开来挣钱的，给地下生意做掩护而已。还是先把他找出来，问一问。”

“那我让黄宇跟周轩帮忙刮人。”

于是他打电话给黄宇，让他找到乔丹，并嘱咐此人有重大作案嫌疑，如果拒不配合调查，可以强制传唤。

两人随便吃了个快餐，本打算去找保安黄邃，他就住在皇朝一号附近统一租的员工宿舍里。半路上，署里来电话，说是有一宗抢夺案要处理。

山林雪跟廖喜掉转车头，赶往现场。事主跟两名协警，在一家河粉店门口等着，两人听完案情经过，真有点哭笑不得。

事主是个二十五岁的男青年，在附近的外贸公司上班。中午吃饭人多，有个穿西服的男人搭台，坐在对面。正吃着河粉，外贸男接了个电话，西服男跟他认老乡，两人便攀谈起来。聊到后面，西服男突然说，人是没办法闭着眼睛吃饭的，不然会糊到鼻子上。

外贸男想了一会儿说：“不可能。”

西服男说：“我试过，就是这样。”

外贸男来劲了：“如果我闭着眼睛吃河粉，成功了呢？”

西服男说："你要是成功了，中午我埋单。"

外贸男说："好！"

西服男赶紧说："起码吃五口，才算成功。"

外贸男答应了，闭上眼睛开始吃河粉。他小心翼翼的，果然每一筷子河粉，都精确地送进了嘴巴里。

等他得意扬扬地睁开眼，发现桌对面空无一人，西服男已经消失了。一起消失的，还有外贸男放在桌上，新买的手机。

外贸男这才反应过来，追到门口，人家早就不知跑哪里去了。他又回到河粉店，大声埋怨："有人抢手机，你们都不管吗？"

店主很无辜："你们不是朋友吗？聊得那么好。"

于是外贸男借了电话报警。

三年来，山林雪跟廖喜见过许多事主，其中不乏粗心大意，或者脑子不太清醒的，但笨得如此别出心裁，还真是第一次见。

廖喜苦笑道："这抢手机的，也是个人才。"

外贸男幽怨地看了他一眼。

虽然过程很儿戏，但这确实是一起抢夺案。山林雪记下了外贸男的联系方式，和他所描述的西服男外貌，然后让他回去等消息。

像这种案子，破获的可能性基本上只有一个，那就是西服男重施故技，被抓个正着，然后顺藤摸瓜。

处理完这起案件后，两人便驱车去找黄邃，到了他的保安宿舍，此人正穿着一条三角裤，在床上呼呼大睡。舍友叫醒了黄邃，他才懒洋洋地起床，乱套上一条制服裤子，仍然裸着上半身。

两人出示了警官证，原本睡眼惺忪的黄邃陡然紧张了起来。

黄邃结结巴巴地说道："警……警官，我什么都没做。"

山林雪跟廖喜对视一眼，有戏。

廖喜一脸严肃地问：“黄邃，你知道我们为什么来找你吗？”

黄邃抓耳挠腮道：“为……为什么？”

廖喜哼了一声：“你的情况，我们都掌握了，但是看你年轻，还想给你一个机会。知道我们的政策是什么？”

山林雪附和道：“坦白从宽，抗拒从严。”

黄邃马上就怕了。他按照自己理解，从轻到重，一件件交代做过的龌龊事：

比如，把客人没喝完的啤酒偷偷藏了起来，带回宿舍喝，还没有分给同伴；

比如，醉酒的客人出门时，他捡了两百多块钱，没有上交；

比如，他还趁一个小姐喝醉时，在包房里猥亵了她……

黄邃苦着脸说道：“我就……就在外面蹭了蹭，没放进去，这不算强奸吧，警官？”

廖喜看火候差不多了，便直接问道：“袁静梅，小眉，她跟你什么关系？”

黄邃眨眨眼睛：“没……没关系啊。”

“你是不是拿过她的东西？”廖喜问道。

黄邃看看廖喜，又看看山林雪，突然松了一口气：“是这件事啊，没想到她还真的报警，厉害了，看我下次怎么收拾她。”

廖喜厉声道：“收拾谁？”

黄邃低头道：“没，没收拾谁，我哪里敢，警官。”

“到底怎么回事？”山林雪问道。

黄邃交代，今年春节，袁静梅好像没回家过年，总之皇朝一号刚开工，她就来上班了。黄邃发现，袁静梅拿了部新手机，摩托罗拉的。等于她同时有两部手机，旧的拿来打电话，新的专门用来发短信。

曾恬那时还没从老家回来，袁静梅在小姐房，也就是小姐们没上钟时休息的房间，就一直发短信。有时发着发着就傻笑，有时发着发着，突然脸就白了。总之一会儿哭一会儿笑的，特别奇怪。问袁静梅是跟谁在发短信，她又不讲，还很紧张地把手机藏起来。

于是大家都说，袁静梅谈恋爱了，不敢让曾恬知道。这两个女人的关系很特殊，皇朝一号上班的人都心知肚明，还经常拿袁静梅开玩笑。不过没人敢开曾恬的玩笑，因为那婆娘疯疯癫癫的，不知道哪根筋搭错线，就打人。

后来有一次，应该是五月份，一个姓刘的老板对袁静梅动手动脚，结果被曾恬拿啤酒瓶爆头，场面很混乱。保安们来劝架，他看袁静梅的手机掉在沙发缝里，就偷偷捡起来，还马上关了机。

回到宿舍之后，他先是偷看了手机里的短信，然后就还原出厂设置，手机卡拆出来，准备占为己有。过几天，袁静梅找到他，把他拖到夜总会后巷，苦苦哀求，想要回那台摩托罗拉。

黄邃不承认。袁静梅当时都快哭了，就说手机可以送他，没关系，只要把手机卡还给她就行。

黄邃问她，是不是说话算数？袁静梅说是。

黄邃思前想后，反正袁静梅不敢拿自己怎样，就回宿舍找出手机卡，还给了她。黄邃还说，卡是在地上捡到的，手机他压根儿没见过。

袁静梅没跟他计较，反而问如果捡到一部手机，他会不会还原到出厂设置。

黄邃不明就里，老实回答说，会。

袁静梅就拿着手机卡，欢天喜地就走了。

讲到这里，黄邃眨了眨眼睛："警官，是袁静梅自己同意送我的，不犯法吧？"

廖喜想了想："那要看你有没有把手机卖掉。"

黄邃一拍大腿道："没，当然没卖，我自己留着呢，就在这儿。"

于是他站起身来，从布衣柜里翻出那台摩托罗拉。

"你们还给小眉吧，反正我买了新手机，这个没再用了。"

廖喜接过手机，想开机，但是没电了，便让黄邃去找充电器。

黄邃不好意思地笑："警官，不用看，我还原过了，里面什么都没有。"

山林雪问道："你刚才说，偷看过手机里的短信，对吧？你还有印象吗？"

黄邃一下来了精神："有有有，有一个特别……特别变态的。"

廖喜连忙问道："是谁，怎么变态？"

黄邃回忆道："应该是一个大老板，手机也是他送给小眉的。叫什么来着，我想想，哦对了，叫庄主！就是农庄的那个庄主，通讯录里就这么写着。"

"然后呢？他们的短信内容是什么？"

黄邃一脸猥琐的表情："我告诉你警官，这个庄主真的特别变态，他就喊小眉什么母狗、破鞋、贱货，还让她做一些很变态的事。"

廖喜皱着眉头问道："比如说？"

黄邃一脸陶醉道："比如说这个庄主，让小眉陪客人的时候，就是那个的时候，必须在心里念口号，'谢谢庄主，为庄主效劳'。"

廖喜倒吸了一口气："那袁静梅怎么回复？"

“遵命，庄主。”

接下来，黄邃又绘声绘色地描述了更多短信内容，即使在身为刑警的两人听来，也有些匪夷所思。如果黄邃说的是真的，那到底是什么原因，能让一个人不把自己当成人？

这个所谓的庄主，又是个什么样的魔鬼？

对此，黄邃的理解是，袁静梅一定有什么把柄在对方手上，才会这么乖乖听话。可能是欠了他的钱，也可能是被拍了裸照之类。

最后，这个保安还意犹未尽，补了一句：“有钱人就是会玩。”

“你还有什么要补充的吗？”廖喜问道。

“没有了，警官。”

山林雪合上笔记本：“谢谢您的配合。”

两人从保安宿舍出来，廖喜问道：“这个黄邃，怎么处理？”

“让萝岗所传唤吧，他刚才交代了一起猥亵女性的犯罪事实，把受害者找到，让他进去蹲一阵子。”

廖喜笑道：“好。”

两人上了佳美，廖喜打开车上空调，把黄邃上交的手机装进证物袋。

山林雪开始梳理手上的线索。

毫无疑问，它们都指向了同一个人，也就是袁静梅的秘密男友。

姑且叫他庄主。

今年春节前后，这个庄主，送了袁静梅一部摩托罗拉手机和新的电话卡。这部手机专门用来跟庄主联系，本来是个重要线索，可惜电话卡被黄邃还给了袁静梅，如今不知去向。上次在袁静梅的出租屋也没有找到这张电话卡，估计是被销毁了。

五月份的某一天，在皇朝一号包房里，曾恬用啤酒瓶打了刘大羽，黄邃趁机捡走袁静梅的新手机。在此之后，袁静梅应该用自己的旧手机试图跟庄主联系过。庄主这人非常警惕，或者说反侦查能力很强，不再以手机跟袁静梅联系，改用公共电话。

庄主大概是给袁静梅下了命令，无论如何，一定要取回手机卡，同时确保手机上的信息已经删除。袁静梅便找黄邃哀求。

接下来，到了七月二十二号的下午，庄主用公共电话打给袁静梅，让她出门。在台风“玉兔”来临之前，七月二十三号凌晨，庄主在城中村的二〇四房，将袁静梅杀害。

听完山林雪的分析，廖喜不由头疼道：“这个庄主，到底是谁？”

就在这时，他接到了署里打来的电话，说尸检报告已经出来了，让他们回去看。

电话里说，以目前的结论，更支持死者是自杀身亡。

七

两人趴在洪队的办公桌上，瞪大眼睛看着袁静梅的尸检报告。

报告上说，在死者颈部皮肤上，提取到少量红色尼龙绳残留，其颈部索沟形态，着力处较深，两侧渐浅，最后出现提空，呈典型缢沟状。通过解剖发现，死者颈动脉内膜出现横行裂伤，可以证明作用在颈部的力量很大，一般为缢死造成，他人勒死难以做到。

分析死者的尸斑和尸僵，得出结论，死者在自缢身亡后，半小时内，即被他人从绳套中解下，尸体横置于地面上，因此未出现完全性缢死者的足尖下垂。

综合以上，该死者更符合自缢身亡的典型特征。

另外，通过解剖发现，该女性死者已怀孕两个多月，处于妊娠早期。

反复看了几遍报告，山林雪和廖喜面面相觑。

想不通啊。

调查了这么一轮，到头来，难道袁静梅真的是自杀？

洪队敲着桌面问道：“你们怎么看？”

廖喜将这两天得到的线索，尤其是那个神秘的庄主，向洪队做了汇报。

山林雪沉思了一会儿："综合目前的线索以及尸检报告，我认为，有三种可能性。"

"讲。"洪队说道。

"第一种可能性，就像尸检报告所指出，袁静梅确实是自杀。她长期被家庭压榨，从事着出卖肉体的工作，感情生活混乱，对现实消极悲观。尤其是意外怀孕之后，出于愧疚或者绝望的心理，决定结束自己的生命。如果是这样的话，她很有可能是在二〇四房的卧室自缢，那里天花板有个铁钩，廖喜就是从上面把许静救下来的。"

"但这样无法解释，小廖到现场的时候，为什么死者不是吊在绳子上，而是在地板躺着。而且如果是自杀，一般留有遗书或遗言。你继续。"洪队说道。

廖喜抢着说道："所以还有第二种可能性，阿雪前面讲的都成立，但是袁静梅没打算死，因为她对这样的生活早已经习惯，或者说麻木了。凶手，也就是那个庄主，因为袁静梅的怀孕，可能对他造成不利的影响，决定杀人。于是就把袁静梅诱骗到二〇四房里，然后把她吊在那个铁钩上，缢死之后，再放回地面。"

洪队抿嘴想了一会儿："也说得过去，但是现场没有搏斗痕迹，楼上邻居也没听见呼救。小山，你讲讲第三种可能。"

"最后一种可能性，比较不合常理，之前也没有遇见过。这个所谓的庄主，让袁静梅到了二〇四房，然后威逼利诱，迫使袁静梅钻进绳套，吊死了自己。庄主可能其后到达现场，将死者解下，放置于地面上，然后带走了她所有的衣物。甚至说……"山林雪深呼吸道，"甚至说，袁静梅上吊自杀时，庄主就在现场，目睹了整个过程。”

他说完这番话，办公室里陷入了沉默。

杀人犯，刑警们见得多了。

为了抢钱，把人捅死了，结果受害者身上只有八块钱。

毒瘾犯了，逼老母亲给钱，被拒绝，然后弑母。

刚才还一起喝酒，称兄道弟，结果喝多了吵架，活生生将对方打死。

这只是短短三年里两名年轻刑警经手的。洪队从枪林弹雨里过来，又当了那么多年警察，形形色色的见过更多。

但没见过这种。

人之所以杀死同类，都是有理由的，尽管是极为愚蠢或极为冲动的理由。就好像非洲草原上，猎豹杀死瞪羚，是为了生存，为了吃肉。基于这种理由，刑警可以对杀人犯的动机有一定程度的理解。有了理解就有逻辑，有了逻辑，才能够侦破案件。

如果袁静梅案，凶手真的是以山林雪说的第三种方式，充分预谋，极为冷静，将受害者置于死地，那他的理由是什么呢？

没有理由。

除非庄主不把袁静梅当成人，或者庄主不把自己当成人。就好像一个小孩，把玩具弄坏了，他或许会惋惜，但不会觉得内疚。因为小孩跟玩具不是同类。

袁静梅，就是庄主的玩具。

廖喜只觉口干舌燥：“洪队，接下来怎么办？”

洪队狠狠吸了一口烟：“分几条腿走路。我安排技术分队，到二〇四房重新取证，重点放在卧室，看有没有新的指纹。派几个协警，到垃圾场跟山上、海边，看能不能找到尼龙绳，还有死者衣物、遗书。你们还有什么想法？”

“详查死者的通话记录，特别是五月份的，落实每一通电话、每一条短信，都是谁打的、谁发的。我认为，手机被黄邃捡走之后，死者极有可能用原来的手机联系过庄主。”山林雪若有所思道。

洪队点头：“总之，你们两个，就给我负责找人。管他庄主还是帮主，抓住了，带到我面前来。我倒要问一问他，人是怎么死的。”

两人齐声道：“是！”

“不过我提醒你们，如果这个庄主就是乔丹，那务必小心。他自己倒没什么本事，但是他哥哥乔灵，你们知道吧，布古镇土生土长的烂仔[1]头，手下很多，嚣张得很，是我们重点监控对象。总之，小心点，听明白了吗？”

“明白！”两人齐声道。

出了洪队办公室。

廖喜吐槽道：“原来乔丹是乔灵弟弟，一个灵，一个丹，还想长生不老啊？”

“我听治安分队说，他们上月扫了乔灵一个场子，这老哥快气疯了。”

“我们先抓小的，再抓大的，让两兄弟到里面修仙去。”

这时已经是中午，两人在食堂随便吃了点，就开着佳美到处找人。

半个下午时间，他们跑了四五个地方，打了七八个电话，找到许多乔丹的猪朋狗友，还有他两任前女友，就是没找到乔丹。

---

1 烂仔，客家话，相当于普通话里的“流氓”，广东话里的“古惑仔”。

廖喜问每个人，知不知道乔丹在哪儿。

每个人都说不知道。

廖喜对每个人说，如果联系上乔丹，让他去布古警署报到，或者打电话给他。

每个人都说，好的好的。

但实际，廖喜跟山林雪都清楚，他们都不会这么做。

他们当中，一旦有人联系上乔丹，就会说，你犯什么事了，快去避避风头。

下午阳光炽热，山林雪把车停在树荫下，廖喜打了个哈欠："乔丹会不会已经潜逃了？"

"应该不会，就算人是他杀的，我们又没找到任何证据，他没必要跑。"

"也是，对了，我有个办法。"

"什么办法？"

"你让衡久远帮忙，给她一个电话号码，就刚才那个叫水仔的，让她说找乔丹借钱，说不定能找到他。"

山林雪想了想便打电话给衡久远，对方马上就接了，而且很乐意帮忙。

过了几分钟，衡久远的电话打了回来："阿雪，我问到了，乔丹在疾速网吧。"

"疾速网吧，布古大道上那个吗？"山林雪问道。

"应该是，那个水仔讲，乔丹在打一个什么网游，好像叫红月，两天没出门了。"

"好的，谢谢。"

“我最近写了篇大稿，主编说很有深度，过两天就发，能拿提成，说不定还能拿奖，到时请你吃饭，好不好？”

山林雪急忙说道：“到时再说。”便挂了电话。

廖喜骂道：“靠，这群烂仔，知情不报，以后再收拾他们。”

山林雪发动车子，开往疾速网吧。

开到一半，廖喜说道：“停停停。”

山林雪踩了脚刹车：“怎么了？”

“我看见曾恬了。”

果然，右边人行道上，有个瘦小的女人，正是曾恬。

“她在这干吗？”

廖喜摇下车窗，喊道：“曾恬！”

对方没反应。

廖喜又喊：“小猫！”

曾恬停住脚步，眯着眼睛看了会儿：“廖警官。”

“你这是去干吗？”

曾恬犹豫了一会儿：“我去找乔丹。”

廖喜皱眉道：“你找他有事？”

曾恬怒声道：“让他把小眉交出来！如果他敢动小眉一根汗毛，我就跟他拼了！”

“你怎么……是谁告诉你，乔丹跟袁静梅有关系的？”

“我下午去找了刘老板，他赌咒发誓说这事跟他一点关系都没有，又跟我说，警察都在找乔丹，肯定是他做的。”

廖喜想了一会儿，恍然大悟：肯定是我们在他公司门口说的话，被他偷听到了。

廖喜觉得有点好笑："你去找乔丹，有什么用？他可没刘大羽那么好对付，身边一帮烂仔，你还能单挑全场？"

"我不管，我要找到小眉。"

这个时候，廖喜更不敢告诉她真相，只能想想办法，让她先回去。

"乔丹跟袁静梅的事，有没有联系还不好说。你要相信警察，我们会搞清楚的。你上次打刘大羽，被行政拘留一次，已经在派出所留了档案。这次再闹事，可能会有案底，到时你什么工都没法打了，没有人会请你的。"

曾恬左思右想之后道："好吧，那我先回去了。廖警官，求求你，一定要找到小眉。"

"好，我一定尽力。"

曾恬转头往反方向走了，山林雪拉起手刹："你怎么不告诉她？"

"不忍心。"

"等她知道袁静梅死了，会恨你的。"

廖喜叹了口气："到时再说咯，拖得一时是一时。"

山林雪看了他一眼，没再说话。

廖喜就是这样，总觉得时间能解决一切。其实从某种意义上来讲，这种想法也是对的，因为时间会改变人本身，等到对你至关重要的问题变得不再重要的时候，问题自然就不再是问题了。

到了疾速网吧，下车前，山林雪摸了下腰带上的枪套。

廖喜笑道："靠，找个小烂仔谈话，用得着吗？"

说是这么说，他自己也摸了下脚踝。

网吧在二楼，两人从楼梯上去，推门而进。大厅里吵吵嚷嚷，乌烟瘴气，空调加风扇都抵不过七月的酷暑，许多人都光着膀子。崭新的纯平显示器上，《帝国时代》《星际争霸》《反恐精英》，呈现三分天下的局面。

廖喜问前台的光头老板，乔丹坐在哪里。因为怕打草惊蛇，所以只说是乔丹的朋友，来给他送点东西。

光头老板指了指最里面那个包厢。

两人对视了一眼，朝里走去。掀起包厢的布帘，里面有四台机器，两两相对，都坐了人。一个发型像郑伊健，背上有老虎文身的年轻男子，坐在最角落的位置，嘴里骂骂咧咧道："劈啊，我丢你老母个臭閪。"

包厢里还有另外三名男子，头发颜色各异，身上文得像在开动物园，一看就不是善类。

廖喜喊了一声："乔丹！"

那个留着郑伊健发型的男人，果然就是乔丹，他头也不抬道："什么屌事？"

"我们有事找你商量，方便出来说吗？"

乔丹转过脸来，双眼通红，表情警惕："有事在这里说，你们是谁？"

"我们是布古警署刑警队的，有件案子需要您配合调查。"山林雪说道。

包厢里另外三个人互相看了看，"唰"一下站了起来。

气氛骤然紧张。

靠门坐的黄头发瘦子起身："你说警察就是警察啊，证件呢？"

廖喜出示警官证，瘦子居然伸手来抢，廖喜一不留神，手上的警官证被夺走了。

山林雪喝道："你干吗！"

瘦子边翻边说："紧张什么，看看是真的还是假的，咦，我怎么感觉像是天桥底下做的。”

廖喜尽量缓和气氛:“是真是假，跟我到单位就知道了，来，别开玩笑，还给我。”

瘦子嬉皮笑脸，随手把警官证扔给乔丹:“丹哥，你验一下。”

山林雪后退一步，手摸向腰间，严肃道:“请配合我们的工作。”

乔丹看了下警官证，丢回给廖喜，然后说道:“警察局，我不去，等下被别人看见了，还以为我干了什么坏事呢。我可是守法公民。有什么话，就在这里讲吧。”

廖喜耐心道:“这里人多，不方便，还是麻烦你跟我们走一趟。实在不行，到我们车上聊也可以。”

乔丹笑了笑:“不去。”然后他就坐回椅子上，右手重新抓住双飞燕鼠标。

山林雪厉声道:“如果你执意不配合调查，我们有权强制传唤你。”

乔丹还没说话，那瘦子又出言挑衅:“哟，我好怕怕啊，警察抓人啦。”

跟乔丹坐同一排的爆炸头烂仔，这时也起哄道:“想找丹哥麻烦，先问过我。”

山林雪手摸枪套，正要发难，廖喜按住他手腕，两人对视了一眼。

廖喜的想法是，这里环境复杂，对方人多，屋里四个，外面有多少还不知道，没必要跟他们起冲突。可以先到楼下，呼叫增援，到时一拥而上也行，守株待兔也没问题。反正网吧就一个出口，乔丹跑不掉。

山林雪明白他的意思，深吸一口气:“我们先回去。”

廖喜松了口气，回过头来对乔丹说:“那这样，等你有时间，再来布古警署找我，我姓廖。”

那瘦子突然拍手道：“哦哦，我想起来了，姓廖的警察。”

爆炸头附和道：“对对，就是他。”

一屋烂仔哄堂大笑。

廖喜有点莫名其妙：“怎么，你们认识我？”

乔丹乐不可支：“我们不认识你，但是认识你女朋友。”

“对，飞鹰给我们看过照片，身材真好，羡慕你啊廖警官。”瘦子笑道。

飞鹰，就是小谌的前男友，在酒吧里唱歌那个，看来是跟这群烂仔有来往。

等山林雪想阻止的时候，已经太晚了。

廖喜一拳砸到瘦子的丑脸上，砰的一声，瘦子连人带椅翻倒在地。

廖喜坐到瘦子身上，左一拳右一拳往他脸上招呼，跟瘦子坐同排的耳钉仔吓得不敢动弹。

爆炸头愣了一会儿，杀猪一样大喊：“警察杀人啦！”

大厅里呼啦啦站起来七八个人，围在包厢门口。山林雪背部受敌，廖喜还在地上不管不顾地揍那个瘦子。

乔丹把键盘一砸，站起身，指着廖喜的鼻子骂：“丢你老母啊死差佬，敢动我的人，今天别想走出这个网吧！”

耳钉仔大受鼓舞，一脚把廖喜踢开。

廖喜坐在墙边，提起裤腿，手往枪盒摸。

爆炸头大喊：“警察有枪！”

耳钉仔扑过来，要抢廖喜的枪。

山林雪掏出七七式手枪，一脚踹在耳钉仔脸上，一边用枪指着众人，一边退到墙角，把廖喜扶起来。

山林雪喝道：“退后！”又侧脸问廖喜，“你没事吧？”

廖喜摸摸右边肩膀：“没事。”

廖喜弯腰去摸手枪，乔丹向烂仔们做个眼色，这些人便一步一步围了上来，像一群危险的鬣狗。

山林雪再次大喝：“退后！不然我开枪了！”

乔丹吼道：“兄弟们上，给他一百个胆……”

砰！

枪响了。

下一秒，乔丹两眼发直，脸色煞白，身体像面条般瘫软在地。

爆炸头大喊：“杀……杀人了，警察开枪杀人了！”他扔下乔丹，夺门而出，门口的烂仔们见状，也纷纷作鸟兽散。

廖喜不可置信地看着山林雪，他手中的枪，是指着天花板的。

山林雪异常镇定，他先是快速把枪收好，然后一边给乔丹做心肺复苏一边喊道：“快，叫救护车，叫增援！”

二十分钟后，当乔丹被抬上救护车时，已经完全没有了生命体征。

他身上没有任何枪伤。山林雪的那一枪，是朝天鸣枪示警，哪怕从天花板反弹的流弹，也并未击中乔丹。他的死因是心源性猝死，因为通宵玩网络游戏，受到枪声的惊吓，心脏便骤然停止了。

通俗点说，乔丹是被吓死的。

洪队来到现场时，脸黑得能拧出水来，气得他来回踱步，边走边骂：“你们知道闯了多大祸吗？”

他停下两秒，忍不住又走了起来：“说了要小心，要小心，你们就是这样小心的？好了，出人命了，你们教我，这次怎么收场？”

两人低着头，看洪队的皮鞋抬起落下，抬起落下。

廖喜低声道："处罚我吧，都是我的错。"

"是我，我不应该开枪。"山林雪说道。

洪队气极反笑："好啊，兄弟情深是吧？放心，不用争，都有份！"

皮鞋在视线里停下，一双大手同时伸出："枪呢？交出来！"

八

期限，是千百年来人类发明的所有词汇里最自以为是的那一类。

一朵花到了时间就开，过了时间就凋谢，从来没有一个声音，告诉它在某年某月某日之前，必须要结果。一朵花，一粒沙，甚至宇宙万物，都不需要什么期限。

只有人类，生造了这么一个概念，并且频繁地使用它。

比如，廖喜给小谌一个期限，让她在八月一号这天，给出答案。

比如，廖鸿升给了廖喜一个期限，限他在中秋节之前，辞掉警察的工作。

又比如，山林雪曾经给自己一个期限，必须在到深圳的三年以内，不再恐惧寒冷，学会接受别人的善意和温暖，尤其是来自异性的。如今，这个期限马上要到了。

再比如，洪队给了他们一个期限，明天八点之前，写好各自的报告，不然哪里也不准去。所以大晚上的，警署值班室里，两人正在奋笔疾书。

廖喜写着写着，突然扔下笔，喊道："靠，检讨好难写啊，我是真没想到，上学时写检讨，现在多大人了，还要写检讨。”

他凑到山林雪面前，又骂道：“靠，阿雪你快写完了吧？”

“要不我帮你写？”

廖喜断然拒绝道：“那不行，文风不一样，洪队一下就看出来，到时我们吃不了兜着走。”

“这会儿洪队在丁署那儿吧，不知道他怎么报告的，会给我们什么处分？”

“你觉得呢？”

山林雪说想了想：“停职检查？”

廖喜笑了笑：“你想得太简单了。”

“开除？不可能吧？”

廖喜嘿嘿笑道：“我看啊，让我们交了报告，放一两星期假，差不多了。”

山林雪半信半疑：“有那便宜？你没看洪队下午气得脸都绿了。”

“这你就不懂了吧，他越气，骂得越狠，事情越小。哪一天不骂我们，那才完蛋了。”

“我不信。”

“那打个赌。”

“赌什么？赌钱我不干，我没钱。”

“看你小气的，不赌钱，这样吧，赢的人呢，可以让输的人做一件事，只要合理合法，输的人不准拒绝。”

山林雪想了想：“行。”

廖喜挑了下眉毛：“你等着瞧。”

事实证明，洪队是个彻头彻尾的两面派。下午在事发现场，他板着脸，把山林雪跟廖喜骂得狗血淋头，这会儿在丁副署长面前，他却不惜拉下老脸，替两人求情。

洪队站在办公桌前:“事情经过就是这样，丁署，我说下自己的看法。当时的情况下，山林雪鸣枪示警，完全是合法、合规、合理的。那帮社会闲散人员，不光袭警，还意图抢枪，真让他们得逞，我们整个警署脸都要丢光。我们基层公安干警，长期以来不愿携枪，不敢开枪，就是怕担责任。警察依法开枪是职务行为，不是代表个人，不应该由个人来替单位承担责任。跟国外相比，我们开枪不是太多，而是太少了。”

丁副署长冷笑一声:“可以啊，你这个大老粗，都学会掉书袋了，有进步，有进步啊。”

“向丁署学习。”

“你继续。”

洪队想了想:“这两人都有错误。廖喜错在执法过程中，受到执法对象挑衅，动手了，这个错不小。但是，年轻人有火气是正常的，一点血性都没有，怎么当警察呢？再说，他虽然打了人，但也就是皮外伤，造成的后果不严重。山林雪鸣枪，也有保护同事的因素。他们俩搭档三年，我知道的，战友情谊还是有的。没错，确实出了人命，但谁知道那个死者胆子这么小？不可能知道的嘛。而且，死者当时晕倒后，山林雪是给他做了心肺复苏的，动作很专业，这个网吧老板，围观群众，都可以证明。”

“那照你的意思，这两个队员，要怎么处理？”

洪队嘿嘿一笑:“我个人看法啊，丁署，既要严肃内部审查，又要依法保护，重点在于保护。我已经勒令他们，明天早上之前，山林雪写好一份开枪事后报告，廖喜写一份失职检讨书，放到我办公桌。”

“还有呢？”

“再让他们休假半个月，扣半个月工资。”

丁副署长板着脸：“在闹市区开枪，造成一人死亡，结果屁事没有，还能放假半个月，会不会太舒服了点？”

“这两人我了解，一天不查案，心里就难受，让他们放假，就是在罚他们。”

丁副署长想了一会儿：“算了，就照你说的办，休假半月，工资就别扣了，你说得有道理，他们是代表单位在执法，我们不能让一线公安干警寒了心。”

丁副署长敲桌子道：“但是老洪，我给你提个醒，这件事可大可小，尤其死者家属背景比较复杂，一定要搞好善后。你有什么预案吗？”

洪队胸有成竹道：“我想过了，无非几种，黑的，抬棺闹事，煽动群体事件；白的，找律师，找媒体，我们都做了相应准备。”

“这个乔灵，有没有狗急了乱咬人的可能？比如对涉事的公安干警进行打击报复？”

“可能性比较小，不过我也派了人密切监控，一有风吹草动，马上汇报。”

丁副署长点头：“有准备就好，总之，一定要把负面影响控制到最小。万一闹大了，我也不找那两个小年轻，我唯你是问。明白了吗？”

洪队立正，敬礼，大声道：“明白！”

从丁副署长办公室出来，洪队松了口气，自言自语道：“这两个狗东西，要不是我，看你们怎么收场。”

他走到值班室旁，做贼一样往窗户里看，山林雪正在伏案写字，廖喜抓耳挠腮，表情十分痛苦。洪队满意了，低声骂了句活该，又蹑手蹑脚走开了。

洪队心想，这两个小子，反正马上要放假了，就值完今天这班吧。

到了凌晨两点，廖喜终于把笔一扔，伸了个懒腰："靠，终于搞完了。"

他网络小说看多了，把检讨也当成小说来写，洋洋洒洒几千字，很具有故事性。

山林雪早就写完了报告，正在笔记本上写写画画，嘴里念念有词。

廖喜凑过去看，上面写着许多人名。庄主、袁静梅、陈盈盈、黄邃、曾恬，还有很多看不懂的符号，各种箭头指来指去。

廖喜撇嘴道："没劲，还以为你给衡久远写情书呢。"

山林雪合上笔记本："你跟小谌，怎么说？"

下午在医院走廊，廖喜就给小谌打了电话，大致说了下事情经过，但没提山林雪开枪的事，怕她担心。电话那边，小谌哭得稀里哗啦的，承认自己确实有裸照，在前男友飞鹰手上，但都是以前拍的。

据小谌说，那天中午在快捷酒店，她没有偷情，而是找飞鹰谈判。她想拿回照片跟底片，不然的话，始终是个不定时炸弹。飞鹰开口就要两万，她存款没那么多，又不敢跟廖喜要。

"那你为什么不跟我说？他这属于敲诈勒索，数额巨大，够关进去了。"廖喜问道。

"我怕你一时冲动，去找飞鹰麻烦。那人挨揍活该，但是怕万一影响到你，当不了警察，怎么办？我知道，你很喜欢当警察的。我也不敢让你知道，我拍过那……那样的照片，怕你觉得我脏，觉得我是坏女人。"

廖喜沉默了一会儿:“真傻。”

小谌抽泣道:“我真的没有对不起你，我们不要分手，好不好?”

“好，我们年底就结婚。你放心，飞鹰我会搞掂的，他绝对不敢再骚扰你。”

小谌紧张道:“你千万不要冲动。”

“你放心。”

深夜值班室里，廖喜对山林雪说道:“你放心，我跟她没事了。”

“飞鹰那边，你准备怎么处理?”

“我就不准备出面了，你帮我找到他，敲打几句，把照片跟菲林都要回来，烧掉。不准看啊。”

“你放心。”

“好兄弟。”

山林雪斟酌良久，问道:“小谌说的，你相信吗?”

廖喜低下头，再抬起头时，眼神异常坚定。

他一字一顿地说:“我愿意相信。”

山林雪拍拍他的肩膀:“好，很好。”

廖喜点了根烟:“阿雪，你一点心理负担都没有吗?”

“什么心理负担?”

“下午啊，毕竟死了个人，就在我们眼前。”

山林雪摇头道:“没有。”

“为什么?”

“下午，如果我不果断鸣枪，这些人一拥而上，我们受伤事小，万一枪被抢了，出现恶性事故，我们就是帮凶，就是犯罪。”

他又学着洪队的语气:“小廖啊，万一你有个冬瓜豆腐，我不好跟你爸交代。”

廖喜笑骂：“去你的。”

说到这，廖喜神色一凛，吸了口烟：“人死为大，他哥哥乔灵，不会轻易罢休的。阿雪，你怕不怕打击报复？”

“怕我就不当警察了。”

廖喜点点头：“好，你不怕我也不怕，虽然没福可以同享，但有难一定同当。”

山林雪用蹩脚的粤语说道：“一世人，两兄弟。”

这个深夜，值班室出奇地安静，警铃一次都没响。廖喜在看小说，山林雪继续写写画画，分析“七二三”案的案情。这个魔鬼一般的庄主，到底会是谁呢，是已经接触过的人，还是完全没浮出水面？

首先可以断定，下午意外去世的乔丹，不可能是庄主。这种喊打喊杀的古惑仔，跟庄主老谋深算、运筹帷幄的形象，相差太远。

那么，他哥哥乔灵呢，或者是布古镇上其他有头有脸的人物？这些身居高位的人，将一个夜总会小姐视为猎物，玩弄于股掌之间，是比较符合逻辑的。

廖喜跟洪队也认可他的看法，目前的侦查重点，就放在这些人身上。

山林雪是个完全的唯物主义者，但是不知为何，冥冥中似乎有种感觉，他跟这个所谓的庄主，是碰过面的。

碰过面，又隔着点什么。

在思路四处碰壁的时候，他会怀疑，自己前面的推断都是错误的。这个嫌疑人，可能根本不是他所想象的样子。比如说，庄主可能是女的；比如说，虽然是男的，但未必是三四十岁的成功人士。

或许被他忽略掉的，在笔记本上缺失的信息，正是“七二三”案的关键。

这么想着，山林雪忍不住问廖喜：“上次托你问廖叔叔的事，问了吗？”

廖喜却没有回应。

山林雪回头一看，廖喜已经趴在桌子上见周公去了。他无可奈何，站起身来，帮廖喜披上外套。

天快亮的时候，山林雪被廖喜的鼾声感染，也靠在椅背上睡着了。

一夜无事。

第二天早上八点，交班的时候，洪队宣布了对两人的处理。

洪队先是板着脸，看完两人的报告说道：“很好，都保持了你们的风格，小山一如既往的简明扼要，小廖一如既往的啰唆。你看看这都写的啥，写小说啊？对方什么发型，身上什么文身，有必要写报告上吗？”

“对不起洪队，我下次写短点。”廖喜说道。

洪队骂道：“还有下次？”

他把两份报告拍在桌面上：“为了你们这点破事，我挨了多少骂，承担了多大压力，你们知道吗？”

“知道，洪队辛苦了，洪队受委屈了，有洪队这样的领导，我们三生有幸。”廖喜贫嘴道。

洪队哼了一声：“少给我擦鞋，我告诉你们，这次有你们好受的。”

山林雪脸就白了。

洪队看预期效果达到了，便说道：“我的意思是，要是没有我，你们绝对吃不了兜着走。昨晚我挨了丁署一顿骂，最后我据理力争啊，给你们争取到的结果，猜猜？”

廖喜摇头：“猜不出来。”

“休假半个月，”他得意地补充，“不扣工资。”

结果正如廖喜所预料，他忍住笑，偷偷看山林雪一眼。

廖喜心想，打赌赢了，要让山林雪干点啥，捉弄他一下。这人虽然古板，但是古板有古板的好处，就是说话算数。

“感谢洪队。”山林雪说道。

对于这样的处理结果，他当然是感激的，是满意的，也是庆幸的。只要还能当警察，他就可以跟犯罪分子作斗争。在目前的情况下，他所谓的犯罪分子，不是泛指，而是特指——庄主。

山林雪想了想又问道：“洪队，那‘七二三’案……”

“这个你就别担心了，我另有安排。布古警署，不是只有你会破案，未必离了你山屠夫，我们就要吃带毛猪？”

“我不是这个意思。”山林雪暗自打算，哪怕休假，自己也可以去了解情况。

洪队似乎看穿了他的小算盘，说道：“总之这半个月，你就别瞎操心了，好好休息。你也挺久没回老家了吧，现在好不容易放半个月，回去看看吧。”

洪队了解山林雪这个人，智商高，情商低，怕他听不懂，又补充道：“哪怕不回老家，出去散散心也行。”

廖喜赶紧说道：“好的洪队，我会督促他的。”

洪队满意地点点头，转身走了。

山林雪有点闷闷不乐。洪队的弦外之音，他当然听出来了，休假期间，不要留在布古镇，万一乔灵真的打击报复，情况会很被动。

廖喜用力拍他肩膀："走，回家洗澡睡觉去。放假咯！"

"犯罪分子才避风头，我们是警察，为什么要避风头？"

廖喜没接他的茬，转移话题："阿雪，这两天我们找个时间，吃顿好的庆祝一下。"

"庆祝什么？"

"庆祝我跟小谌合好啊，还有我们放假。"

山林雪想了想："好。"

"你就别做电灯泡了啊，喊上小衡，要是你不好意思，我来喊。"

山林雪看了眼廖喜："好。"

"今天星期五，那就明天吧，小衡肯定不上班，我让小谌也请半天假。"

山林雪情绪不高，廖喜破天荒当了次司机，先把山林雪送回家，然后再回新世纪华庭。

开车进小区时，他看见盈姨提着一个菜篮，走得挺吃力。

廖喜摇下车窗，打了声招呼："盈姨，那么早。"

盈姨愣了一下，走了过来："不早啦，跟儿子去趟菜市场，刚回来。"

"在哪呀，也不帮你提下东西。"

盈姨抬了抬下巴："喏，前面那个。"

灰蒙蒙的空气里，廖喜看见一个十岁左右的小孩，空手走在前面，转身拐向盈姨住的那一栋。

"盈姨，你儿子都这么大啦，真看不出来。"

盈姨笑道："生得早。"

盈姨又问道："小眉那个事情，有进展吗？"

"还在调查，盈姨你记得保密，不要走漏风声。"

盈姨一脸内疚:“唉，都怪我，听廖总说，你们闹了点矛盾？早知道就不告诉你了。小廖啊，你要理解你爸，商场如战场，他真的不容易。”

廖喜笑了笑:“没事，无仇不成父子嘛。盈姨，我就不耽误你了，值了一晚上班，得回去睡觉。”

“好好好，我也赶紧回去做饭，儿子还没吃早餐呢，外面卖的不干净。”

两人便互相告辞。

廖喜刚打开门，小谌就穿着睡衣扑了上来。她紧紧抱着廖喜，失声痛哭，一直说，对不起，对不起。

廖喜拍着她后背，安慰道:“没事了，傻猪，又不怪你。”

他的视线，却落在宽大客厅的某处，渐渐失去焦点。

过了一会儿，廖喜拉着小谌，到沙发上坐下。

小谌突然站起身来，在他身上左看右看:“你没受伤吧？”

廖喜笑道:“没事，有阿雪在呢，别说一群烂仔，意大利黑手党都不怕。”

“我听人讲，他还开枪了？”

廖喜点头道:“对，他报告里写，怕对方来抢我的枪，这才鸣枪示警。我告诉你啊，根本不是这样，他就是下意识，看我要被人打了，砰，立马开枪。”

“他那么着紧你啊？”

“你不了解这个人，他保护欲特别强。对了，洪队给我放了半个月假，可以带你出去玩，你想去哪儿？”

“那么好，我得想想。”

“明天晚上，要辛苦你下厨，我准备喊阿雪跟那个小衡一起来吃饭。你觉得他们合适不？”

小谌想了想：“还不错吧，外形挺般配的。小衡家境也好。就是不知道男方怎么想，我说了你别生气啊，他老是不说话，我觉得怪怪的。结婚是一辈子的事，家里有个人总不说话，一说话还呛死人，很闷的。”

廖喜哈哈笑道：“阿雪这个人，就是这样，不过心肠很好的。”

“你又不是他，你怎么知道？说不定他是个大变态，先把人杀了，然后自己破案。”

廖喜出其不意伸手去呵小谌的痒：“你不知道吧，其实我才是大、变、态。”

小谌一边笑骂，一边绵软无力地推开廖喜，两个人笑着闹着，便滚到了一起。

第二天晚上，晚餐开始之前，小谌特别宣布了一条规定。

“从现在开始，不准谈工作啊，谁谈工作，自罚一杯。”

“我喝不了酒。”山林雪说道。

廖喜笑骂：“那你就喝可乐，比喝啤酒难受多了，撑死你。”

衡久远举起酒杯：“来，走一个。”

四人便同时举杯，一饮而尽。

“我明天跟小谌去丽江，喝喝酒，逛逛古城。”廖喜说道。

衡久远感叹道：“哇，好羡慕，你们去多久？”

“玩得不好就待十天，玩得好就不回来了，在那开个客栈。”

“阿雪，你怎么安排？”廖喜问道。

“我想在家里待着，看书。”

“你忘了洪队说的吗，你得出去玩啊。再说了，你除了我没别的朋友，我出去玩了，你饿死在家都没人知道。”

“我也没地方去啊，总不能跟你去丽江，当电灯泡吧。”

衡久远咳了一声，然后端起酒杯：“我先认罚一个。”

她一饮而尽，然后说道：“我说一下工作，有个采写任务，要去西安附近，蓝田县下面的一个镇，比较偏远。但是呢，台里派不出人，我一个人去，有点怕。”

说完之后，她不看山林雪，反而扭头看廖喜。

这番说辞，都是昨天晚上他们两人合计好的。

廖喜也不怕露馅，接话道：“那正好啊，让阿雪陪你去，当你私人保镖，差旅费让社里报销不就行了。”

这也是他们昨晚商量好的，衡久远的单位当然不会报这笔钱，一开始廖喜说他给，但衡久远坚持自己出。两人心里有数，山林雪自尊心强得很，这笔钱无论廖喜还是衡久远来出，他都绝对不会接受。

“不合适吧，孤男寡女，以后小衡还要谈恋爱的。”山林雪说道。

小谌僵了一下，笑道：“你这个人，思想太封建了吧，是刚出土的文物吗？”

“我觉得不合适。”山林雪坚持道。

这种情况下，想要说服他，简直难于登天。不过，廖喜早有准备，祭出了法宝。

“阿雪，记得我们打的赌吗？”

山林雪一愣：“记得。”

“谁赢了？”

“你赢了。”

“好，那我是赢家，我可以行使权利，让输的人做一件合理合法的事，对不对？”

“对。”

廖喜嘿嘿笑道：“好，那你就陪小衡去出差。”

山林雪看着廖喜，无可奈何道：“好。”

廖喜鼓掌道：“太好了，那个小衡，我把阿雪的身份证号给你，你负责给他买票啊。”

衡久远喜滋滋地说道：“没问题。”

小谌提议道：“来，那我们干一杯。”

四人碰完杯，山林雪没忍住：“那‘七二三’案……”

廖喜哈哈大笑，指着山林雪：“罚！”

廖喜又跟衡久远碰了下杯：“小衡，我再给你一个任务，这趟出差啊，你帮我调教下阿雪，让他学会喝酒。”

“廖哥，我争取。”

廖喜眯眼笑道：“阿雪，到时候，我们喝。”

廖喜一饮而尽，神情无限向往。

九

深圳没有直达西安的火车，所以山林雪跟衡久远只好在七月三十号一大早，先坐车到广州。

衡久远本来打算买机票，但是规格太高，估计会露馅。结果火车又没买到卧铺，只好跟山林雪一起坐二十八小时火车硬座，从广州到西安。

二十八小时，不过，是跟山林雪一起。

她这么想着，嘴角就止不住往上翘。

小谌姐提醒过她，山林雪这个人，什么都好，长得也帅，就是不爱说话。小谌姐还说，谈恋爱归谈恋爱，真到嫁人，还是得廖喜这样的，老实，顾家，会心疼人。

衡久远不这么想。

她爸跟廖喜，就是同一个类型的男人。脸上笑嘻嘻的，很少发脾气，总是一副老好人的样子。跟这样的男人在一起，当然很舒服，但好像差了点什么。

差一点男人味。

可能是缺什么就想要什么，自打情窦初开，衡久远就一直被冷酷型的男人吸引。沉默寡言的、表情冷峻的、莫名其妙不理人的，甚至拒人于千里之外的。

所以那天在布古警署，她几乎是第一眼看到山林雪就喜欢上了。心跳得厉害，但是还要采访，她只能强装镇定。

山林雪，简直是她理想中的男人，不过，比她理想中的还要帅。

山林雪，连名字都那么高大，俊美，又冷酷。山，林，雪。

尤其是听廖喜说，山林雪三年都没谈过恋爱的时候，衡久远简直是激动了，简直是兴奋了。她坚信，自己就是融化冰雪的那个女人，自己就是山林雪三年以来第一个恋人。她要把山林雪当成一个采访对象，当成一篇极有深度的稿子，先去攻克，再研究上一辈子。

衡久远相信，自己有这个能力。困难都是暂时的，办法总比问题多。

此刻，在广州火车站的候车室里，衡久远跟她的暗恋对象正并排而坐。

山林雪拿着一个笔记本，正在上面写写画画。他侧脸也很帅，尤其认真的表情，跟吵闹杂乱的候车室格格不入，像是言情小说里的男主角。

两人都没注意到，候车室里，几双不怀好意的眼睛，正在打量着他们。

火车走了八个小时，过了长沙站，衡久远还是没能突破山林雪的防线。

无论问他什么问题，个人爱好、家庭经历、恋爱史、喜欢吃什么玩什么、为什么不怕热，他要不然不回应，要不然几句话打发。偶尔有跟地质学相关的，山林雪会说一些专业术语，她又听不懂。

衡久远于是暗下决心，回深圳以后，她要买一些地质学的书，找山林雪借更好，借书还书，总有故事发生。总之，她必须喜欢上地质学，这样才能有共同的爱好。

车窗外，天色渐渐暗了下去，衡久远回头："阿雪。"

"嗯？"

她对山林雪的称呼，从"山警官"，到"山哥"，到"阿雪"，跟廖喜的轨迹差不多。在自己强烈要求下，山林雪第一次喊她"小衡"的时候，她心头不禁为之一颤。什么时候，这个男人才会叫自己"久远"，"小远"，甚至"远宝"呢？

衡久远问道："你饿了吗？"

"还行。"

"我去泡面，你要什么口味的？"

"都可以，谢谢。"

衡久远笑道："我知道，有辣椒就行，对吧？"

衡久远离开座位后，山林雪假装起来翻行李，实际在暗暗打量四周。他怀疑，自己被人跟踪了。

车厢尽头，一个昏昏欲睡的年轻男子，抬头看了衡久远一眼。这个男人，是在广州站一起上车的。

男人还有两名同伙，一个坐在车厢另一边，还有一个，就在山林雪的后座。明明是一起的，为什么要分开坐呢？

很可疑。

既然自己是跟衡久远一起出行的，如果有人跟踪，那只有两个可能性，目标是自己，或者目标是衡久远。说句实话，他不相信乔灵这么胆大包天，敢派人跟他上火车，趁机下黑手。以目前的情况，山林雪一旦遭遇不测，乔灵就是首先被怀疑的对象。

在道上混了那么久，乔灵一定明白，警察不是吃素的，他不至于蠢到自取灭亡，哪怕真的要打击报复，也会等风头过去再说。

所以，如果这三个人是跟踪者，那他们的目标，应该是衡久远。

她上次在电话里提到，自己写了一篇深度报道，山林雪特意去找来看了。报道的主角是一名商业罪犯，目前已经被刑拘，但是报道里面，还提到了另一个某省的商界大腕。极有可能，是衡久远初生牛犊，得罪了这么一头大老虎。老虎派出喽啰，要给衡久远一点颜色看看，让她不敢再深挖下去。

或者，不能再深挖下去。

山林雪认为，衡久远这么一个年轻女孩，从小娇生惯养，一直生活在阳光下，她之所以有勇气去直面黑暗，报道黑暗，既是因为朴素的正义感，也是因为一个误解。她以为，自己总是站在黑暗外的，是个旁观者。事实并非如此，黑暗会吞噬任何人。

这也是他愿赌服输，陪衡久远出差的深层原因。他自认为，对于这个女孩子，他没有什么特殊的感情，但是这么阳光灿烂，开朗到自以为是的人，会让他想起某个人，某个对他极为重要的人。

所以，山林雪要保护衡久远。

不过这件事情，他还没打算跟衡久远说，免得给她压力。而且说不好，到头来只是他多疑。

当这名勇敢又天真的女记者，端着两碗泡面走回座位时，也带上了她终于找到的话题。

“阿雪，你不相信星座，也不相信血型，对吧，那你相信九型人格吗？”

“没研究过。”

“就是把人分成九个类型，很科学的，就拿阿雪来说，我觉得你是保护型人格，也叫领袖型。”

“我是基层干警，不是领袖。”

山林雪经常这么讲话，听上去语气不善，其实没什么恶意。衡久远自己总结，他并不是在反驳，而是在完善信息，估计带一点职业病。这段时间以来，她已经掌握了跟对方的谈话技巧，就是不管他说什么，自己继续往下说就行。

“我想想啊，保护型人格呢，意志力比较坚定，勇敢，争强好胜，有正义感，喜欢保护弱者，行动力也很强，有时候不太好相处。阿雪，简直是你的个人写照啊！”

“还是跟星座差不多，把很多小块的描述拼在一起，总有几个能对得上的。就比如说，勇敢，好胜，正义感，行动能力强，跟你也对得上，难道你也是保护型？”

“才不是，我是活跃型。”

“我来猜一下，活跃型，顾名思义，就是性格活跃，比较乐观，追求新鲜感，还有精力充沛？”

衡久远一脸崇拜道：“对对对，就是这样，阿雪你好厉害。还有啊，活跃型人格呢，比较容易失去耐心，一件事情难以做长久。”

“是吗，你也没打算一直当记者？”

“对啊，我要趁这几年，多写点稿子，对社会有影响力的，最好能拿几个奖。然后呢，遇上合适的男人，我就要组建家庭，以后相夫教子。”

衡久远反问道：“阿雪，你呢？”

“我想一直当警察，”他补充道，“也没打算结婚。”

“哦，这样。”

拒人于千里之外，又一次。

不过她并不气馁，没有挑战，也就没有了乐趣。融化太快的就不是坚冰，太容易炼成金，便不算顽石。更何况，她还年轻，有的是时间。

这样想着，衡久远继续道：“你真的打算一辈子当警察啊？不考虑换个职业？比如说，你那么帅，可以当演员啊。”

山林雪难得被逗笑了：“我整天面无表情，廖老板说我，像个塑料模特，你还要我去当演员？演尸体吧除非。”

衡久远突然说道：“别动。”

“怎么了？”

“你笑起来特别……嗯……特别可爱。”

山林雪望向窗外。脸红的时候，被别人看到，不太合适。

火车一路向西北，发出带有节奏、令人安心的声响，穿过城市和田野。

车窗外，夜色黑得如同固体。衡久远在睡着之前，没有忘记把头靠在山林雪肩膀上，而他也没有推开。离开温暖的南方，去到另一个冬天会下雪的城市，山林雪心里还是有些不安。衡久远的面颊跟他的肩膀相接，交换着些许体温。

山林雪不由想起，衡久远对他所谓保护型人格的描述。意志力坚定，勇敢。

勇敢？

山林雪觉得，自己是最懦弱的那一类人。因为在这个世界上，最需要他保护的人，已经不在了，所以他才表现得无所畏惧。这不是勇敢，是麻木，是逃避。又或者说，他之所以当警察，就是为了寻找具体的人或者事，去保护。

他内心最深的恐惧，除了寒冷，就是找遍全世界，再没有需要保护的东西。如果到了那一天，他的生命就不再有意义。

廖喜是勇敢的，他认清了现实，然后接纳现实。山林雪一直觉得，廖喜是有大智慧的人，比他聪明多了。

衡久远也是勇敢的，虽然她的勇敢更多源于对现实的天真无知。

车上人大都睡着了，发出音调各异的鼾声。山林雪没有困意，他本来睡眠就少。

他索性睁大眼睛，打醒精神。活跃型睡着了，自己这个保护型必须更加警惕。

火车三十号早上十点，从广州火车站出发，三十一号下午两点，终于到达西安站。

山林雪是辽宁人，衡久远是贵州人，一男一女从广东出发，都是第一次踏上陕西的土地。

下了火车，衡久远说道："姓山、姓衡的都比较少，你知道这个山姓，是从哪里发源的吗？"

"我老家在山东淄博，后来闯关东，就到了东北。"

"我爸跟我讲过，我们姓衡的，出自姬姓，老祖宗就是周公旦。"

"难怪你车上睡得那么好，见老祖宗去了。"

衡久远笑道："不许笑话人啊。周朝以前就在西安吧？你这个山姓，我看哪，也是从这里搬走的。算来算去我们是老乡，今天回老家咯。"

在火车站广场上，她戴着鸭舌帽、大墨镜，双手伸开，在阳光下转了一圈。

山林雪有点恍惚。

衡久远拉着他的手："走呀，打车去，社里报销。"

山林雪跟着她往前走，同时留意四周。那三个鬼鬼祟祟的男人，刚才虽然一起下车，现在都不见了踪影。山林雪想，真的是自己多疑吧，职业病。

去蓝田县的客车，只有每天上午的一班。按照之前的计划，他们准备在西安市区过一晚，第二天再从客运站搭车去蓝田。

客运站离得不远，所以他们先去买了票，再搭出租车去市区。

两人都坐在后排，衡久远看着手里的汽车票："蓝田，蓝田日暖玉生烟，就是这个蓝田吧？"

"是的。"

"那蓝田玉，是什么玉呀？"

"古时候说的蓝田玉，其实是一种蛇纹石玉，也就是蛇纹化的大理石，主要成分是方解石，叶蛇纹石……"

山林雪突然打住，自嘲道："不好意思，我又在卖弄了。"

"不会呀，我就喜欢知识渊博的男人。"

山林雪不好意思道："廖老板说，我总是……"

说曹操曹操到，山林雪刚讲到一半，电话响了，正是廖喜打来的。

"阿雪，你到了吗？"

"到了，在出租车上。"

"你还不知道吧？"

"不知道什么？"

廖喜沉默了一会儿:“我跟你讲,你别激动啊,袁静梅确定是自杀。”

山林雪难以置信:“为什么?”

“管文浩他们搞了两天,在二〇四房卧室里,提取到几枚指纹。他们又做了犯罪现场模拟,推断出死者是站在椅子上,扶着墙壁,自己把头伸进绳套里的。”

“死者完全可能是受胁迫的。”

“你别急,听我说完。陈宇峰他们,找到了最关键的物证,尼龙绳,还有袁静梅的亲笔遗书。”

山林雪深吸了一口气:“怎么找到的?你详细讲讲。”

“你等等,我去拿传真。”

原来,廖喜仗着自己是债主,威逼利诱,让陈宇峰写了份详细报告,传真到他住的客栈。

报告上写,黄邃捡走袁静梅手机那天,是五月二十一号,星期一。调查袁静梅另一部手机的通话记录,发现她在当天晚上,总共打了三个电话,给同一个本市的手机号码,但对方当时都是关机状态。

到了第二天中午十二点,对方开机了,打回给袁静梅,两人通话了十多分钟。此后,这个号码就没再出现过。

再调查这个可疑的手机号码,发现是一张不记名的神州行卡,而且已经停机了。

到了五月二十五号,星期五,下午五点多,有一个公共电话的号码,打给了袁静梅。以后每周的星期五和星期天,下午五点到六点之间,这个公共电话都会打给袁静梅,通话时间从十分钟到一个小时不等。

后来查明,这个电话号码是萝岗的一个公共电话亭,在布古关口附近，离皇朝一号不远。

这种现象一直持续到七月二号之后的二十天里，也就是袁静梅死亡的二十三号之前，每天不确定的时间，都有不同的公共电话，打过来跟她聊天，通话时间从十分钟到半小时。调查发现，这些公共电话遍布整个布古镇，看上去非常随机，没有什么规律。

洪队让陈宇峰跟徐铂洋到布古关口附近的公共电话亭走访，看还有没有人记得，五六月份的周五跟周日下午有谁经常用那个电话亭。但此处是连接布古跟市区的要道，人流复杂，他们一无所获。

没想到，他们准备离开时，却在电话亭顶上发现了一个不起眼的黑色旅行包。包里装着一套女性的衣物跟鞋子，经核实，正是袁静梅遇害前一天所穿。

旅行包里，还有“七二三”案最关键的物证，包括一根红色尼龙绳，一封手写遗书。

“阿雪，你还在吗？”

“在。”

廖喜感觉出电话那头不对劲，便解嘲道：“找了那么久，结果这个旅行包，还真的是新奇，刺激，好玩，一次满足三个愿望。”

“阿雪，阿雪。”

山林雪茫然抬头，发现衡久远拿着行李，站在车子外面。出租车师傅回头看他，一副不耐烦的表情。他这才意识到，出租车已经到了西大街，鼓楼附近，衡久远提前预订的酒店。

山林雪先跟师傅道歉，然后边下车边说：“廖老板，我到宾馆了，等下打给你。”

“这样吧，你问下宾馆传真号码，我发你。”

“好。”山林雪赶紧下车，帮着衡久远提行李，一起走进大堂。

他没注意到，还有另一辆出租车停在酒店外的路旁。车里三个男人，正在低声商量。

“大哥，就这儿？”

“还是到县里妥当。”

“夜长梦多。”

山林雪跟衡久远办完入住手续，是六楼相邻的两间房。他又问了前台的传真号码，发短信给廖喜。

“小衡，你先上去吧，我在这里等传真。”

“工作吗？”

“工作。”

“那……等你忙完，陪我去逛回民街？”

“行，半个小时，你来隔壁房找我。”

衡久远开心道：“没问题。”

她便提着行李，乘电梯上了六楼。她赶紧洗了个澡，化完妆，刚好半个小时。为了避免自己显得太心急，她还故意多等五分钟，才敲响山林雪的门。

没有人回应。

“阿雪？”

房间里还是静悄悄的。

她想了一下，转身下楼。

果然，山林雪还坐在大堂的沙发上，行李放在脚边，膝盖上放一本笔记，左手拿着传真，右手居然是不知哪来的一根烟，早已经熄灭了。

“阿雪？”

山林雪抬起头来，啊了一声：“已经半小时了吗？”他又连忙道歉，“对不起。”

“没事，你不是不抽烟吗？”

山林雪苦笑了一下，站起来说：“你等我，放好行李就下来，马上。”

这一次，他倒是没有食言，几分钟后便下了楼，跟衡久远一起出门。

衡久远问道：“怎么了，心事重重的样子，还是那个案子吗？”

“对，案情发展，跟我想的不太一样。”

衡久远有些内疚：“如果不是我掉了胶卷，就不会害你们牵扯进去了。你会不会怪我啊？”

山林雪奇怪地看了她一眼：“如果我也掉了什么东西，害你有一篇报道可以写，你会怪我吗？”

衡久远想了想：“那倒不会。”

“记者就是要写稿，警察就是要办案，天经地义，有什么好怪的。”

衡久远挽起他的手臂：“阿雪，你真好。”

山林雪下意识地躲了一下，但最终，他没有推开对方。

“阿雪，答应我一个请求。”

“什么请求。”

“从现在开始，不要再想工作的事了。”

山林雪想了一会儿，认真道：“好。”

衡久远没有说话，只是把他的手臂，搂得更紧。

回民街离得不远，所以两人没再打车，而是走路过去。衡久远自告奋勇地带路，说她问了酒店前台，朝西走，过了鼓楼，在广济街右转就是了。

道路两边，越来越多古色古香的建筑出现在眼前，这在深圳是不存在的，深圳是一座太新的城市。

衡久远感慨道："你看你看，前面是鼓楼，后面是钟楼，晨钟暮鼓，多有诗意，我们现代人只有闹钟。"

"还有电台报时。"

"反正我就想啊，当一个古代人太好了，最好是唐朝，肯定比现在有意思。"

"我倒觉得，还是当现代人好。"

"为什么？"

"就比如这个鼓楼，它除了报时，还可以用来传递警报。比如哪里着火了，地震了，就有人在上面打鼓，把灾情传递出去。这种传递信息的方法，效率很低。总体来说，古代的通信技术非常落后。你说唐朝，一封信从长安寄到深圳，那时候没有深圳，寄到岭南随便哪个地方，要好几个月。我们现在有电话，有传真，还有手机，可以即时联系。"

衡久远看了他一眼："可以即时联系，也要有想联系的人。"

山林雪沉浸在自己的思路里，继续道："我记得我小时候，在沈阳，最早是写信跟发电报，后来有了固定电话。前几年，又有了传呼机跟大哥大，当时好贵，一万多块一部，要有钱人才买得起。你看，我们现在都有了手机，可以打电话，发短信，廖老板用来玩游戏。我觉得这个东西，再过几年，还会变得更先进。"

衡久远笑道："多先进？总不能看电视吧。"

"不光看电视，说不好，还能做手机直播。"

衡久远哈哈大笑：“手机都能做直播，那我们的卫星新闻采集车，全都得报废了。”

“你不信啊？”

“我不信。”

“打个赌，要真有那一天呢？”

衡久远想了一下：“真有手机能做直播的那一天？”

“对。”

“真有那么一天，我就嫁给你。”

山林雪没反应过来，重复道：“好，你就嫁给我。”

他的脸“唰”一下红透。

衡久远饶有趣味地打量着他，突然欢呼道：“你看你看，这就是八宝玫瑰镜糕，我同事说可好吃啦！”

十

七月的最后一天，山林雪跟衡久远在鼓楼下消磨了许多时间。

两人吃了许多传说中的美食，比如镜糕、羊肉泡馍、红红酸菜炒米、葫芦鸡，从下午吃到晚上八点，撑得差点走不动路。大部分时间，山林雪抢着要结账，衡久远也不跟他争。

衡久远打趣道:“反正啊，到了手机能做直播的那一天，我就嫁给你了，我的都是你的，那你现在请我吃饭，也是应该的。”

山林雪脸又红了:“口误，一时口误。”

“我不管，你亲口讲的，不准赖皮。”

比起山林雪无心的承诺，更让衡久远开心的，是他的笑。这半个下午加半个晚上，他笑得很频繁。如果让廖喜看见，他会嫉妒死的，做拍档三年，山林雪笑的次数加起来都没有这半天多。

对衡久远而言，山林雪的笑，就如同冰雪消融的声音，冻结的湖面上出现的第一块裂冰。

衡久远跟许多女孩不一样，她知道，幸福要靠自己争取。既然男人跟女人是平等的，谈恋爱的时候，女孩主动点，也没什么好丢人的。

她想，总有一天，这个男人会属于自己。不，或许就是今天。

山林雪也不太明白，自己为什么会笑。可能是来到了一个陌生的城市，可能是他答应忘掉工作，可能是因为身边的衡久远。这是一个阳光般灿烂的女孩，让他感受到温暖放松，就好像滚烫的热水浴。

走回酒店的路上，衡久远到商店里买了瓶西凤酒。

山林雪问道：“送人？”

“送什么人，我答应廖哥的，要教会你喝酒。”

山林雪摸着肚皮：“我喝不下了。”

“不许喝不下。”

“好吧，等回到宾馆，再看情况。”

回到酒店，两人先各自去洗澡，约好等会儿去衡久远房间学习喝酒。

浴室里的热水，无论再怎么调，都没有家里的烫，山林雪洗得不太痛快。不过他也不是第一次出差，早有心理准备。

洗完澡刚穿上裤子，隔壁房间突然传来衡久远的惊呼。

山林雪顾不上穿衣服，冲出门外，在她房门口喊：“怎么了？”

衡久远拉开门，脸上是快哭的表情：“有老鼠。”

山林雪松了一口气，揶揄道：“你不是天不怕地不怕吗，还怕老鼠？”

衡久远捶了他一下：“讨厌。在浴室，快帮我赶走！”

“为人民服务。”山林雪笑道。

关上房门，两人才发现，山林雪只穿一条裤子，赤裸上身，露出结实的肌肉；衡久远身上，裹着一条自己带的浴巾。

山林雪尴尬道：“我抓老鼠去。”

处理好老鼠，山林雪又回自己房间，穿好衣服，这才跟衡久远坐到一起，开始喝酒。两人没有准备酒盅，就凑合用房间里的钢化玻璃杯，还有衡久远买的一些小菜，刚好下酒。

“你是东北人，应该很能喝才对啊。”衡久远说道。

“我没试过。”

衡久远抿了一口：“还不错，跟茅台不一样的香味，你试试。”

山林雪端起酒。

透明的玻璃杯，里面是同样透明的液体，稍微有点黏稠感。一个瘦削的男人坐在房间里，对着玻璃杯、酒瓶、一两碟小菜。一个短发干练的女人，忙前忙后，有时也坐在他对面，喝上一点。熟悉的场景。只不过，在他十岁以后，画面里的女人消失了，只剩下那个男人。

山林雪喝了一口酒。辛辣的感觉，从口腔开始弥漫，延伸到咽喉，食道，最后直达胃部。几秒钟后，辣味变成了温暖。

是温暖。山林雪突然有些明白，记忆中的男人为何如此嗜酒。原来，他也怕冷。

他看了一眼时间，九点半。那个男人，也正在喝酒吧，如果还没醉的话。

“怎么样？”

山林雪将杯中白酒一饮而尽：“再来点。”

衡久远愣住了，她刚给每人倒了二两，想着今晚喝那么多就够了。没想到山林雪一口就干了，面不改色。

衡久远一边给他倒酒，一边哈哈大笑：“阿雪，你哪里要我教呀？慢慢来，别一口闷了，不然这瓶酒不够喝。”

半小时后，一斤白酒都喝完了，衡久远喝了不到三分之一。

山林雪本来就白净，喝完酒之后，脸色越发苍白，跟身上的白衬衫融为一体；衡久远双颊微红，披散着短发，眼里雾气蒙蒙，显得女人味十足。

山林雪突然说道："我爸很爱喝酒。"

"所以你有遗传呀，"衡久远借机问道，"对了，山叔叔是做什么的？"

"他是厂里的工程师，老工程师，还当过几年副厂长。"

"好厉害，知识分子。那阿姨呢？"

"她是我们厂里的会计，不过我十岁那年生我妹妹，难产死了。"

衡久远沉默了一会儿："对不起。"

"有什么好对不起的，跟你没有关系。不过，我爸挺好笑的，他觉得，我妈是被妹妹害死的，所以不太管她。我家没什么亲戚，妹妹基本是我带大的。"

"你还有妹妹呀，没听你提起过。她多大了？"

"她是一九八四年，下第一场雪的时候出生的。今年十七了，你知道吗，跟'七九'案廖老板救出来的受害人许静一样的年纪，"山林雪补充道，"我是说，她还活着的话。"

"我妹妹叫山林暖，很好笑吧。她出生的时候下雪，我出生的时候是夏天，我们的名字应该换一下才对。"说着说着，山林雪突然就哭了。

大颗大颗的眼泪，悄无声息，顺着他的脸庞流下。

可能是酒精的作用吧。

衡久远明白过来之后，也哭了起来。

她终于明白，眼前的这个男人，为什么寡言少语，为什么让人难以接近。生命中最重要的两个女人，或许是那个寒冷的北方城市里仅有的温暖，都被无情地夺走了。

衡久远站起身来，走到山林雪身后，一只手环抱着他脖子，另一只手，轻轻揉着他的头发。

“不哭，阿雪不哭，乖。”

山林雪失声痛哭。

“你知道我妹妹是怎么死的吗？”

“你可以告诉我。”

“我十六岁那年，她六岁。冬天，下大雪。我爸喝完酒，发酒疯，拿着一把菜刀，把我们赶出家门口。他说，要砍死我妹妹，砍死这个扫把星。他还在楼道里疯了一样，大喊大叫，谁让她进屋，就一起砍死。”

衡久远闭上眼睛，痛苦地说道：“怎么会这样？”

“我应该去跟他打的，可是我不敢，小衡，你知道吗，我不敢。我十六岁了，明明可以打赢他的，而且他喝了那么多酒，没有力气。但是我不敢。我抱着妹妹，在楼下站了一会儿，最后决定去爷爷家。我妹妹，我妹妹她穿得很少，一直喊冷，我抱着她，把衣服都裹在她身上，可是，还是很冷。

“你知道吗，小衡，沈阳的冬天是很冷的。我们在雪地里，走啊走啊，雪还在下，走出厂区的时候，我妹妹说，她说……她说，哥哥，哥哥别怕，我不冷了。我把自己当成雪，就不会冷。哥哥，你也试试。

“我们走了大半个小时，到了爷爷家。妹妹得了重感冒，后来，就没能治好。她才六岁。小衡，你知道吗，她如果活到现在，十七岁了，过完年十八，是大人了。

“是我害死了她，是我。我要不是那么胆小，她就不会死。是我，亲手杀死了她。”

山林雪泣不成声。

“傻瓜，怎么能怪你。”

山林雪转过头来，把脸埋进她胸前。

山林雪喃喃道：“对不起，对不起。”

衡久远拍着他后背：“没事了。”

山林雪哭得更凶了。他把藏了十年的秘密和盘托出，就好像一个蚌被取出了珍珠，此刻他虚弱不堪，宛如一摊融化的雪水。

房间里的两个人，就这么抱着，哭着，不知过去了多久。

“阿雪，我想让你开心起来。”

山林雪抬起头来，脸上满是泪痕，表情像小孩一样茫然。

衡久远拉着他的手，往自己的上衣里伸，那里是一处温暖的所在。

山林雪一瞬间清醒了，他触电似的缩回自己的手。

“不好，这样不好。”

衡久远固执地捉住他的手：“有什么不好的，来，地板太冷了，我们到床上去。”

山林雪亦步亦趋，如同小孩跟着母亲，他的身体跟思想，已经被割裂成了两个部分。

“小衡，衡久远，我们才认识十天，不能这样。”可身体却站在床边，任由衡久远解开衬衫上的扣子。

“这样不符合常理。”

衡久远从容道：“如果生活里的每一天，都必须符合常理，那这样的生活本身就不符合常理。”

这句话充满了哲理，它不是来自哲学家，也并非来自一个女记者，而是源于一个女人。这个女人，因为刚刚接纳了一个秘密，见识到了男人灵魂深处的软弱，反而对他爱得难以自拔。女人决定，要跟他融为一体。

思想被说服了，它跟身体重新融合，变回了一个人，一个单纯的雄性生物。这样的男人没有未来，也没有过去，这样的男人既不在乎大雪，更不在意台风。

这样的男人只有现在。

女人引导着男人躺下。

女人后来居上，用手温暖着他，用嘴温暖着他，最后用的是身体。

“好烫。”

他重新感受到了，滚烫的热水浇灌在身上时那种惬意和放松。这一刻，他仿佛回到了母体。

女人弄出了很大的声响，最后，男人回馈她以温暖。

男人跟女人像被抽去了筋骨，瘫软在床上。当他们以人类后天学习的语言开始对话时，名字又回到了各自身上。

衡久远枕在山林雪胸上，抚摸着他的脸：“你该不会是……那个吧？”

“跟喝酒一样。”

“厉害了哦你，两种天赋都很好。”

“都是老师教得好，以后还要多多跟您学习。”

衡久远闷哼一声：“没问题，手老实点。”

“如果山林暖还活着的话，多等几年，我就把她嫁给廖老板。”

“包办婚姻啊，你这是封建思想，要不得。再说，小谌姐能饶得了你？”

“也对。”

“我发现你这个人很过分，你抱的是我，想的是廖哥，难道你真的是……”

“我是不是，你还不知道吗？那再来一次。”

衡久远笑骂道：“滚开，你不累啊你？”

就在这时，房门被拍响了。

外面有人喊：“开门，警察查房。”

衡久远皱着眉头，坐起身来找衣服。

山林雪低声道：“别开门。”

“没事的吧，我们是男女朋友，又不是那个。”

门外另一个声音喊：“屋里的人听着，再不开门，我们要采取强制措施。”

“是火车上的人。”

衡久远一头雾水：“什么火车？”

他跳下床，套上裤子，对衡久远说道：“打电话报警，快，就现在！”

山林雪走到门后，外面吵吵嚷嚷，有人警告其他房间的人，警察正在办案。有人正在撞门。

酒店的房门很单薄，撑不了太久。

他想，对方有三个人，手上还有武器。

一个人毫无问题，两个人把握不大，三个人的话，基本没有胜算。

但是无论如何，山林雪想，他要保护这个女人。

十年过去了，他再也不是雪地里的少年，无助，懦弱。

山林雪仍没有信心保护一切，但是他有信心，为了值得保护的东西，战斗到生命的最后一刻。

一千公里之外，廖喜正在唱歌。

他今晚喝得有点尽兴。马上就要到八月一号了，他曾经跟小谌说，要到这一天，才给他继续或分开的答案。

现在已经不需要了。

山林雪问过他，相不相信小谌说的话？这个搭档，这个沈阳人，他很聪明，有时候太聪明了。所以他反而不懂，探寻真相，并不永远代表正义；有时候，选择忽略真相，才是某种意义的善。

难得糊涂啊。

小谌就坐在台下，像个小歌迷一般，等着要他的签名。此时此刻，她眼神里的爱意，千真万确，廖喜看得出来。

最终全人类都会灭亡，等着下一个智慧生命来研究。到头来，地球甚至银河系，整个宇宙，都会归于沉寂。那时候，真相呢？真相算个屁。

酒吧黯淡的灯光下，小谌眼睛里散发出的光芒，比恒星更加永恒。

他抢了驻店歌手的位置，反正今天晚上，他的消费足够换来老板的容忍。

廖喜坐在高高的椅子上，向身后的乐队点了一首歌。

他醉醺醺地问："《红尘有你》，王杰的，会吗？"

吉他响起，曲调有些生疏，但这并不影响他的兴致。

到了副歌，廖喜闭上眼睛，深情地唱："红尘有你，就有我无悔的泥，随人间风雨迁徙，忘不了无情天地。"

他突然抖了一下，差点连椅子一起摔倒，麦克风也掉在地上，刚好指着音箱，发出刺耳的啸叫。

廖喜茫然地问："地震，是地震吗？"

小谌摇头："没有啊。"

廖喜嘿嘿一笑："看来我喝多了，算了，不唱了。"

他走下台来，坐在小谌身旁，往杯子里倒啤酒。

"等回到深圳，你，我，阿雪，小衡，我们四个人一起喝。我跟你说，他肯定喝不过我。"

"你不要老是阿雪前，阿雪后，好不好？他是你老婆，还是我是你老婆？"

廖喜哈哈笑道："当然你是，哎哟，男人的醋你也吃？"

小谌哼了一声："我才不喝醋，我喝酒，来啊廖老板。"

两人碰杯。

廖喜笑道："饮胜！"

他恰好对着西安的方向，一饮而尽。

十一

二〇〇一至二〇一八年，那么长的时间，世界改变了模样。

许多人出生，许多人死去。

许多事情发生，更多的被人忘记。

十二

二〇一八年，秋，深圳，原关外。

廖喜正在打字，从早上八点到现在，两个小时，他已经码了三千多字。

深圳其实没有秋天，它只是夏天的一种延续。书房里的空调开得很足，廖喜今年四十二岁，身上许多东西都变了，但怕热的体质一直没变。

一张原木书桌，桌面上除了台戴尔一体机，键盘，木质腕托，鼠标，再无他物。一款赫曼米勒的人体工学椅，贵，但物有所值。地毯蓬松，窗帘拉得很严实，一盏落地灯发出昏黄的光线。

单调舒适的环境，尽量避免外界干扰，能帮助他心无旁骛地进行创作。

他用的是一把韧锋的静电容键盘，外形非常复古，像二十世纪九十年代流行款。说流行款也不恰当，应该说，那时候的键盘都长这样。有些同行更喜欢机械键盘，廖喜觉得，那是因为他们没尝试过静电容。他经常说，静电容键盘的触感，好像十八岁少女的乳房。

廖喜今天的任务是八千字，上午四千，下午四千。当了十几年网络作家，他不光资历老，身体更老，生产效率跟年轻的后辈们已经无法相比。上个月他参加网络作协聚会，有个姓徐的唐山小伙子，一天能写三万多字。

他转动脖子，颈椎发出脆响，像是随时会断掉。不服老不行啊。

廖喜笔下刀光剑影，快意恩仇，但现实中的他，是一个过惯了安稳生活的中年人。年轻时当刑警的岁月，对他来说，就像是上辈子的事情。

今天上午，廖喜提前完成任务，他用剩下的时间看了半部电影，然后像往常一样，十二点整，准时走出书房。

王争问道："下班啦？"

"下班了。"

"早上写得怎么样？"

"还挺顺的。"

"那就好，来吃饭吧。"

王争已经准备好了午饭。咖喱鸡肉、白灼菜心、淮山排骨汤，还有加了麦仁的米饭。廖喜前几年开始痛风，他自己又不注意，都靠王争帮忙调理。

这个三十四岁的女人，身兼多职，既是廖喜的保姆、助理、翻译、经纪人，同时还是他结婚十年的妻子。

饭厅里阳光充足，廖喜在餐桌前坐下："上午有什么事？"

"网站的齐总打电话过来，说下月中旬有个活动，评选年度十大影响力网文作家，邀请你当颁奖嘉宾。"

"北京？"

王争给他盛了碗排骨汤："对，北京，跟去年一样。"

"我考虑一下，还有呢？"

"出版社的赵老师，说上次那套书的合同到期了，想续签。多吃青菜。"

"签吧。菜心不错。"

"衡姐说，她下午出差去印度，新德里，考察一星期，周末阿雨来我们家住。"

廖喜跟王争结婚十年，没有孩子，以后也没打算要。家里养了一只柴犬，一只橘猫，还有一个阿雨，时不时过来蹭吃蹭住，倒也不觉得冷清。

廖喜笑道："太好了，我的《塞尔达传说》，有个火神兽老打不过，就等阿雨了。"

"衡姐交代，不准让他打游戏。"

"她怎么会知道，你别说不就行了。"

王争看了他一眼："还有，早上天气预报，说是有台风。"

"都十月份了，还有台风。叫什么名字？"

王争低声道："玉兔。"

廖喜一怔，转而笑道："咖喱好香，老婆，我再吃一碗可以吗？"

"半碗。"

她起身去厨房盛饭，廖喜看向窗外。天空万里无云，阳光明媚，一点都不像台风要来的样子。

廖喜想起，十七年前的那一场台风，也叫玉兔。他突然产生了一种错觉，台风从未结束，十七年后的这一个，不过是多年前那个的延续。

廖喜闭上眼睛，左肩上的枪伤隐隐作痛。看来，天气预报没有骗人，真的有台风。

他又想，那家伙幸好死得早，要不然的话，身上的伤只多不少。然后就得跟自己一样，每次刮风下雨前，做一个人肉气象台。

“想什么呢？”

廖喜睁开眼笑道：“想情节呢，下午大师兄要清理门派了。”

“记得别把主角写死了噢，上次那本就是，直接掉了三分之一收藏。”

“知道啦，王主编。”

吃完饭，又逗了下猫狗，下午两点，廖喜准时上班。

书房门关上之后，就是另一个世界，一个只属于廖喜的世界。通常，他在书房里创造虚构的世界，这些世界可以很完美，也可以很残酷，取决于怎么写会有更多人订阅。但是今天下午，即将到来的台风，在廖喜心里掀起了波澜。他暂时放弃了造物主的身份，重新扮演一个角色，投入到十七年里真实的世界。

枪林弹雨，刀头舐血。

二〇〇一年，七月的最后一天，山林雪牺牲了。他为了保护衡久远，以一敌三，最终身负重伤，在刚确定关系的恋人怀里，停止了心跳。事后查明，凶手确实是冲着衡久远来的，原因就是她写的那一篇报道。

山林雪献出他的生命，换来衡久远毫发无损。

凶徒一人重伤，另两人轻伤，被赶来的当地警方和附近的勇敢群众合力制服。

这起恶性打击报复的案件，惊动了三地公检法，包括深圳、西安，以及幕后黑手所在地，最终整个商业犯罪集团都被一网打尽。衡久远强忍悲痛，就此写了一篇报道，拿到了当年的新闻大奖。这个奖非常有分量，相当于国外的普利策，正是衡久远此前一心想拿的。

可是有什么用呢，山林雪都死了。

最初得到这个消息时,廖喜陷入了疯狂。如果不是小谌拼命拉着，他右手的指关节，可能会因为反复击打墙壁而全数粉碎。

山林雪的爸爸远在沈阳，而且行动不便，所以他的后事，都是由警署同事跟衡久远一起打理的。廖喜缺席了整个过程,因为那个时候，他灵魂出窍，犹如行尸走肉，在丽江躺了三天，回到深圳后，又躺了三天。

然后他突然就醒了，穿着一身警察制服，回到家里，跟他父亲摊牌。

“警察我一定要当,如果你不认我这个儿子,那就当我妈生了一块叉烧。感谢爸爸妈妈，那么多年来的养育之恩，如果我有命活下去，以后一定为你们养老送终。”

然后他头也不回地离家，留下一脸愕然的父亲，以及号啕大哭的母亲。

廖喜觉得，那一天，他才真正成为一个大人。有一个理论说，父亲去世的那一天，儿子才会真正成年。原来，战友的离去，也可以达到同样的效果。

山林雪的追悼会过后，廖喜全身心投入到“七二三”案。破这个案子，是他兄弟的遗愿。他继承了山林雪的笔记本，日夜捧读，最终得出了结论。

廖喜知道庄主是谁。

并且廖喜深信，笔记本原来的主人，想法跟他完全一致。

可惜，无论是活着的廖喜，还是死去的山林雪，他们手上都没有证据。

更何况那时，“七二三”案已经定性为自杀。指纹、尼龙绳、遗书等关键证据，全都指向同一个答案——袁静梅是在意识清醒，并未受到胁迫的状态下，自缢身亡，再加上她是成年人，未患精神疾病，具有完全行为能力。

纵然袁静梅轻生的举动是受到嫌疑人诱导，但国内只有教唆杀人罪，不存在教唆自杀罪。按照廖喜的推论，嫌疑人并未亲自动手，只是在她死后，解开绳套，将尸体放在二〇四房地板上，并写下三个符号。

所以，当廖喜向洪队申请对嫌疑人进行逮捕时，洪队予以坚决反对。

洪队叹了一口气：“第一，你没有任何证据，指纹也好，头发也好，犯罪现场翻了个底朝天，一点都没有遗留。还有啊，你说的这个嫌疑人，有充分的不在场证明。第二，这个要怎么定罪？最多是侮辱尸体罪，顶格不超过三年。”

“把他抓来审一审，就知道了。”

洪队苦笑了一下：“你以为我没想过？小廖啊小廖，你知道他妈是谁，你知道他爸是谁吗？人抓来了，又审不出什么，我们会很被动的。”

廖喜双眼通红：“那就没办法了吗，任他逍遥法外？”

洪队紧抿嘴唇，沉默了许久：“目前来说，是的。”

廖喜闭眼站了一会儿，突然笑了笑：“行。”

洪队反而慌了：“小廖你没事吧，小廖，你别吓我啊。”

廖喜长叹一声："没事，世界上坏人这么多，这个没法抓，我去抓别的。要是阿雪还活着，他也会这样做的。"

接下来，廖喜在布古警署干了半年，又转到了龙港分局缉毒大队，哪里危险他就往哪里钻。先是当卧底，归队后不到一年，又升了副队长。又过了一年，廖喜带队闯入制毒窝点，对方开枪反击，他击毙一名毒贩，自己肩膀也受了伤。

在医院治疗时，他母亲在病房里给儿子下跪，求他不要再当警察。

父亲站在病房门口，老泪纵横。

廖喜躺在病床上左思右想，终于决定辞职，但是跟父母商量在先："我现在听你们的，不当警察，但是以后别的事，就不要管我了。"

母亲连忙点头。

廖喜补充道："包括结婚，生孩子，还有以后干什么。不要让我去公司帮忙，做生意我真的不会。"

父亲叹了口气："随你，但凡有条命，到时给我送终就行。儿子啊，我们都老了，坟前没有男丁磕头，会被人笑的。"

出院后，廖喜马上提出了辞职，连三等功的荣誉都放弃了。他说，这个名额，应该让给贡献更大的兄弟。

他说的是兄弟，而不是兄弟们。可以理解为特指，也可以理解为泛指。总之两三年前，山林雪牺牲时正在休假，署里争取了半年，还是没给他申请到任何荣誉。

这个时候，小谌已经跟他分手了一年半，跟别的男人订了婚。因为廖喜不要命的劲头把她吓到了。在她看来，这个男人一心求死，与其跟他结婚，等着做烈属，倒不如干脆分手，这样在听到他死讯的时候，不至于太伤心。

她甚至觉得，廖喜不再是廖喜，他变了个人，或者说，山林雪死去后的魂魄，附在他身上了。这种感觉，让她毛骨悚然，夜不能寐。

那件事以后，小谌不是没有劝过他，山林雪的死，并不是他的错。

廖喜永远都认为，是他的错，是他害死了山林雪。

如果不是那个愚蠢的建议，让山林雪陪衡久远出差，他的生命不可能会这样收场。“七二三”案的凶手都没抓到呢，那个让他念念不忘的庄主依然逍遥法外。他一定死不瞑目吧。

所以这一次，对于小谌分手的提议，廖喜欣然同意。

二〇〇四年，廖喜辞职后无事可做，又没有女朋友，于是突发奇想，开始写网络小说。当然，他没有像跟山林雪斗嘴时讲的那样写刑侦小说，而是选择了玄幻。

廖喜从小就爱看金庸跟古龙，又是国内第一批接触网文的。在他看来，玄幻跟武侠内核都一样，江湖儿女，恩怨情仇，无非打斗升级为斗法，场面更夸张，更有想象力。

廖喜本来是写着玩玩，没想到无心插柳，还真让他赶上了当年的浪潮。虽然也谈不上大红大紫，但是头两三年挣的钱，已经足够他在龙港中心城买下一整套大房子，不再需要家里支持。

时代车轮滚滚向前，绝不会因为谁的离场而停滞。还在车上的人，被裹挟着带离原地。

二〇〇六年，布古警署因为功能重复，被予以撤销，这个全国唯一的警署，从此不复存在。原警署人员，一部分调到龙港分局，一部分充实到辖区派出所，还有的调进市区的公安系统。

到了第二年，身为知名网文作家的廖喜，跟一位叫王争的年轻女子确定了恋爱关系。

当年王争二十三岁，刚从日本留学回来，在大学里找了份教职工作。她父亲是初中教师，母亲也是初中教师，一家子出了三个老师，也算是书香门第。

王争之前还有个名字，后来受某件事影响，她跟了母亲的姓，把原来的单名劈开两半，选了后面那一个字。改名后的王争，先是到广州复读一年，然后凭着自己的努力，考上了日本排名靠前的大学，读的是日本国文学系，相当于国内的中文系。

无论是高中的王争、留学国外的王争，还是工作后的王争，都有同一个毛病，就是无法跟任何异性有任何肢体接触。有时候连同性都不行，尤其是在密闭空间里。她去看过医生，医生说，她的病是一种创伤后应激障碍，表现形态是恐怖症。

有一次廖喜去学校里开讲座，教学生们创意写作，两人便碰巧遇见了。

王争意外发现，跟廖喜在一起时，她一点都不紧张，反而非常有安全感。随着接触的加深，她发展到一离开廖喜就会心悸冒汗，而跟他在一起的时候，哪怕是去坐欢乐谷的跳楼机，她都无比安心。

顺理成章地，两人开始相恋，并在一年多以后，也就是二〇〇八年的年底，步入婚姻殿堂。当年廖喜已经三十二岁，比王争大八岁，不知情的人都笑他是老牛吃嫩草。

婚礼上，双方父母互相拥抱，老泪纵横。

廖喜也在婚礼上自嘲："我本来打算不结婚的，为什么结婚呢，因为我找到了一个女人，永远不担心她离开我。"

婚后两年，王争辞去了教职，一心打理廖喜的生活工作，甘当他的贤内助。对王争来说，这是一个不错的抉择，意味着除非有特殊情况，不然她总能待在廖喜身边汲取安全感。

夫妻二人男耕女织，养猫逗狗，孝敬双方老人，日子过得轻松愉快。因为早前约法三章，所以他们没要孩子，两边父母也没有干预。转眼间，便到了二〇一八年。

这便是山林雪牺牲后的十七年里廖喜主要的生活轨迹。

除了一条隐线，“七二三”案里依然逍遥法外的庄主。

以及另一条明线，那就是山林雪的儿子，山林雨。

衡久远是在二〇〇一年十月，确定自己怀孕的。而且，她心里有数，肚子里的骨肉，只可能属于山林雪。在西安的那天晚上，她原以为安全期没事，事实证明，安全期并不安全。

她深信，一切都是注定的。有个男人为她而死，现在，她要为了这个男人而生。

因为当天晚上双方都喝了酒，所以衡久远先去咨询医生，得到的答复是问题不大。只有在精子跟卵子形成的时候，长期饮酒，才会有较大可能造成胎儿畸形。他们只是当晚喝了酒，之后的两三个月，衡久远同样不烟不酒，对孩子的发育没有太大影响。

之后，她特意回了趟贵阳，向父母宣告这个决定。

母亲虽然笃信天主教，反对堕胎，但这样的事情落到女儿头上，她也颇为犹豫，只好默默落泪。

父亲叹了口气：“幺儿，老者知道你脾气，拦不住的，索性当好人了，你生吧。”

母亲抹泪：“孤儿寡母，以后日子怎么搞嘞？还嫁不嫁人哟？”

父亲笑了笑，拍拍妻子的肩膀：“你这婆娘，哭啥子？幺儿，别怕，老者老妈是你靠山。”

于是，三人一致同意，让山林雪的遗腹子降生到这个世上。

廖喜得知这个消息时，开心得几晚没睡，好像要当爹的是他自己。当时他还没调去缉毒队，利用工作空余的时间，从关外跑到关内，陪着衡久远忙前忙后，做产检，办准生证，累得不亦乐乎。

第二年的四月二十一日，凌晨两点，衡久远在深圳市妇幼保健医院诞下一名健康男婴，七斤二两，大耳朵大眼睛，金牛座。

衡久远的父母和廖喜等在产房门口。

孩子的外婆激动得落泪："长得好乖哟。"

外公惊喜道："婆娘你看，这鼻子这眼睛，跟幺儿一模一样。"

廖喜瞪大眼睛："我靠，缩小版的阿雪！"

他看着男婴头顶："两个旋，跟阿雪一样，倔。"

衡久远躺在病床上，看着那皱成一团的粉红色婴儿，一会儿哭，一会儿笑。

她的月子，是妈妈跟堂嫂照顾的，那时小谌还没跟廖喜分手，偶尔也会来帮个忙。

孩子两个月时，要落户口，外公外婆想让外孙姓衡，但是当妈的坚持，儿子必须姓山。不光如此，她还直接照搬山林雪的名字，去掉雪字下面的彐，给儿子起名山林雨。

"因为深圳有山，有林，但只下雨，从不下雪。雪在空中融化，就变成雨。"

廖喜夸道："山林雨，山林雨，这名字真好，不愧是大记者，有文化。"

廖喜抱着孩子，捏他胖嘟嘟的笑脸："你爸是阿雪，以后，你就是阿雨啦。"

他把孩子高高举起：“阿雨，真棒！”

衡久远赶紧阻止道：“小心点，别摔着了。”

山林雨才三个月大，衡久远便不再给儿子吃母乳，回到报社上班。后来她忙于工作，升到了副主编。感情生活也没闲着，谈了好几个，结了一次婚，又离了一次婚，没要小孩。

阿雨六岁之前，一直是外婆在带，廖喜时不时会来看他。六岁之后，外婆身体撑不住，便回了贵阳陪老伴。这下子便苦了衡久远，她又要工作，又要照顾儿子，家里虽然有阿姨，但毕竟只是劳务关系，不敢全心托付。

这时候是二〇〇八年，廖喜的写作事业小有所成，跟王争即将结婚，工作生活都比较稳定。衡久远刚满三十，年富力强，还想在职务上更进一步，于是思前想后，把山林雨从市区带到龙港，跟廖喜商量，开启托管模式。

廖喜一口答应。他马上动用所有关系，在附近找了间最好的小学，安排山林雨就读。

于是，阿雨从六岁开始，便住在廖喜家，一直到小学毕业。这六年间，两人朝夕相处，关系比许多亲生父子还要好。一开始，衡久远让阿雨管廖喜叫“廖叔叔”，后来阿雨自觉喊廖喜“廖爸爸”。

廖喜却别出心裁，让阿雨称呼自己“廖老板”。

照顾山林雨的这些年里，廖喜渐渐发现，人类的遗传基因，真是一种强大的存在。外形就不必说了，山林雨越长大，就越像他从未谋面的父亲。眉眼长得一模一样，头顶也同样是两个旋。唯一的区别在于，山林雪耳朵小，山林雨长了一对招风耳，这点随衡久远。

性格也是如此。虽然在廖喜家住的这几年，他变得开朗了些，脸上常挂着笑，但是生闷气的时候，衡久远来接他的时候，成绩没达到自己预期的时候，小脸一拉，神态就是个翻版的小山林雪。不管心情好坏，他都特别爱较真，这一点也跟山林雪很像。

更让廖喜啧啧称奇的，是阿雨对地质和考古的爱好。当年山林雪在出租屋里的遗物，主要是几大箱子书，全部都被衡久远收藏起来。她搬了两次家，一本也没舍得扔。

山林雨八岁以后，每次从亲妈家回来，都会带上一本父亲的遗物。到了十一岁这年，居然把这些专业书籍囫囵吞枣看了一大半。

晚上做完作业，山林雨便会躺在床上，孜孜不倦地钻研，样子像个小大人。翻书的时候小心翼翼，长睫毛扑闪，让人不由心生怜爱。

有时看得太晚，王争便会催他睡觉，第二天还要上学。阿雨答应得很爽快，但假如半个小时后，推开他卧室门进行突击检查，多半能从被窝里缴获作案工具——书一本，手电筒一支。

廖喜便笑王争："想起什么没？"

"哎呀，别说了。"

多年以前，她还是个十七岁的少女，也曾躲在被窝里，用手电筒看一本村上春树的小说，《世界尽头与冷酷仙境》。

不过，王争现在已经很少看村上春树了，她更爱看廖喜写的玄幻小说。不仅如此，她还把廖喜最受欢迎的一本小说翻译成日文，在日本出版上市。虽然销量并不高，但这让廖喜在码字的同行里挣足了面子。

总之，后来两人就不管山林雨了，他看得困了自然会睡觉，反正成绩一直名列前茅，一点都不用人操心。

到了山林雨小学毕业，衡久远也没能当上报社主编，这才回过头来发现儿子的重要性。她想把阿雨接回市区上初中，结果遭到强烈抵制，幸好廖喜夫妇帮忙做思想工作，阿雨才勉强答应。

他读完初中，又考入了深圳最好的高中之一。现在十七岁的他，已经是一名高二学生，身高接近一米八，品学兼优，运动也好，简直是校草级的人物。

山林雨平时寄宿，周末一半时间回衡久远家，另一半时间，从市区搭地铁到龙港的廖喜家住。地铁在市区的时候，是名副其实的地铁，但是到了龙港，会开始缓慢爬升，最后行驶在半空中。多年前，有人曾经跟他妈妈预言过这件事情。

山林雨仍然沉迷于地质学，但谈及他的高考志愿，却让衡久远极力反对，廖喜对此则感慨万分。

廖喜心想，武侠小说里的好汉被押赴刑场时，总会慷慨陈词说，砍头不过碗大个疤，十八年后，又是一条好汉。有时候，廖喜甚至会想，眼看就十八年了，这个他看着长大的小家伙，会不会是山林雪投胎转世？

山林雨今年十七，身高已经超过廖喜，虽然略为单薄，而且总是嬉皮笑脸，但偶尔沉默不语，静坐一隅时，一眼看去，跟廖喜记忆中的山林雪，毫无二致。

廖喜又想，如果山林雪还健在，他会怎么说呢？

此时此刻，书房里光线幽暗，温度宜人。

山林雪站在书桌旁，一件白衬衫扣到喉咙，居高临下地看着廖喜。

"靠，你老实交代，我猜得对吗？"

"廖老板，你起码也是无神论者吧，还搞封建迷信。"

廖喜睁开眼睛，书房里空荡荡的。

坐在人体工学椅上的中年男人，身影落寞，鼻子有些发酸。

从往事里挣脱出来后，老一辈网文作家廖喜，奋起直追，开始码字，终于在六点下班时，完成了今天的八千字任务。

他从书房里出来，却看见山林雪坐在沙发上，正跟王争聊天。柴犬阿峰在他脚下，橘猫管管索性躺他怀里。

“廖老板。”

廖喜目瞪口呆，过了几秒才反应过来，眼前的不是阿雪，而是阿雨，那个本该在学校寄宿的家伙。

廖喜皱眉道：“今天才星期二，你逃学？”

山林雨嘿嘿笑道：“我哪敢，老衡会打死我的。”

他管衡久远不叫妈，一直叫老衡，有时候故意弄错音调，叫老横，四声，抨击她作风太霸道。

“那你怎么来了？”

王争帮忙解释道：“这不是台风吗，学校明天停课，还让学生们赶紧回家，免得路上塞车。”

廖喜半信半疑地看着山林雨：“你可不要骗我。”

“放心吧，学校都发了通知的。”

他弯下腰，去撸脚边的柴犬。三年前买了这条狗，廖喜说它经常尿在自己脚上，很像以前警署的一个同事，就给它起名阿峰；后来又养了橘猫，因为跟阿峰很要好，索性取了管文浩的姓，叫它管管。当年这两人，是同穿一条裤子的交情，如今这一狗一猫，也好得像异父异母的亲兄弟。

当然，廖喜作为一个负责任的主人，阿峰也好，管管也好，都送去做了绝育手术，成为一对无蛋匪类。

“对了，我给你们带了礼物。”山林雨说道。

“什么礼物，你还是学生，不要乱花钱。”廖喜责怪道。

“没花钱，而且你们肯定喜欢。”

他从耐克旅行袋里，翻出一本《中国考古学（秦汉卷）》，又从里面抽出一张照片。

山林雨把照片递给王争：“老板娘，你看看。”

王争脸色马上就变了，呼吸也开始急促。

廖喜赶紧凑了过去，扶着王争的腰，她才缓和下来。这么多年，每当她的恐怖症发作，只要廖喜在身边，就能马上缓解。

山林雨拿来的照片，有些年头了，照片褪色发黄，上面是运动场跑道上，一个身穿校服正在跑步的女学生，体态轻盈，像一只奔跑的兔子。

廖喜第一次看见这张照片，是在十七年前，“七九”案破获前几天，一个失踪少女的闺房里。

廖喜皱眉问：“哪里来的？”

山林雨笑道：“就我爸那堆东西里，除了书，原来还有好多照片。也不光是照片，还有从杂志报纸上剪下来的纸片。廖老板你知道吗，都是十几岁的妹子，哎哟，吓我一跳，还以为我爸是个死变态。”

王争问道：“然后呢？”

“然后，我就去问老衡啊。老衡说，原来我还有个姑，年纪很小就去世了，我爸想我姑，就弄了好多照片，幻想她还活着的话，该几岁了，长什么样子。老衡还说，她一开始也吓到了，就是去我爸住的地方，收东西的时候，这些照片贴了一整墙。她最早还想着扔掉呢。”

“哦，这样。”廖喜若有所思道。

“没错，我姑跟老板娘，都是一九八四年出生的，所以他才收藏了这张照片。还有，廖老板，你快看背面。”

廖喜拿过照片，翻到背面。左下角，有用男人的笔迹写着的一个静字，还画了桃心，接着是另一个男人的笔迹，写了个喜字。

静，桃心，喜。

这是在二〇〇一年写下，本应在二〇〇八年送出，结果又隔了十年，才终于送达的一份结婚贺礼。

山林雨还在喋喋不休：“老衡还说了，当年在西安，就是怀上我那晚啊，我爸说，他妹妹要是还活着，就想把她许配给你的，廖老板。”

山林雨吐了下舌头：“老板娘，我这么讲你别生气啊。”

“怎么会。”王争说道。

廖喜深吸一口气：“阿雨，快洗手吃饭。”

山林雨也看出有点不对劲，赶忙去乖乖洗手。

廖喜拿着照片，转身进了书房，也不知道他在干什么，总之几分钟后走出房门时，又是跟平时一样的笑脸。

晚上不知道山林雨要来，没准备菜，王争便到楼下烧腊店去斩半只烧鹅。

一老一小两个男人，正在布置碗筷，山林雨突然说道：“对了，廖老板，我们学校出事了。”

“什么事？”

“有个高三学姐，在宿舍里自杀了。”

廖喜皱眉：“学习压力太大？”

“上吊自杀，用一根红色尼龙绳。”

他脸上的表情，廖喜似曾相识。

十三

窗外，风雨欲来。

这一顿饭，廖喜吃得心事重重。

山林雨却跟没事人似的，大碗喝汤，大口吃肉，还讲了几个笑话，逗得王争花枝乱颤，差点噎到。

廖喜知道，这些年来，山林雨软磨硬泡，从他跟衡久远那儿，从山林雪遗留的笔记本上，已经大致摸清了“七九”和“七二三”两个相连案件之间的来龙去脉。

不光如此，山林雨还在网上到处搜索资料。当年的相关报道，知情人走漏风声，还有一些纯粹的胡编乱造，他都了如指掌。现在的互联网，比起十几年前先进太多，只要有心，有时间，什么信息都能查到，小到怎么煮溏心蛋，大到如何造原子弹。

总之，世界上最关注、最了解那两起案件的人，除了已经去世的山林雪，就剩下廖喜和山林雨。

这两起发生在城中村里同一间出租屋内的案件，一个“七九”案，当年就破了，两名凶手早已伏法；另一个却成了悬案，至今没有明确的说法。

庄主。

每当午夜梦回，想起这个人，廖喜总会心头一紧。

实际上，回到二〇〇一年，无论山林雪也好，廖喜也好，都已经非常接近真相了。可惜，因为山林雪英年早逝，因为案件背后的利害关系，因为嫌疑人钻了法律的空子，更因为当年的司法鉴定技术不够发达，所以最终“七二三”案被定性为自杀。

廖喜没有忘记，当年的死者，外号为小眉的坐台小姐，袁静梅，遇害时怀有两个多月身孕。如果胎儿的组织样本还保存完好的话，以现在的技术手段，完全可以进行匹配，找出胎儿遗传学意义上的父亲。

这个让袁静梅怀孕的人，有极大概率，就是庄主。

如果廖喜的猜测是对的，庄主确实是那个人，那么这些年来，廖喜一直在关注着庄主的消息。这倒不是什么难事，因为庄主时常会在各种新闻里出现，投资、财富论坛、慈善拍卖，诸如此类。

十七年间，庄主还在作案吗?

当年，袁静梅腹部上写的三个字符，经衡久远解读，可以理解为〇〇一。廖喜认为，一个在作品打上编号，自认为是艺术家的凶手，不会轻易停止所谓的创作。

廖喜心不在焉地咀嚼一根菜心，抬起头来，山林雨还在给王争讲笑话。

“老板娘，你听好了，有一个出名的魔术师，正在舞台上表演，他拿掉手帕，鸟笼里什么也没有，台下观众还是拼命鼓掌，你说是为什么？”

王争想了想：“不知道。”

山林雨哈哈笑道："因为，他变出了真正的鸽子呀。"

王争反应过来，撇嘴道："这也太冷了。"

廖喜看着两人。刚才王争下楼买烧鹅，山林雨不失时机，宣布了学校里有人自杀的消息。他肯定是有意的。既然山林雨对"七二三"案的前因后果，了如指掌，那他必然会把学校里这起自杀，跟十七年前的案件，联系起来。

这起让父亲多年前遗恨，同时也跟自己命运息息相关的案件，如今再次重现，只怕现在山林雨心里已经像窗外的这场超级台风，掀起了滔天巨浪。

然而，从山林雨脸上，看不出一丝波澜。

这家伙，说不定比他爸还厉害。

如果想要揪出庄主，光靠自己的话，力有不逮，但如果加上山林雨……

不行。

十七年前，山林雪已经因为这起案件，间接把命丢了，他不能让山林雨再冒这个险。

此时，山林雨夹了一块烧鹅，正要放他碗里："廖老板，吃这块，瘦一点。"

廖喜用筷子挡住，哼了一声："今天我偏要破戒，吃肥的。"

他从山林雨碗里抢了一块烧鹅腿。

山林雨笑道："廖老板，早说嘛。"

王争不解其意，嗔道："几岁人，还跟小孩一样。"

廖喜嚼着烧鹅，暗下决心，无论用什么手段，他都要把山林雨的念头彻底打消。

凌晨两点，廖喜睁开眼。

窗外狂风大作，如同世界末日，身边的女人临睡前吃了药，呼吸非常平稳。

他小心翼翼地起身，走出卧室，踱向对面山林雨的房间。虽然他不在廖家常住，但这个客卧，一直给他留着。

客厅里，管管和阿峰这一猫一狗正相拥而眠，丝毫没有察觉。

廖喜轻轻推开房门，却赫然发现，橙黄色的落地灯光里，山林雨坐在床上，手里捧着平板电脑，正在写写画画。除了手上的工具不同，他的整个状态，像极了当年的山林雪。

平板电脑的摄像头被山林雨贴了一张胶布，要用的时候才会撕下来。他这么做，是受了廖喜的影响，而廖喜则是因为职业病。对于日益发展的科技，廖喜受用之余，却也表示很担心。他认为，黑客那么厉害，完全可以通过摄像头，监视所有人的一举一动。

所以，廖家虽然养了猫狗，却没有装监控摄像，那些自带摄像头的电器，比如廖喜的戴尔一体机，也都贴上了胶布。

山林雨效仿廖喜的做法，把手机跟平板电脑都贴上了胶布，给学校里的同学看见，还被狠狠嘲笑了一通。后来网上爆出一张扎克伯格的照片，他的笔记本电脑也贴着胶布，同学们又反过来夸山林雨，说他有先见之明。

“阿雨，还不睡？”

山林雨抬起头来，笑着说道：“巧了，廖老板也没睡啊？来，聊个五块钱的。”

廖喜看着窗外：“这刮风下雨的，你廖老板浑身酸痛，不好睡啊。”他在椅子上坐下，揉着左肩，龇牙咧嘴的。

山林雨从床上下来，走到廖喜身后，帮他推拿肩膀。山林雨显然是熟手了，力道拿捏得刚刚好，廖喜表情渐渐松弛下来。

“这个台风叫玉兔，以前有过三个台风，都叫作玉兔，一三年一个，二〇〇七年一个。”他手停了下来，“第一个在二〇〇一年，七月。”

山林雨都说到这份儿上，廖喜也没必要虚与委蛇，于是开门见山道：“我知道你在想什么。”

“我也知道你在想什么。”

“那么多年了，都过去了。”

“对啊，都那么多年了，你不想抓到他吗？”

廖喜苦笑道：“抓他，怎么抓？再说了，从法律上讲，他没有犯罪。”

“上一次没有，这一次也没有，可是那么多年里，那么多起，不可能一次都没有。”

廖喜愣了一下：“那么多起？为什么这么说？”

山林雨走到床边，拿起平板电脑：“廖老板，你知道吗，昨天上吊自杀的学姐，身上没穿衣服，还画了一个记号。”

廖喜全身汗毛倒竖，强作镇定道：“什……什么记号？”

山林雨倒转平板电脑：“你自己看。”

白色的画板上，用黑色笔刷写着两个符号：一，E。

廖喜想了两秒，触电似的站起来，浑身如坠冰窖，下一秒，又像被架在火上烤。

当年袁静梅身上的字符，一共有三个，一、一、E，切换到液晶计算器上，当作是不亮的部分，那么代表的就是数字〇〇一。

而如今的两个字符，一、E，如果它是两位的，便是〇一；但如果把它当作三位，便是〇一八。因为在液晶计算器上，数字八是全亮的，没有暗的部分。

从二〇〇一年到现在，总共十八年，当年的〇〇一，每年递增一号，今年刚好是〇一八。

作品第十八号。

“廖老板，你没事吧？”

廖喜嗯了一声，缓缓倒在椅子上。窗外风雨交加，痛风的膝盖脚踝，还有左肩上的枪伤，都在提醒他今晚的重点。

“你想抓住庄主，完成你父亲的遗愿，对不对？”

“没错。”

“我不同意。”

山林雨似乎早就料到，从容问道：“为什么？”

“第一，你是个学生，后年就高考了，学业为重；第二，这件案子，当年已经作为自杀结案了，从法律上说也是没问题的，不存在冤假错案，再加上，十七年过去，证据都湮灭了，翻案的概率无限接近于零；”瘳喜顿了一顿，“最重要的，第三点，你爸当年就是因为这个‘七二三’案，加上我的馊主意，把命丢了。我绝对不会让你重蹈覆辙。”

山林雨眨眨眼睛：“廖老板，当年是你提议让我爸陪老衡去的西安，对吧？”

廖喜痛心疾首：“对，是我害了他，是我害死了你爸。”

“那你想想，如果我爸没去，老衡会怎么样？”

廖喜没有回答。

这个问题他无法回答，也无须回答。但实话实说，失去一名相识不久的女记者跟失去手足兄弟之间，他会怎么选择，不言而喻。

山林雨话锋一转：“还有啊，廖老板，就在我爸出事那天晚上，老衡怀的我，没错吧？”

廖喜点头。

山林雨拍手道：“这不就得了，你看啊，如果不是你提议，我爸不会去西安，也就不会有我。四舍五入等于我现在站在这儿，多亏了廖老板。”

“放屁，你爸早就跟你妈好上了，不是那晚，也有另一晚，迟早的事。”

“另一晚，那搞出来的就不是我了啊。”

廖喜一时语塞。客观上讲，还确实就是这样。这小子拌起嘴来一本正经，深得山林雪遗传。

山林雨突然蹲了下来，仰视着廖喜，一时之间，神情又像是当年刚到廖家时那个怯生生的六岁小男孩。

“廖老板。廖叔。廖爸爸。我求你了，好不好，我们一起把庄主抓住。”

廖喜深吸一口气，站起身来，在房间里不安地踱步。

“不行，我们抓不到他的，没这个本事。你想想，我是个码字的，你还是高中生，我们凭什么？”

山林雨仍然蹲在地上：“怎么抓不住？陈秋南就在那，我们找到证据就行。”

廖喜大惊失色：“陈秋南，你怎么知道的？”

山林雨嘿嘿笑道：“廖老板，你看不起我了吧，真当我三岁小孩？”

廖喜欲言又止，转过头去，看子弹般的雨点，击打着玻璃窗。

窗外风雨飘摇，一大一小两个男人，一个坐着一个蹲着，像是父子，又像是忘年交，定格在昏黄的灯光里。

陈秋南。

如果山林雪的判断没错，廖喜对山林雪的判断也没错，那么这个陈秋南，就是庄主。

如今，又多了一个人这么想。

回到十七年前，另一个台风“玉兔”来临的时候，廖喜跟山林雪就跟陈秋南有过接触。

只不过，中间隔着一道房门。

当时，廖喜、山林雪，还有皇朝一号的领班陈盈盈，三人坐在客厅中，进行走访。只怕陈秋南把耳朵贴在房门上，把他们的谈话内容听了个一清二楚。

因为台风来临，也因为卫生间里的卡通洗浴用品，两名年轻刑警都误以为陈秋南当时年纪尚小，所以错过了这个重要嫌疑人。

实际上，当年陈秋南已经年满十八，只是他身为夜总会领班的母亲仍把他当成小孩来宠爱，给他买的也都是些儿童用品。廖喜猜测，陈盈盈的职业跟育儿方式，正是造成陈秋南心理扭曲的重要原因。

之后，山林雪通过分析，重新把矛头指向了陈盈盈的儿子。以他的身份，有很多机会可以接触夜总会小姐，并轻易取得她们的信任。

所以，山林雪才会托派出所管户籍的同事调取陈盈盈的档案，却发现她户口本上只有一人。后来廖喜调查发现，陈秋南的户口，没有挂在陈盈盈那儿，也没有挂在生身父亲那儿，而是在陈盈盈一个堂兄名下。

陈盈盈是龙港人，在她家所在的村里，这是非常普遍的做法。

山林雪从户口上调查无果，便转而委托廖喜去跟他父亲廖鸿升求证。结果廖喜回家，跟他爸大吵一顿，把这件事忘到了九霄云外。

到了当年嫌疑人之一乔丹意外死亡的第二天，廖喜值完班回到小区，遇上了买菜归来的陈盈盈。实际上，他当时又一次遇见了陈秋南。然而，陈盈盈指向身材高大的儿子时，廖喜很困，又远远地隔着车玻璃窗，于是再一次先入为主，误以为是走在陈秋南身边的小男孩。

当时廖喜说："盈姨，你儿子都这么大啦，真看不出来。"

陈盈盈笑着说："生得早。"

陈盈盈当年三十七岁，十九岁时生的儿子，确实生得很早；廖喜出于恭维的说法，刚好完美地掩盖了这个误会。

所以，第二天跟山林雪一起吃饭时，他没有提起这件事。

后来他跟小谌去了丽江，陈宇峰发来传真，他又转发给了远在西安的山林雪。实际上，在看完传真之后，山林雪应该马上就确认了之前的思路，重新锁定了犯罪嫌疑人。此前，山林雪通过多方打听，终于得知陈盈盈的儿子陈秋南，并不是什么小学生，而是已经年满十八，完全具备作案的条件。

山林雪这么推断，当然有他的原因。

在布古镇通往市区的检查站旁，有一个公共电话亭，陈宇峰他们在此处发现了袁静梅遗物。调查她生前的手机通话记录，发现在二〇〇一年五六月间，每逢周五跟周日，都会有人从这个电话亭打电话给袁静梅。

此人就是陈秋南。

因为当年，他是个高中寄宿生，每周五放学回家，以及每周日返校，都要经过这个电话亭。他可能在电话里，对袁静梅进行精神控制，并命令她在什么时间，到什么地点会面。

到了七月份以后，打给袁静梅的公共电话开始变得毫无规律，遍布整个布古镇。那是因为陈秋南放了暑假，借每天独自外出的时机，去到不同的公共电话亭，打给袁静梅。这样一来，即使日后事发，也很难有人对他留下印象。

还有另一个时间点，可以作为佐证。据当年的保安黄邃所说，袁静梅春节没有回老家，并且得到了一部新手机，那时刚好是陈秋南放寒假。

综合以上信息，山林雪得出推论，皇朝一号领班陈盈盈的儿子，当年十八岁的高三学生，陈秋南，极有可能就是那个对死者袁静梅施加精神控制，最终唆使其自杀的嫌疑人。

何玲玲口中那个让袁静梅又哭又笑的秘密男友，是他。

过年时送给袁静梅新手机方便双方联系的，是他。

在手机被保安黄邃捡走后，勒令袁静梅必须拿回电话卡的，是他。

七月二十三号凌晨，在城中村的二〇四房内，亲眼看见袁静梅上吊自杀的，是他。

在袁静梅身上写下记号，并将装有她遗物的旅行袋扔到电话亭上面的人，还是他。

陈秋南。

庄主。

如果说，庄主是出题者，“七二三”案是一道复杂的谜题，那么山林雪就是第一个解谜人。

如今，剩下的两名解谜人，都被困在这台风天中小小的卧室里。一名是四十二岁的中年男子，另一名是个十七岁的少年。

“廖老板。”

山林雨的呼唤，把廖喜拉回现实。

山林雨蹲在地上，抬着头。廖喜伸出手，本想摸他的头，最终拍了拍肩膀，声音低沉道："阿雨，你是怎么想的？"

"哪方面？"

"照你的想法，我们有可能抓到他吗？我的意思是，找到证据，定他的罪？"

山林雨点点头："有可能。"

"你仔细讲讲。"

山林雨站起身来，胸有成竹道："以我对庄主的了解，他是个做事非常有计划的人。你看，十七年前，他还是个高中生，对吧，跟我差不多年纪，他就能把整个犯案过程组织得滴水不漏。"

廖喜的声音有些发涩："对，所以才让他逃了。"

"不过，换个角度想，越是这样，我们就越有机会抓住他。"

"怎么说？"

"他有作案计划，就会有作案规律。你看，二〇〇一年，庄主第一次作案，在死者身上写了个记号，〇〇一。今年是二〇一八年，新的受害者出现，记号是〇一八。我大胆推测，庄主应该是每年作一次案，这就是他的规律。就好像在地质学里，什么年代的地层，就该埋着什么物种的化石。"

"别打比方，说正事。"

山林雨兴奋地走来走去："好好好，说回庄主。我们想抓住他，就要从他作案的规律里，找出不规律的地方。比如说，他在哪一年没有作案，或者哪一年作了两次案。或者说，他习惯在台风来临前作案，但有一年作案的时间点，没有台风。庄主的作案规律被打破，就代表有意外发生，他就会出一些错，露出马脚，留下证据。所以，如果我们能从规律里找出不规律，就能抓住他的把柄。”

“如果他就没有不规律的时候呢？”

“不可能，庄主跟我们一样，都是人，是人就会犯错。廖老板，你回忆一下，十七年前，他送了袁静梅一个新手机，号码只有他们俩知道。他的计划肯定是在袁静梅死后，收回那台手机，这样就完全没有了痕迹。但是，他没有料到，会有人把袁静梅手机偷走，这才给我们留下了线索。只要我们找到新线索，顺藤摸瓜，肯定能揪出陈秋南。”

说完，山林雨期待地看着廖喜。

廖喜想了会儿：“不行。”

山林雨急了：“为什么？”

“行不通的，你刚才讲的这些，什么规律不规律的，都是纸上谈兵。你没当过警察，我当过。现实里捉罪犯，不像你玩解谜游戏，没这么简单。”

山林雨眼珠转了转：“好，那我证明给你看。廖老板，我上个周末过来的时候，进门之前，你是不是跟老板娘吵架了？”

廖喜回忆了一下：“不算吵架。不过，你是怎么知道的，老板娘告诉你的吗？”

山林雨嘿嘿一笑：“不是。你想知道，我是怎么看出来的吗？”

“不想。”

“哎呀，你听我讲嘛。是这样的，老板娘用完厨房的洗菜盆，一定会抹干边缘上的水，用一次，抹一次，不会等到下次用完再抹。这就是我说的规律，廖老板，你注意到了吗？”

廖喜下意识道：“当然，还用你说。”

“所以呢，洗菜盆旁边干燥是规律，弄湿了是不规律。据我统计，造成不规律的原因，百分之九十，是因为你们吵架。”

“怎么说？”

山林雨解释道：“很简单，洗菜盆旁边有水，要不就是你亲手去洗了什么水果、茶杯，洗完之后，你肯定不会擦，因为你根本没这个概念。要不就是老板娘用了洗菜盆，但她因为什么事情，居然忘了擦。这两种可能性，都指向同一个答案，就是你们在吵架。廖老板，你说，我是不是纸上谈兵？”

廖喜有些欣喜，也有些头疼。

这小子，确实有当警察的天赋。观察细致，能从表面现象总结出规律，进而得出推论。这是成为优秀警察需要具备的条件之一。

所以，当山林雨说要报考警校时，衡久远气得脸都黑了，廖喜表面上不说，内心却是支持的。子承父业，也不失为一件好事。

只是现在，时机并不恰当，双方的力量太悬殊了。

他们想抓的人是谁？庄主，陈秋南。一个老奸巨猾的天才罪犯，同时也是互联网公司的年轻总裁、畅销书作者、慈善家、福布斯中国三十位三十岁以下精英之一。

回到十七年前，庄主还是个高三学生，山林雪跟廖喜身为刑警队骨干，背靠整个布古警署的资源，都让他逃脱了。

十七年后，双方刚好反了过来。山林雨才十七岁，未成年，是个高二学生。廖喜自己呢，中年网文作家，身体就不说了，脱离警队多年，跟以前的同事也很少联系。现在的刑侦技术发展成什么样了，他一无所知，更难以用得上。

就这么一个老弱病残组合，能是庄主的对手？

廖喜叹了口气，站起身来：“早点睡吧。”

山林雨大失所望："廖老板，你不帮我？"

"阿雨，你很聪明，可惜太聪明了。聪明反被聪明误，你太自信，是会出事的。要记住，世界上不光你一个聪明人。

"你廖老板我比较笨，不过我猜，那个自杀的女孩子，肯定不是你们学校的，对吧？你不知道从哪里听来的消息，有人上吊自杀了，可能有个什么奇怪的符号，就添油加醋讲给我听，想要拉我下水。"

山林雨痛快承认道："对，不这么说，怎么引起你注意？"

"还是好好上学吧，再想这个事，小心，我给你妈打小报告。"

他转身回屋，却听见山林雨在后面说："廖老板，你帮我最好，你不帮我，我自己也要去做的。我知道，庄主一天没有抓到，我爸一天不得安息。老衡没告诉你吧？我爸临死之前，躺在她怀里，最后说了一句什么。"

廖喜一怔。

山林雨兀自道："我爸跟老衡说，他说，帮我把笔记本交给廖老板。"

窗外台风越来越狂，他的语气里，有些咬牙切齿的味道。

"告诉他，必须抓住庄主。"

十四

十月二十三日，星期二。“玉兔”刮了一天，学校停课一天，山林雨在廖喜家住了一天。

表面上看，这一老一小两个男人，一切正常。但是家里的女主人王争，还是看出了些端倪。

山林雨周三回学校，王争等了两天，周五吃午饭时，终于忍不住问廖喜：“你跟阿雨怎么了？”

“没有啊，什么怎么了？”

“别装了，你都没让他帮你打游戏，肯定有问题。”

廖喜嘿嘿笑道：“还是老婆厉害。没有啦，小孩子不懂事，我教育了他两句，就给我脸色看。你说这白眼狼，还不如阿峰呢。”他说的是家里的柴犬。

王争看了他一眼，低下头：“阿雨他，是不是想让你一起，一起去查案？”

廖喜愣了一下：“他瞎说的，怎么可能？我都多少岁人，还陪他疯啊？老婆，你放心。”

“老公，老廖，廖警官。”

廖喜怔怔地看着她。

廖警官，是当年王争被救出来后，躺在医院病床上时，对他的称呼。她突然喊他廖警官，肯定是有话要说。

王争深吸了一口气道:“廖警官，我知道，你是在担心我。我也一样，担心你。但是，如果你想要去做的话，就尽管去吧，我一定会支持你的。”

廖喜勉强一笑:“老婆，你想什么呢，我不当警察好多年。”

王争说:“你昨晚讲梦话了。”

廖喜心虚道:“不会吧？不可能。”

“你一直喊：阿雪，对不起。阿雪，对不起。”

“哈哈，问题不大，我还以为喊了哪个女明星呢。”

“那个案子，‘七二三’案。那个女孩子，袁静梅，小眉，对吧？她上吊用的铁钩，跟绑住我的，是同一个。”

“老婆，我们不说这个了，好不好？”

“我知道的，十七年了，这十七年来，你一直没放下过。你想要抓住凶手，给死者讨个公道。当然，当然最重要的，你想要完成山警官的遗愿，对不对？是不是这样？”

“没有的事，老婆，你想多了。”

王争站起身来，走到廖喜身后，一只手环抱着他脖子，另一只手轻轻揉着他的头发。廖喜年轻时一头卷发，自从写小说后，头发日渐稀疏，所以王争用的力气很轻，特别轻。

“你写小说很好，我很喜欢。可是你当警察的时候，也很好，我也很喜欢。如果你没当警察，我早就被埋在石牙岭，埋了好多年，身体变成了树，变成蘑菇，变成别的什么东西，反正，不可能在这里给你做饭，给你洗衣服，照顾你。你找到我了，对不对？你救了我。”

廖喜深吸了一口气：“都是阿雪的功劳。”

“不是阿雪一个人，是你们。而且，救我的人是你。你们把那两个畜生抓了起来，他们就害不到别人了。廖警官，答应我，让庄主也害不到别人，好不好？”

廖喜握住王争的手腕，很用力：“老婆，我知道了。”

“但是如果，我说如果，我去忙这个事情，我也不知道多久才能有结果。因为这个嫌疑人，他的作案手法很特殊，别说搜集证据了，光是找出受害者，就够让人头疼的。我把精力放在这上面，码字会受影响的，没法保证更新，不光挨读者骂，收入也会减少。”

“读者能理解的，作者也有自己要做的事，你又不是没有感情的码字机器。收入的话，完全不用担心，家里存款能支撑好多年，大不了，我们省一点。家里老人我也会照顾好的。老公，为了这个家，你辛辛苦苦挣钱。这么多年了，是时候去完成你的心愿。”

“我怕……”

王争做了个安静的手势，然后用日语念了一段话。

廖喜能听懂这段日语，因为王争经常会念，尤其是恐惧症发作时，仿佛这就是她对抗黑暗的咒语。

这段话来自村上春树的名作《世界尽头与冷酷仙境》，大意是：要自信，只要自信就无所畏惧，只要愉快的回忆、心爱的音乐、将来的计划，这一类东西在头脑中穿梭不息，没有什么可怕的。

“是啊，没有什么可怕的。老婆，你真好。”

“老公才好。”

“那我下午不上班了，出去一趟。”

王争欣然点头。

廖喜在微信上约了以前的一个同事，下午去龙港公安分局拜访。对方还挺念旧情，爽快答应了，说下午两点到两点半，刚好有半小时空闲。

廖喜又打了个电话给陈宇峰，他现在在布古街道的一个派出所里当所长。廖喜委托陈宇峰，让他帮忙查一个人。

一点多钟，廖喜下楼，叫了个滴滴，出发去龙港分局。他还是跟以前一样，不喜欢开车。家里虽然有辆奔驰，一般都是老婆在开。自己出门的话，无论远近，都靠滴滴解决。以前出去办案，拿山林雪当司机，现在更好，每天都可以换司机，而且不会像山林雪一样抱怨。

今天这个司机，放的是王杰的歌，《是否我真的一无所有》。

廖喜便跟着哼了起来，“是否我，真的一无所有，黑暗之中，沉默地探索你的手。是否我，真的一无所有，明天的我，又要到哪里停泊？”

这么多年过去，他最喜欢的歌手还是王杰，这一点跟他怕热一样，从未改变。

到了分局门口，居然遇见以前布古警署的同事黄宇跟周轩迎面走了出来。

黄宇一愣，热情招呼道：“呀，大作家，什么风把你吹来了？”

廖喜笑道：“读者要给我寄刀片，我来报警，你们管不管？”

周轩偶尔也看他的小说，便笑道：“管，必须管。那我把你保护起来，里面最安全了，再给你一台电脑，创作肯定高效。”

廖喜笑道：“滚。”

黄宇给他发烟，廖喜摆摆手：“戒了，戒了好多年。”

跟两人道别后，廖喜便直接上楼，去副局长办公室敲门。

“进来。”

廖喜推门进去，郑少雄坐在宽大的办公室后，喜笑颜开：“廖队，你来啦，坐，坐。”

廖喜在他对面坐下，笑着说道：“好久没人这么喊我了，听着特别亲切。感谢郑局，百忙中抽空接待我。”

郑少雄虽然是副局长，但占了这个姓的便宜，郑局长，听着像正局长。幸好真正的正局长不姓付，不然郑副局长，付正局长，分辨起来就麻烦了。

郑少雄笑骂：“少跟我来这套。前两次喊你喝酒也不来，今天，我看你是无事不登三宝殿。说，找我什么事？”

“没什么具体的事，找你叙叙旧。”

当年“七九”案，龙港分局的蔡科长，带了两个得力助手来支援布古警署，郑少雄就是其中之一。山林雪牺牲后，廖喜从布古警署调到分局的缉毒大队工作了两年，在此期间两人也有一些合作，算是有点交情。

郑少雄听廖喜这么说，也就陪他叙旧：“你最近怎样，跟夫人挺好的吧？”

廖喜跟王争结婚时，分局跟原布古警署的前同事、前领导，全都到场，洪队还当了主婚人。他们两人的结合，在大家看来，算是警界的一段佳话。

“挺好挺好，谢谢郑局关心。当年要不是你们先找到的线索，那个士多店老板，我就没这个老婆了。说来说去还是得感谢你。”

“哪里的话。”

“哎，你说这‘七九’案，也真的是蹊跷，凶手都被我们抓了，结果又出现受害者。”

郑少雄笑了一下：“我就知道，你是为这个来的。”他身体前倾，双手交叉放在办公桌上，“怎么，还没放下啊？”

廖喜嘿嘿一笑：“没有，就随口说说，叙旧嘛，警察的旧，除了案子还有什么？”他话锋一转，“对了，你知道陈秋南吗？”

“陈秋南，家南科技那个？”

“对。”

“当然知道，名人啊。怎么，你怀疑他跟‘七二三’案有关？”

“不是，你想哪里去了。有个朋友想跟他公司合作，托我问问，看这个人靠不靠谱。”

郑少雄想了想：“如果你真的有这么个朋友，可以转告他，近期最好不要有太深的合作，观望一下。”

廖喜来了精神：“他有问题？”

“具体的不方便透露，但是有一些经济案件，我们正在查，结果出来的话，可能会牵涉挺大。”

“其他方面呢？”

“你指的哪方面？”

廖喜想了想：“没什么，谢谢郑局提醒，我会转告我朋友的。”

两人又聊了十来分钟，关于山林雨的近况，郑少雄孩子的学习成绩，廖喜有没有打算要小孩，这次台风“玉兔”造成的影响，现在警察装备对比十七年前发展了多少，诸如此类。

郑少雄看看挂钟：“廖队，我得出去一趟，前两天台风，还有些事要善后。”

廖喜马上站起身来:“好，好，那就不耽误你正事。”

郑少雄跟他握手:“下次再聚，叫上几个老伙计，老冯、阿峰、黄宇、周轩他们，好好喝一顿。你是大作家了，也别忘了我们这帮兄弟啊。”

“只要郑局喊，我一定到。”

“廖大作家，我提一点啊，你现在是作家，不是警察了。你要是还惦记着以前的旧案，不管你怀疑陈秋南也好，陈秋北也好，都请你千万不要冲动。如果有什么线索，有什么证据，随时向我举报，我手机永远为你开机。打击犯罪分子，交给我们就行。”

廖喜笑道:“一定一定，相信人民警察嘛。”

两人便一起下楼，郑局长向下属分配任务，廖喜一个人走到分局门口，叫了个车。

他回忆刚才郑少雄说的话，关于警队的一些新设备，比起他当警察那些年，先进了不知道多少倍。现在看来，山林雪不光是优秀刑警，还是个预言家。

当年在那辆没雪种的三菱帕杰罗上，他跟廖喜有过一段对话，当中关于摄像头，关于警察用的扫描设备，廖喜如听天书，还笑他是在讲科幻电影，到了今天，居然全部都实现了。

那天晚上，山林雪还说，到时候他就不做警察，当专业罪犯，倒逼着系统自我完善。廖喜的回答是，如果真有这一天，他就专门负责抓山林雪。

十七年过去，物非人也非，山林雪早就不在了，廖喜也告别警队多年。

许多事情变了，许多事情没有变。世界上还是分好人和坏人，仍然有不幸的人，会被深渊吞噬；也同样有一群人，奔走在悬崖边，去捍卫光明，对抗黑暗。

有一个男人，不管身份是警察，还是网络小说家，正义感始终在他心里，只是换了个形式呈现。

还有一个男人，表面上是风光无限的成功人士，实际上极有可能，就是山林雪所假想的专业罪犯。

现在，廖喜，还有山林雪十七岁的儿子，都想抓住他。

不，不能牵扯上山林雨，廖喜想，我要自己来。

站在分局门口，廖喜转过头，看向空荡荡的左边，说："阿雪，我们走。"

廖喜并没有回家，而是按照陈宇峰给的地址，去了布古街道的一个小区。

前几年，深圳撤销了二线关，原本关内跟关外的区分，政策意义上不复存在。原先龙港区下面的镇，也统一更名为街道办事处，布古也就摇身一变，成为布古街道办。廖喜父母住的农民楼前几年拆迁了，他们也跟着儿子搬到龙港中心城住。所以近几年来，廖喜很少回布古。

半小时后，车停在一个老旧小区门口，廖喜下了车。

这里是他住过的地方，新世纪华庭。

说起来也好笑，十七年前，廖喜跟小谌住在这里，计划着结婚。陈盈盈跟陈秋南母子也住在同一个小区。如今，曾经豪华先进的小区，在十几年的日新月异里，变得破败落后。廖喜把房子卖掉，搬走了，而他今天要找的人却住了进来。

下午三点，住户们都在上班上学，小区里空荡荡的。廖喜独自乘电梯上楼，感慨这电梯又破又窄，当年刚搬进来时，怎么还觉得它宽敞大气呢？

廖喜走到九楼一个住宅门前，按响门铃，一个中年女人过来开门。她个子不高，一头长发，穿着卡通图案的睡衣，手上没涂指甲油。

女人警惕地问道："找谁？"

"请问，是不是曾恬女士？"

"是，你是？哦，我记起来了。天，你是那个警察，姓山。"

廖喜笑了笑："姓山的是另一个，我姓廖。"

"廖警官，找我什么事？"

廖喜没有急着否认警察身份："方便进去吗？"

曾恬打开门："进来坐，进来坐。"

在她拿拖鞋时，廖喜留意到，鞋架旁有女人的鞋，男人的鞋，还有男孩跟女孩的鞋。鞋柜上面，放着两本小学语文写话本，封面还贴了迪士尼公主贴纸。

廖喜在客厅沙发上坐下："孩子几岁了？"

曾恬搓着手："儿子上初中了，女儿小学三年级。"

"你不是那个吗，那个，当时还跟小眉好过的。"

曾恬咧嘴笑笑："廖警官，那时年轻嘛，不懂事。"

"是啊，年轻，你为了她，拿啤酒瓶爆别人头，还说要去杀人。应该很爱她吧。"

曾恬摸着手腕，上面有几条浅浅的疤痕。

"什么爱不爱的，能当饭吃吗？"

廖喜笑了笑。他还记得，当年山林雪死后，他找过一次曾恬。那时候，曾恬已经得知了袁静梅的死讯，整个人如同木偶，跟她说什么都没反应。现在，她已经能淡然应对了，看来，时间果然能解决一切问题。

“廖警官，找我有事？”

“我想问一下，你记得陈秋南这个人吗？”

“陈秋南？”

“对，你当时的领班，盈姨，她儿子陈秋南。那会儿还在上学，读高中。”

“他啊，记得。那年上高三吧，很腼腆，还挺帅的，一帮小姐妹闹着要给他开苞，被盈姨骂惨了。”

“他经常去店里吗？”

曾恬回忆了一下：“偶尔吧，帮他妈送点东西。听说以前读初中的时候，来得比较多，还有一次在包房里，被一个叫璐璐的，把裤子脱了，说他包皮太长，要给他割。结果把他吓尿了，是真的尿。后来盈姨知道了这件事，我们以为璐璐要惨了，结果没打没骂，就是把她赶跑了。”

“璐璐，是哪里人，真名叫什么，现在在哪，能联系到吗？”

他下意识地看向旁边沙发，那里空荡荡的，没有一个拿笔记本的男人。

“我去的那年，那个璐璐已经走了。是叫璐璐还是别的什么，我都记不清了。别说她，当年的何玲玲，还有马君、王悠悠，都没联系了。对了，马君好像死了是吧，前几年听说的，得了什么癌。”

“我们说回陈秋南，他找过你吗？”

曾恬摇头：“没有，从来没有。怎么了，是陈秋南杀了小眉吗？”

廖喜发现，曾恬说这话时，双手紧贴大腿，拇指竖起，山林雪教过他，这是一个人紧张的表现。

“不是，不过是的话，你会怎么样，找他报仇吗？”

曾恬笑了笑:“廖警官说笑了，怎么可能？我一个家庭妇女，杀鸡杀鱼还行。”

她看了眼手机:“哦，对了，我要去接女儿放学了。”

“好的，那就不打扰了。”

下了楼，走到小区门口，廖喜抬头看着天。璐璐，这个人不知道在哪儿，不知道还活着吗？哪怕能找到她，估计得到的线索也不多，毕竟事隔多年。

跑了半天，基本一无所获。接下来，还应该去找谁呢？

一个又一个名字，在他脑海里浮现。何玲玲、黄邃、刘大羽、王悠悠、马君，还有乔丹跟乔灵。廖喜这才发现，那么多年过去了，这些人的名字，他一个都没有忘记。

可是，找他们有用吗？

按山林雨的说法，要找到陈秋南的作案规律，再找出其中的不规律。思路可能是对的，但说起来简单，真要去做，谈何容易？

陈秋南的作案方式，是自己不下手，唆使受害人自杀。国内的年平均自杀率，大概在每十万人十例。也就是说，每一年，都有大概十三万人自杀。从这么多人里，去找出陈秋南的牺牲品，无异于海底捞针。

如果阿雪还活着的话，或许能想出办法吧？以前总是这样，阿雪动脑动手，他动腿动口，两人配合着，就能把案件破了。

廖喜深吸了一口气。这一刻，他很想抽一根烟。

可惜啊。

阿雪还在就好了，他儿子虽然像他，毕竟还是太嫩了。

廖喜再度抬头看天。

台风过后，天空总是这么蓝。

同一片蓝天下，深圳原关内，一所寄宿学校里。

山林雨鼻子发痒，但他紧咬牙关，把喷嚏生生忍下，最终消失于无形。

他正在教室里看手机。

他把桌上的书围成了一个掩体，挡在自己与讲台中间。掩体里留了一个空隙，刚好把手机嵌进去。他还打印了几张书脊的照片，贴在硬纸板上，作为机关，一有风吹草动，便把机关盖上，可谓天衣无缝。

此刻正在上数学课，数学老师也是他班主任，叫顾惜羽。而山林雨手机里直播的，则是一场拍卖会。

由家南科技举办的“家在西南”公益拍卖会。

拍卖会场上，标的丰富，包括公司合作艺人捐赠的个人物品，商界朋友们的手表和珠宝，至于压轴的拍卖品，则是家南科技的董事长陈秋南先生亲手绘制的一幅油画。无论本场拍卖会最终成交的总价是多少，陈秋南会再捐出等额的现金，用于西南贫困山区的公益教育。

前面总共拍出了六百多万元人民币，现在，手机屏幕上，出现了压轴的油画。拍卖师介绍，现在大家看到的这幅油画，是陈秋南先生花了三个多月时间画成，尺寸为一百厘米乘八十一厘米，风格介于抽象和写实之间，描绘了渐变地层的横截面，以及其中埋藏的各类动植物化石。

这幅画作的名字是：人类世。

山林雨把油画截屏，然后放大，仔细查看当中的细节。

突然，他如获至宝地喊：“有了！”

教室里鸦雀无声，所有人扭头看他。

顾老师脸色不悦：“山林雨，你有什么了？”

山林雨笑得像个傻子，大言不惭道：“对不起，顾老师，这道题我有了个新思路，太兴奋了，一时没控制住。”

放在平时，顾老师肯定会下来检查，或者让他上台演示所谓的新思路。但是今天，她似乎不太舒服，身子矮了一下，皱眉道：“山林雨，不要扰乱课堂秩序。”

老师回过头去后，山林雨赶紧点了几下手机，切换回拍卖会。此时，陈秋南的大作已经落锤，成交价八百万元人民币。

女主持人满面春风地宣布，连同之前的拍卖品，本次拍卖会成交额共一千四百多万元人民币，陈秋南先生将再捐出等额现金，总计接近三千万人民币，全部捐给西南贫困山区的学校。

台下欢声雷动，所有人热烈鼓掌，在山林雨眼里，却是一出默剧。

山林雨在笔记本上，写下最终买家的名字，兴奋地想：好啊，陈秋南，你忍不住了吧？

他深吸一口气，盖上机关，低声道：“庄主，是吧？看我怎么拆了你的农场。”

十五

陈秋南很无聊。

深夜十二点多，他开着车，在高速路上游荡。

车是一辆奔驰越野，线条硬朗，造型霸气。陈秋南名下有五辆车，都是顶级配置，但车上所有辅助驾驶的电子设备，全被拆掉或处于禁用状态。他连倒车都不用雷达，对自动驾驶更是嗤之以鼻，并且从来不坐别人开的车。

陈秋南坚信，方向盘也好，命运也好，都要牢牢掌握在自己手里。只有这样，才能去到自己想去的地方。

他过去三十五年的生命，很好地验证了这一点。

从小学到高中，他读的都是全深圳最好的学校，然后又凭着优异成绩，考上了北京一所名校，计算机专业。到了大四那年，他被美国的一所常春藤盟校录取，又出国读了两年硕士。

到了二〇〇七年，陈秋南硕士毕业回国，先是在北京一家大型互联网企业历练了三年，然后不顾领导的挽留，毅然辞职，回到深圳开始创业。

凭借着独特的才华和人格魅力，陈秋南聚拢了一帮人才，鞍前马后为他效劳。他所创办的家南科技，在短短七年时间里，已经成为一家拥有两千员工，准备赴港上市的公司，业务范围包括网络社交跟游戏。

常人梦寐以求的财务自由，对陈秋南来说，不过是给核心员工的奖励。身为富豪的标准配置，什么豪宅游艇、私人飞机，他应有尽有，名表名酒更是不在话下。

至于投怀送抱的异性，更是数不胜数。

三十五岁的他，似乎是人们所有美好想象在现实中的投影。他单身，外形俊朗，谈吐不凡，富于艺术气质，热心公益，身家以亿为单位波动，上过福布斯中国三十名三十岁以下精英榜单。

刚刚结束的一场拍卖会，以及其后的晚宴，无数人簇拥着他，溢美之词如同潮水，把他捧上了天花板。在场所有单身异性，都在争奇斗艳，想尽一切办法，吸引他的注意力。同性们无论是朋友还是敌人，投向他的眼神里，都混合着钦佩跟嫉恨，无非是所占比例不同而已。

但是，对陈秋南来说，这一切都无聊透顶。

道理很简单，设想一下，把一个人关到动物农场里，每天跟家畜相处。一段时间后，告诉这个人，他是农场所有生物里最优秀最出色的，作为奖励，可以让他住最好的牛棚，吃最好的猪饲料。这个人他会觉得骄傲，会觉得有趣吗？

所以，陈秋南觉得，在一群普通人里，显得出类拔萃，得到了这些财富跟名声，又有什么好自豪的呢？一切不都是理所当然的吗？

可能，只有当这个农场里的人，腻味了猪饲料，准备杀一头猪来吃的时候，这种支配感，才会令他稍微感觉到快乐。只有这个时候，他才能真切地感受到，自己跟农场的其他生物，并不一样。

他是这个农场的主人，手握生杀大权。

陈秋南呼吸突然急促起来。

他双手紧握着方向盘，右脚踩下油门。

前面是一段直路，两百米后有一个急转弯，车速一百公里每小时，通过这段直路，需时六到七秒。

陈秋南闭上眼睛，心中默数。

一。

二。

三。

四。

五。

六。

数到七的时候，他睁开双眼，护栏就在眼前，他轻轻转了下方向盘，汽车顺着他预想的轨迹，顺畅过弯。

陈秋南笑了起来，但是很快，嘴角恢复原状。

还是无聊。

口袋里的手机，轻微振动了一下。应该是十九号“动物”。这个十九号，驯化过程比他想象的还要简单，这多少让他有些无趣。幸好，十九号带来了一个小小的惊喜，牵扯到多年以前差点就毁了他的那个男人。

想起来还挺有意思。多年前，他在房门背后偷听那个男人讲话时，是十八岁。到了明年，他按计划收割十九号时，男人的儿子，同时也是十九号“动物”的学生，也刚好十八岁。

或许，这就是命运吧。

陈秋南左手握着方向盘，右手掏出手机，瞄了一眼。果然，是十九号“动物”，在完成任务后发来的视频。视频很长，好像也挺精彩。还是回家倒杯威士忌，泡在浴缸里，慢慢检查吧。

这个十九号“动物”，到底长什么样子？他见过四次吧，还是五次，但她的脸是圆是方，眼睛是大是小，他已经没有多少印象了。

陈秋南这几年，见的女人太多了，几乎让他患上了脸盲症，尤其是那些照着一个模板整出来的脸。在他的脑海中，只有十九个女人，能让他记忆深刻。

不，其中不包括十九号“动物”，她还不具备这个资格，因为她并未打上最终的烙印。而按照陈秋南的计划，要到明年，他才会给十九号“动物”，打上这个荣耀的烙印。

所以，目前为止，让陈秋南记忆犹新的面孔，除了前面的〇〇一到〇一八号，还有另一个女人。

幸好，这个女人的脸，如今只会出现在噩梦里。

巴掌、木棍、缝衣针、熨斗、玻璃碎片。

梦中，这些物品依然尖锐而真实，但是，他可以在最后关头醒来。尽管那时候，他一定会浑身冷汗，甚至在床单上留下让他难以启齿的痕迹。

因为这种痕迹，成年以后，他从未跟任何女人相拥而眠。游戏结束后，他要不就让对方回家，要不就分房睡。

想到这里，他腾出右手，抚摸着戴在左手食指上的钻戒。

越野车轰鸣而过。

廖喜皱了皱眉头，大半夜的，哪个神经病还在飚车？

王争推开书房门，廖喜的背影，被包围在电脑屏幕发出的光里。

书房里静悄悄的，没有她所熟悉的敲打键盘的声音。这么多年来，王争一直觉得，廖喜打字的节奏非常优美，简直媲美钢琴曲。

“老公，还不睡？”

廖喜吓了一跳，回过头来：“啊，马上。老婆，你怎么也没睡？”

“我今天晚上没吃药，总吃药也不好，会产生依赖的。结果就没能睡着。老公，你在做什么？”

“查点资料。”

王争走近书桌，看见电脑屏幕上，是在网络百科的界面里，一个身穿西装的男人跷着二郎腿，坐在沙发上的照片。男人外表英俊，身材魁梧，有点像明星，但又有一种不同于明星的气质。

“这是那个，陈秋南？”

“不看了，睡觉吧。”

他移动鼠标，想要关掉浏览器，却被王争抢了过来。

最近几年，王争的恐怖症很少发作，但廖喜依然时刻小心，不让她接触到跟当年案件有关的任何信息。而这个男人，陈秋南，很可能在那间出租屋里，亲眼看见另一个女人上吊自杀。用卧室里那个曾差点害死王争的同一个铁钩。

但是此刻，王争似乎一切正常，这让廖喜感到欣慰。

王争滑动鼠标滚轮，查看陈秋南的生平经历，还有他两本书的书摘。

“这人好像还不错，你看，他写的这句话，挺有道理的。‘任何杀不死我的，只会使我更强大。’”

廖喜笑笑：“这不是歌词吗，而且，重要的不是他说了什么，是他做了什么。”

王争惊讶道：“哇，两本书卖了一百万册。我看啊，你就是嫉妒，嫉妒人家的书卖得比你好。”

“是是是，老婆说得对。”

王争翻回陈秋南照片，仔细观察了一会儿说：“他戴的这颗钻戒好大，不过这个光泽，不像是天然的哦。”

廖喜夸奖道：“老婆好厉害，一眼就看出来了。你看，百科里也说了，陈秋南的母亲，也就是当年那个陈盈盈，两年前因病去世。为了表示怀念，他把母亲火化后的骨灰，制作成了这颗洁白无瑕的钻石，镶嵌在戒指中，佩戴在自己手上。”

“好有意义，他一定很爱自己的妈妈吧？”

“是吗？我倒觉得有点毛骨悚然。”

“我觉得很好啊，哪天我死了，你也把我做成钻戒，戴在手上。不，你戴戒指影响码字，还是做耳钉吧。老公，说真的，你耳垂那么大，不打耳钉可惜了。”

“呸呸呸，我才不打耳钉，不对，我才不会先死，不是，我才不会让你死在我前面呢。我告诉你啊，我比你大八岁，现在还一身病，肯定比你先死的。到时候你把我烧了，骨灰埋起来也行，撒海里也行，千万别做这个什么钻石，真的，会影响你改嫁的。”

王争轻拍了一下他后脑勺：“神经啊，那时候我也七老八十了，还改什么嫁。”

廖喜嬉皮笑脸道：“你哪怕一百岁，也是个好看的老太太，喜欢你的年轻人，不要太多哦。”

“好啦，不开玩笑了，我们睡觉去吧。你也知道自己年纪，还熬夜，容易猝死的。”

“对对对，早该睡了。”

他关掉电脑显示器，站起身来，伸了个懒腰：“长命功夫长命做。”

“对了，你重启调查‘七二三’案这件事，要告诉他吗？”王争看着山林雨的房间，晚上他从学校回到了廖喜家，此刻应该正在酣睡。

廖喜沉吟了一下：“先不说吧，我怕耽误他学习。更何况，这是大人的事，他小孩子掺和有什么用？”

王争笑道：“小孩子没用，你还让他帮忙打游戏通关？”

“一码归一码嘛，破案哪有游戏那么简单。”

“当然不简单。老公，你是队长嘛，队长破案，也要带几个兵的。哪有队长自己跑的道理？阿雨这个小兵，能帮你跑跑腿什么的，提供点思路，或许一个凑巧，就把案子破了。”

“也是，老婆说得有道理，当年要不是他爸帮忙，我也破不了那么多案子。”

王争一脸崇拜：“对对对，老公最厉害了。”

他牵起王争的手才发现，她手心里，全都是冷掉的汗。

到了第二天周六，晚上十点多钟，廖喜正在观摩山林雨打游戏；旁边沙发上，王争抱着猫狗，刷她的连续剧。

山林雨手拿任天堂游戏机，屏幕里，原本威风凛凛的火神兽，在他手下毫无招架之力。

“先这样，再这样，然后这样，它如果这样你就这样，你看，搞定。”

廖喜恍然大悟道：“原来这么简单啊。”

“你试试？”

“不了不了，还是你来吧。你帮我过了这关，接下来我再打。”

几分钟后，火神兽轰然倒地，烟消云散，变成一颗宝珠。

“好了，接下来你就多了个技能，无敌护盾，你看啊，按住这个键，可以挡住所有攻击。”

廖喜夸奖道：“还是你们年轻人厉害。”

山林雨把游戏机递给廖喜：“廖老板，你玩吧。”

廖喜怕暴露自己的技术实力，眨眨眼睛：“今天码字，手酸，改天再玩。”

王争看了他一眼，笑而不语。

“廖老板，帮你通关了，有什么奖励？”

“你想要什么奖励？”

“请我吃烧烤？”

“这还不简单，我点外卖。”

“不不，外卖没意思，我想吃布古那家，新记烤生蚝，我上小学时，你带我去过的。”

廖喜哦了一声：“识货啊你，那家好吃。”

他又瞄了王争一眼：“不过，都那么晚了。”

“老公，你去吧，周六嘛，也难得阿雨想吃消夜，”王争转头嘱咐山林雨，“你帮我看着他，别吃太多嘌呤高的，小心痛风发作。”

“遵命！”

“老婆，要打包什么给你吗？”

“不用，我等下就睡了。”

两人回房换衣服，准备出门。山林雨从房间里出来时，还神秘兮兮地拎了个包，里面不知道装的什么东西。

他们下楼打了个滴滴，半小时后，到达新记烧烤。两人找了个位置坐下，这时候，山林雨亮出了他的宝贝。

原来是一瓶茅台。

瓶子上的酒标已经微微发黄，一看就知道有些年头了。

廖喜吞了吞口水："靠，这哪一年的？"

"〇一年的，比我还大一岁。"

廖喜紧张地问："哪来的？从你妈那偷的吧？"

山林雨嘻嘻笑道："什么偷啊，老衡的不就是我的吗。我在你家藏了半年，没发现吧？"

"没发现，没发现。那你的意思是，孝敬我？"然后又摆手道，"不行不行，你老板娘不让我喝酒。"

"怕什么，就喝一点点，她不会发现的。"

"那，就喝一点点？"

"一点点。"

他话音未落，廖喜已经熟练地打开了瓶盖。

山林雨让老板拿了个玻璃杯，廖喜便给自己倒酒。陈年的茅台，酒液稍微发黄，酱香扑鼻，廖喜倒得特别小心，生怕浪费半滴。

他倒了大概一两，便把酒瓶盖好，又隆而重之地递回给山林雨。

"今晚就喝这么多。你知道吗，你爸从来没跟我喝过酒。"

山林雨笑道："我知道，老衡说过的。不过，他酒量很好，比廖老板你，呃……怎么说呢，还稍微好点。"

廖喜哼了一声："还是你爸好，烟酒不沾，有原则，你学着点。"

山林雨笑着，心里却想：我信你个鬼哟，糟老头子坏得很。是谁逢年过节的，就要教我喝酒呢？还说就一点，就一点，没事的。

要不是山林雨自制力强，加上王争在旁边看着，他这个未成年人早就被带坏了。

两人开始点菜，别的都是陪衬，生蚝才是主角。山林雨点了一打蒜蓉辣椒生蚝，廖喜只叫了半打原味的生蚝，毕竟痛风，不敢放肆。廖喜喝酒，山林雨喝加多宝。

过了一会儿，烧烤都上了，廖喜举起酒杯，突然之间，像是被什么击中，整个人愣在那里。

恍如隔世啊。

“廖老板？”

“哦，没事，我想起了一些事情。我跟你爸，也在这里吃过烧烤。对，就坐在这张桌，露天的。当时台风快来了，还担心下雨呢。他吃辣的生蚝，我吃不辣的；我喝酒，他喝王老吉。那时候我们都好年轻啊，我跟另外一个女孩子在一起，叫小谌的，差一点就结婚了。”

廖喜自嘲地笑笑：“一眨眼，好多年过去了，老喽。”

山林雨笑道：“哪里老，看着像二十八。”

“少来这一套，你看我头发，都掉光了。”

山林雨便嘿嘿笑。

“阿雨，你不笑的时候，跟你爸好像。”

“我妈也这样讲，她说，长得太像了，有时一看见我就讨厌。说都是我爸不好，害得她年纪轻轻，带着个拖油瓶，守活寡。”

廖喜哈哈笑道：“放屁。当初你外公外婆都不同意，是她自己要死要活，一定要把你生下来的。”

“对了，廖老板，你觉得，我爸是个怎么样的人？”

“你爸是个怎样的人，你不挺清楚了吗，看了你爸的办案笔记，也听我讲了很多他的故事。”

“我的意思是，在你心目中，我爸，是个怎么样的人？”

廖喜喝了口酒：“哦，在我心目中啊。”

他想了想：“在我心目中，你爸啊，是个很纯粹的人。除了破案跟地质学，他什么都不关心，天塌下来也不管。”

“那我呢？”

廖喜笑道：“你比他复杂多了。才多大年纪，什么都懂，上学期还敢早恋？要不是我帮你求情，老衡头都给你削下来，当凳子坐。”

山林雨嬉皮笑脸道：“谢谢廖老板救命之恩。那你说，如果我爸还活着，庄主这个案子，他会怎么调查？”

廖喜冷哼一声：“我就知道，你小子动机不纯，果然，又兜回这里来了。”

他举起酒杯，里面却已经空了。

山林雨殷勤道：“再来一点？”

廖喜想了想：“好，再帮我倒一点，就一点。”

山林雨便帮他倒酒，廖喜接过酒杯抿了一口：“要是你爸还在啊，这个问题就不存在了，因为陈秋南早就被抓进去了。”

“假如说还没有呢？我爸来办这个案子，他会从哪里下手？”

廖喜想了想：“那他肯定会用上所有高科技，什么大数据、云计算、人脸识别，能用的全用上。然后就像你说的，找出陈秋南的作案规律，搜集线索，取证，固定证据，让陈秋南无法狡辩，乖乖认罪。我告诉你，别看你爸外表看着古板，脾气又倔，其实接受新事物特别快。不是快，简直超前。”

“廖老板，我当然没我爸厉害啊，但是呢，不瞒你说，我也找到了一点线索。”

“哦？”

山林雨掏出手机，点了几下，神秘兮兮地递给廖喜：“你看。”

屏幕上，却是一幅油画。

廖喜接过手机，仔细端详：“这是什么东西？”

“这是陈秋南亲手画的油画，昨天下午拍卖的，拍了八百万整。”

廖喜骂了一句：“靠，画的什么鬼东西，八百块都嫌多，还八百万？洗钱吧这是？这一幅烂画，算什么线索？糊弄鬼呢？”

山林雨凑过去，指着屏幕：“廖老板，你看，这些间隔的地层里，白色的，像骨头一样的小点，像什么？”

廖喜放大画面，直到都是马赛克，盯着看了一会，突然大声道：“靠！这是那个，字符！”

“没错，就是当年袁静梅，还有前几天的邹艺文，身上都有的字符。这就是陈秋南的作案规律之一，是他留下的记号，就好像那个蒙面佐罗，行侠仗义之后，用剑刻的字。当然他不是佐罗，佐罗是救人的，他是害人的。”

廖喜又看了半晌，冷静下来，把手机还给山林雨：“这东西没用。”

这下山林雨急了：“怎么没用？”

廖喜喝了口酒：“要怎么说，你比你爸差远了。我分析给你听。第一，他留下的这些字符，哪怕翻译成数字，代表什么，我们根本搞不清；第二，就算搞清了，你怎么知道这就是线索？可能完全没有意义，也有可能，是他故意留下的圈套。”

山林雨听他这么说，反而缓了口气：“廖老板，我说说我的想法啊，不一定对。第一个问题，以我对他的了解，这些字符肯定是有意义的，哪怕我想不出来解释，有廖老板啊，你经验这么丰富，肯定没问题。

至于第二个问题，廖老板，你有没有想过，陈秋南其实是个很寂寞的人？”

“他寂寞个鬼啊，要钱有钱，要女人有女人。”

“不不，我指的是精神上的寂寞。你想想，他连续十八年作案，害死了十八个人，留下十八件所谓的作品，他肯定是很自豪的，对吧？可惜呢，没有一个人能欣赏他的杰作，更没有人知道，创作者就是他。廖老板，你想啊，要是你写了一篇好小说，你很得意，但是根本没人看，你寂寞吗？”

廖喜想了想，承认道：“寂寞。”

“那就对了，所以啊，他故意在油画上留下这些字符，展示给所有人看，就是要让自己跟之前的十八幅作品建立联系。怎么说呢，他就像是站在舞台中央，对着全世界，疯了一样大喊：你们快来看我啊，我多厉害，我是天才啊！你们怎么会看不到我？”

廖喜半信半疑道：“真有这么变态？”

“真有这么变态。”

听他这么说，廖喜重新拿过手机，看了一会儿：“不行啊，这根本分辨不了啊，就没有清晰点的照片吗？”

山林雨摇头：“我找遍整个网络，都没有。”

廖喜丧气道：“说了这么多，有个毛线用。”

山林雨却不答话：“廖老板，再多来一点酒？”

廖喜皱眉想了想，突然一脸豁出去的表情：“那就再来！”

山林雨给他倒上了酒，嬉皮笑脸道：“廖老板，无事献殷勤，非奸即盗，对吧？所以今晚拿酒来孝敬你，就是要求你帮我个忙。”

“什么忙？”

“王大天，你认识吧。”

“王大天？写《东土封魂师》的那个王大天？”

山林雨点头道：“对，就是那个王大天。”

廖喜哼了一声：“认识，太认识了。”

他突然反应过来，抓着山林雨的手腕：“你的意思是，拍了陈秋南这幅画的人，就是王大天？”

“没错，据我了解，这幅画在今天早上就被王大天亲自带走，准备挂在他上海的工作室。所以，只要我们有机会，近距离观摩这幅画，嘿嘿……廖老板，没问题的吧？”

廖喜骂道：“靠，我跟他的过节，你知道的吧？”

“当然，但是廖老板，成大事者，不拘小节嘛。我们现在要做大事。”

廖喜盯着他的眼睛，长叹一口气道：“唉——我怕了你了。”

他将酒一饮而尽，拍拍胸脯：“交给我吧，我来安排。”

山林雨欢呼道：“廖老板万岁！”

廖喜递过酒杯：“那再来一点？”

山林雨把酒瓶抱在怀中，仿如他的命根子，贼兮兮地说：“那不行，要等下次，求你的地方可多着呢。”

廖喜无可奈何，骂道：“靠，我收回刚才的话，你爸很纯粹，你也很纯粹。你是个纯粹的白眼狼。”

山林雨不当回事，收好茅台酒，美滋滋地夹起一个生蚝：“快吃吧，凉了就不好吃了。”

廖喜拿起一整个蚝壳，连汁带肉吸进嘴里，表情非常凝重。

十六

这天吃完烧烤，回到家以后，廖喜就一直盘算，要怎么跟王大天开口。

平心而论，王大天这个人还不错。

廖喜跟他都是在二〇〇五年前后开始写网络小说，算是同一批出道的作者。他们签了同一个网站，写的是同样的类型，刚开始都没什么名气，还互推过几次。

两人第一次见面，是在二〇〇七年的网站年会，推杯换盏，相谈甚欢。廖喜以前是刑警，王大天当过公务员，两个以前在体制内的人，如今以网文作者的身份相聚，不能不说是种缘分。

之后的几年，廖喜在深圳，王大天在上海，谁去了对方的城市，都会约着一起吃饭喝酒。

慢慢地，两人都稍有了些名气，也有了各自的粉丝，由于他们写的都是玄幻，所以有一部分粉丝是重叠的。再后来有了微信，两人都建了微信粉丝群，群里其实也不太聊作品，就是提供一个平台，给读者们平时闲聊。

问题就出在粉丝身上。

王大天有几个铁杆粉丝，对他特别忠心，到处加其他作者的粉丝群，然后在里面给王大天的书打广告。有些作者很反感，就把这些人都踢掉了，但廖喜跟王大天本来是朋友，为人又比较随意，就没太去管。

有一个廖喜的“路人粉”，同时也是王大天的“死忠粉”，微信名叫朱炳强，潜伏在廖喜的粉丝群里。这个朱炳强平时也不说话，隔几天转一下王大天的作品链接，然后再发个几毛钱红包，意当广告费。

朱炳强加了廖喜的微信。有一天,他突然私发了一个红包给廖喜，说是王大天快过生日了,让廖喜帮他转给王大天。廖喜觉得莫名其妙：你肯定有王大天的微信,为什么要我来转发红包？就没有搭理朱炳强，更没有去领这个红包。

他万万没想到，日后，这会成为自己的罪状之一。

廖喜开了一个微博，有一些故事的构思不适合写成长篇小说，他就抽空写一些好玩的短文发在微博上。写小说起名字是个头疼的事情，他就索性经常用身边的朋友、粉丝，或者是同行的名字，写到故事里。其中有一篇短文，男主就用了王大天的名字。

这本来无伤大雅，许多人都这样做，王大天同样也用过廖喜的名字。更何况，在这篇短文里，男主是个挺讨人喜欢的角色。

结果，微博底下有人评论：啊，原来你就是王大天，我好喜欢你写的《东土封魂师》。

廖喜看见了这条评论，但没有立即进行解释。一条微博底下上百条评论，一一回复过来，他哪还有时间创作。更何况，但凡有关注过他的人，动下脑子，都会知道自己不是王大天。没想到，后来这也成为他被骂的理由。

导火索是一次网站评选，二〇一三年年度最佳玄幻小说作者，采用投票的机制。朱炳强带领一帮王大天铁粉，疯狂拉票，在廖喜群里刷屏。廖喜虽然不满，也没出面说什么，但他自己的粉丝坐不住了，觉得没有这样欺负人的。

于是两边吵了起来，廖喜的粉丝群群主早就看朱炳强不顺眼，便把他们几个人踢掉了。

半个月后，投票结果出来，廖喜第三，王大天第四。

这就捅了马蜂窝了。

以朱炳强为首的王大天铁粉，组了个“倒廖群”，开始搜集廖喜的黑料。有个廖喜的线人混了进去，在里面玩无间道，向廖喜通报目前的“倒廖”进度。

他们搜集的罪证包括，廖喜暗箱操作、刷票，导致票选排名压王大天一头；还有廖喜以前当刑警的时候，有贪赃枉法的行为，现在的老婆是以前某个案件的受害者，怀疑廖喜借职务之便，强迫其就范。

这两件事廖喜虽然都没做过，但他们之所以这么说，廖喜倒也能理解。但是，接下来的就有些匪夷所思了。

朱炳强在“倒廖群”里说，某年王大天生日，他托廖喜发红包给王大天，结果被廖喜私吞了。有聊天截图为证。

另一个死忠粉揭发，廖喜在微博上假冒王大天，将其成名作《东土封魂师》据为己有。有微博评论截图为证。

还有其他粉丝踊跃举报，廖喜打压王大天粉丝，铁证如山。其中包括将他们踢出微信群、在廖喜微博里友善评论，比如在他领奖现场的照片下，说“你又秃了”“拜托别发照片吓到我了”，结果被廖喜拉黑了，等等。总之，廖喜此人气量太小，根本不配当网络作家。

廖喜有点哭笑不得，也有点生气。于是便在微信上找王大天，跟他说明情况。

王大天很快回复：还有这种事，廖老弟你受委屈了。我一定跟他们好好说，别把事情搞大了。你也理解下老哥，读者是衣食父母，他们在帮我说话，我也不好用骂的，不然就寒了他们心，对吧？你放心，我一定不会让他们再闹下去了。

原以为事情就这样了，结果一个月后，“倒廖群”里的那些黑料，被一个微博三无小号发了出去。本来那条微博是没什么流量的，结果偏偏有好事者转发并且提醒了廖喜。

廖喜彻底炸了。

他用自己的微博账号转发痛斥了所谓的黑料，这样一来，自然也就把王大天拉下了水。于是两边作者跟粉丝纷纷下场，吵了个不亦乐乎。最终网站的总编老齐跟其他网文大佬一起出面调停，才平息了这场闹剧。

事后廖喜想想，其实这也是件悬案。那个三无的微博小号，有可能是朱炳强那群人的，也有可能是其他作者的粉丝的，为的是挑拨离间，借机生事。甚至，也可能是廖喜自己的粉丝，看热闹不嫌事大，嫌微博上的瓜太少，自己种个瓜。

毕竟林子大了，什么鸟都有。

总之，事情的结果是，廖喜跟王大天从此反目。从二〇一三年至今，五年时间，两人没有再联系过。

去年，市场上在疯抢版权，王大天卖掉了两本小说，公布的成交价都是千万级别。其中他的成名作《东土封魂师》，就是陈秋南的家南科技买的，打算改编成网络游戏。

结果这两天，王大天又花了八百万，拍回陈秋南的油画。在廖喜看来，其中必有猫腻。

跟王大天重归于好，问题倒不是很大，毕竟事情过去了那么久，两人也没有实质性的矛盾。问题在于，要怎样才能观察到那幅油画的细节？

那一幅名为“人类世”的油画，尺寸很大，一百厘米乘八十一厘米，里面白色的符号又很小，跟苍蝇差不多。指望通过一张全幅照片，看清里面所有符号，几乎是不可能的事。唯一的办法，就是去现场参观，分别拍下所有符号的细节。

这整个过程，还不能让王大天起疑心，否则他跟陈秋南一通气，就要打草惊蛇。

廖喜左思右想，无论是什么方案，都至少要两个人。别人信不过，王争也未必能胜任，看起来，只能让山林雨帮忙了。

周日下午，廖喜有了初步想法，便跟山林雨商量。

山林雨兴奋地说：“没问题，廖老板。”

廖喜还是有点顾虑：“真的没问题？”

“真的，我们下周六早上出发，下午去他工作室，当天就回深圳，老衡发现不了的。”

“我怕影响你学习，你妈肯定怪我。”

山林雨伸出左手，小指跟拇指相扣，其他三指朝天，发誓道：“我保证，这学期期中考，名次只升不降。廖老板，请你务必放心！”

廖喜看着他，点头道：“那行吧。对了，那明天让你老板娘陪你去逛下商场，买套大人的衣服。你就穿成这样去，傻子也不信你是我助手。”

山林雨嘻嘻笑道：“谢谢廖老板！”

计划已定，廖喜便通过中间人跟王大天加回了好友。两人唏嘘了一阵，又各自道歉，说是自己当年太冲动，没把问题处理好。

都是鬻文为生的人，在微信上打字聊天，便觉得像浪费钱，于是廖喜打了个电话给王大天。

王大天热络道：“廖老弟，什么时候来上海，我们这算破镜重圆了，必须浮一大白。”

“我下周六，还真的要去一趟上海，不知道王老师有空吗？喝酒是次要的，主要是这个小说版权，我不是一直没卖掉嘛，想找你帮忙，指点一下。”

廖喜这一番言辞，刚好挠到了王大天的痒处，他便痛快答应，约在十一月三号，星期六，下午两点，在王大天的大天工作室碰面。

“这次还是带弟妹一起？”

“没有，我新请了个助理，他陪我跑一趟。”

“男助理女助理？”

廖喜打哈哈道：“男的，必须是男的。”

王大天也笑：“男的更好，那星期六晚上，你听我的，一条龙服务，安排！”

廖喜不好拒绝，便先答应了下来。

一周后，廖喜带着山林雨，坐上深圳飞往上海的航班。

山林雨穿着王争给他买的白衬衫、黑西裤、黑皮鞋，还把头发梳成了大人模样。幸好他整天嬉皮笑脸，衬衫也没有扣到脖子上，不然廖喜担心自己会错喊他阿雪。

两人坐的是头等舱，山林雨兴奋得东张西望，还不停用手机自拍，估计是要发给同学炫耀。

“你妈一年挣那么多，没带你坐过头等舱？”

衡久远四年前从报社辞职，跟几个前同事合伙做自媒体，现在公司一共有十几个公众号，加起来用户超过千万。

山林雨叹气道：“她哪有时间带我出门，过年回贵阳看外公外婆，她都买的经济舱，还是特价票。”

“廖老板，头等舱好宽啊，真舒服，回来还能坐吗？”

“那要看你表现，要是搞砸了，你就坐绿皮火车回深圳。”

山林雨突然敬礼：“保证完成任务！”

飞行时间两个小时，二人在上海虹桥机场落地。王大天为了表示诚意，亲自来机场接机，之后便驱车前往酒店。廖喜把酒店订在静安区，王大天工作室附近。到了酒店之后，两人办好入住手续，又寄放了行李。

午饭就在酒店餐厅解决，席上宾主摈弃前嫌，谈笑风生。山林雨一直保持微笑，尽量少说话，避免露馅。王大天的女助理丽莎一直感叹山林雨长得好年轻，但也被他蒙混了过去，说是大学四年级，提早出来实习。

饭后，一伙人步行前往王大天的工作室。廖喜一眼就看见那幅名为“人类世”的油画，就挂在王大天办公室里，他办公椅后的位置。

廖喜突然吸了下鼻子：“有股什么味道？”

其余三人都表示，没有什么味道。

廖喜自嘲道：“初到贵宝地，可能我鼻子有点……有点水土不服。”

王大天便哈哈笑：“廖老弟最爱开玩笑。”

“这个天气，鼻子容易过敏。”王大天的助理丽莎说道。

廖喜心里自然明白,他闻到的怪味是源自哪里。就好像多年以前，跟山林雪在电子市场蹲守，他眼睛还没注意到，鼻子却锁定了凶手。

那一股血腥味，来自油画。

王大天拉着廖喜,介绍这幅油画多么多么的好,廖喜强忍着喷嚏,假意附和。

山林雨也凑过去看。果然,他的猜测是对的,在画上的地层中间,散落着一些白色字符，组成密码，不注意的话根本发现不了。每串密码，大概由十到二十个字符组成，整幅画上，总共有十九串密码。

接下来，王大天跟廖喜分坐在办公桌前后，探讨写作跟版权变现的问题。丽莎陪着山林雨，坐在沙发上，有一搭没一搭地聊着天。幸好山林雨这些年来住在廖家，饭桌上听了许多业务，不然这会儿早就穿帮了。

一整个下午，王大天都没离开过他的办公椅，显然，他的膀胱异常强大，可能这也是成为优秀网文作者的条件之一。这种情况下，山林雨也好，廖喜也好，自然没办法掏出手机，拍下油画上的细节。

无奈之下，山林雨只好在跟丽莎聊天的空隙，抬头看油画，记下几串字符,然后借口上厕所,在里面偷偷写下。这样折腾了两个小时,终于把所有字符都记了下来。至于这些字符都代表了什么，就是下一步工作了。

山林雨伸了个懒腰:“上海天气真好。”

这是他跟廖喜约定的暗号，意思是大功告成。

这时是下午四点，廖喜准备跟王大天告辞，赶回深圳。结果王大天怎么都不肯，说是晚饭安排好了，接下半场，一条龙服务。他还喊了几个老哥们一起，廖喜要是走了，就是打他的脸。廖喜看这个架势，如果执意要走，很可能再次翻脸，无奈之下只好答应。

无论是晚饭拼酒，还是王大天神秘兮兮的下半场，山林雨这个未成年人都不适合出场。于是两人先回酒店休息，六点钟丽莎来接时，却只有廖喜一人。他解释道，助理小山病了，在楼上休息。丽莎若有所思的样子，看起来，似乎对山林雨有点意思。

廖喜不禁好笑，这个山林雨，倒是跟他爸一样，到哪里都招桃花。

这顿晚饭，廖喜单刀赴会，被王大天、丽莎，以及几个同行和编辑，灌了个七荤八素。当他在酒桌上鏖战时，山林雨正一个人在酒店房间，对着两本陈秋南著作和一本新华字典，努力破译密码。

突然，他的手机响了。一看，是他妈衡久远打来的。

山林雨不敢怠慢，马上接了起来。

衡久远劈头盖脸地骂道："臭小子，你跑上海去做什么？"

山林雨心想，坏事了。一定是刚才下去买书的时候，用微信支付，忘了切换成零钱。他用的银行卡是衡久远名下的，会给她发提醒，一看就知道，消费的商家在上海。

以他对衡久远的了解，抵赖是万万不能的，不然会死得很惨。

"对不起，老衡。"

接下来，他用了五分钟时间，交代了这次上海之行的前因后果。

"老衡，是我缠着廖老板要来的，跟他一点关系都没有，你骂我就好了，别找他麻烦。"

他以为会迎来一阵狂风暴雨，然而，电话那一边，却是长久的沉默。

"老衡？"

衡久远这才幽幽道:“阿雨，你知道自己做的事情，有多危险吗？”

“知道。”

“那你知道，你爸是怎么死的吗？”

“知道，老衡，我错了。”

衡久远叹了口气:“你错了，不过，也没错。你是不听话，很冲动，但是你想做的事情，本质上是好的。你想完成你爸的遗愿，抓住真凶，这没有错。”

山林雨一时没反应过来，过了几秒，才嗫嚅着问:“老衡，你怎么不骂我？你骂我呗，不然挺不习惯的，我心里没底。”

“骂你？我确实想骂你。但是老实跟你讲吧，你妈我啊，就喜欢这样的男人。勇敢，正义，为了自己相信的事情，可以连命都不要。不然的话，当初我也不会倒追你爸，对吧？我刚才确实想骂你，因为你是我儿子，作为母亲，我怕你出事。但是，该骂你什么呢，骂你有正义感？骂你不自量力？那不就是在骂年轻时的我，不就是在骂你的死鬼老爸吗？”

山林雨沉默了，他年轻的胸膛里，有一股热热的、酸酸的气流，不住地回荡。

隔着电话，山林雨喊了一句:“妈妈。”

衡久远的声音，听起来也怪怪的:“儿子啊，这么多年来，妈妈忙着工作，陪你的时间确实不多，也没有好好教你。当初生你的时候，也没有先跟你商量，自作主张就把你生下来了。你一出生就没有爸爸，妈妈又是个不称职的妈妈。所以，妈妈对不起你。”

“妈，别这么讲。”

“所以呢，我对你也没有别的期望，反正妈存的钱够多了，养老没问题的。妈只想你健康快乐地成长，有一份正经工作，做个对社会有用的人，做个好人。”

“妈，我知道了。”

“你爸是个好人，你妈我也是好人，你廖叔叔，还有王阿姨，就更不用说了。你在好人身边长大，肯定也会是个好人。好人就要跟坏人作斗争，要保护别的好人，这个没问题。只是，在这个过程中，你一定要保护好自己。

“你爸是为了保护我，才牺牲的，这个你听我说过太多遍了，对吧？他死了，我很伤心，有时候太伤心了，甚至会恨他。恨什么呢？恨当年死的不是我。应该我死了，把他留下来，让他内疚一辈子。

“儿子啊，答应妈妈，你千万要好好活着，别让妈妈为了你内疚，好不好？”

“好。”

衡久远小声抽泣道：“答应妈妈，量力而行，有什么要帮忙的，就告诉妈妈，好不好？妈妈永远站在你身后，别忘了这一点。”

电话那边，衡久远泣不成声。

山林雨也哽咽了：“我知道了，妈。”

母子俩调整情绪，又接着聊了会儿，最后挂断电话。山林雨长舒了一口气，擦擦眼角的泪，继续投入到破解密码的工作中。

廖喜在饭桌上喝了半斤白酒，到了夜总会，又换洋酒，也喝了四五两。眼看再喝下去就要断片了，于是他借着最后一丝清醒，使出必杀技——尿遁。廖喜溜出夜总会，打滴滴回酒店。反正都喝成这样了，给足了王大天面子，他不至于怪罪，也应该不会起疑心。

晚上十一点多，廖喜回到酒店房间，却看见山林雨坐在书桌旁，挑灯夜战。他在平板电脑上写写画画，桌上还放了几本书，有陈秋南写的一本励志书、一本创业自传，还有一本是新华字典。

山林雨抬起头来："廖老板，没事吧。"

"没……没事。"话音刚落，他就冲进厕所，大吐特吐了一番。

接下来的事情，廖喜就记不清楚了。

第二天早上起来，他发现自己身穿睡袍，躺在床上，想来是山林雨帮他换的。

山林雨却还坐在书桌前，不知道是一晚没睡，还是起来得早。

他看廖喜醒了，便倒上一杯温水，递给廖喜，嘴上却嘲讽道："廖老板，酒量不行啊。"

廖喜头疼欲裂，没力气跟他斗嘴："怎么样，那些字符？"

山林雨脸上先是得意，过了两秒，表情又凝重起来。他点头道："搞定了。"

廖喜喝完水，山林雨扶他起来，到书桌旁坐下，欣赏昨晚的研究成果。

"这个陈秋南，真的有点意思。廖老板你看，这是油画上的原始密码，前面三个数字，代表作品编号，从〇〇一到〇一九，这个没问题。后面的一长串，我原本以为是页数、行数、位数，对应他书上的某一个字，你看这是他写的两本书，我昨晚去书店买的。"

廖喜揉了揉太阳穴："二倍速。"

"哇，结果完全不是。按照这种方法，组合出来的是乱码。我一开始以为搞错了思路，但后来想通了。你看，这两个字符，代表的是这本书上的字，然后呢，以新华字典为跳板，你看啊，这个字在新华字典的第几页第几位，组合起来，又得到了另一个数字。把这个数字继续套用到第二本书上，见证奇迹的时刻到了，结果终于出来了，看见没，袁静梅！这就验证了我的方法。”

廖喜头更疼了，倒吸一口冷气：“快进到结局。”

山林雨在平板电脑上拖曳了一下，跳出来一张名单，上面一共有十九行文字。

他声音变得低沉：“这就是破解密码后，得出的受害者名单。按陈秋南的意思，这是他的作品清单，从二〇〇一年到现在，一共十九件作品。”

廖喜认真去看。

确实如山林雨所说，这是到目前为止的，十九个受害人的详细名单。

〇〇一，深圳，袁静梅，小姐，自缢。

〇〇二，北京，龙玲，学生，割腕。

〇〇三，北京，楚凝，学生，割腕。

〇〇四，北京，陆融，蛋糕师，跳楼。

〇〇五，北京，路小冰，空姐，自缢。

〇〇六，伊萨卡[1]，孙琳，女警，吞枪。

〇〇七，伊萨卡，魏樱桃，学生，割腕。

〇〇八，北京，赵君，护士，服药。

〇〇九，北京，陆适琦，律师，自缢。

〇一〇，北京，李月，主播，割腕。

〇一一，深圳，许云，画家，跳楼。

1 伊萨卡，现为美国纽约州汤普金斯县首府。

〇一二，深圳，王柳宇，舞蹈老师，自缢。

〇一三，上海，纪南一，健身教练，服药。

〇一四，深圳，陈禾，咖啡师，窒息。

〇一五，深圳，谭静，幼师，跳楼。

〇一六，深圳，王秦，高管，割腕。

〇一七，深圳，（空白），（空白），（空白）。

〇一八，深圳，邹艺文，学生，自缢。

〇一九，深圳，顾惜羽，老师，（空白）。

这张名单上，廖喜只认得两个名字。袁静梅，十七年前，城中村二〇四房里，他亲眼看见的那具裸体女尸；邹艺文，是山林雨谎称为学姐，实际就读另一所中学的高三女学生。两个受害者，都死在台风来临之前。

中间这一长串姓名，廖喜闻所未闻。但是这最后一个名字，第〇一九号牺牲品，好像在哪听说过。

廖喜喃喃自语道："顾惜羽，顾惜羽。"

"顾惜羽，是我班主任，顾老师，教数学的。"

廖喜倒吸了一口冷气。

难怪刚才山林雨脸上，除了破解密码的得意，还有一份挥之不去的凝重。原来，陈秋南的魔爪，正在伸向他的班主任，顾惜羽。

陈秋南选择顾惜羽当下一个受害者，是出于巧合，还是刻意安排？如果是后者的话，说明陈秋南已经知道，多年以前有个叫山林雪的刑警，识破了他的真面目；并且，他了解山林雪跟山林雨的父子关系，甚至可能已经布下罗网，在监视山林雨。

多年前，还在当刑警的时候，廖喜曾经幻想过，哪一天山林雪遇险，他一定要帮忙挡子弹。死了就拉倒，如果还活着，山林雪就欠自己一辈子人情，以后再怎么损他，使唤他，都是理所当然。可惜，山林雪牺牲时并非执勤，而是休假，廖喜更远在千里之外。

如今，山林雪的儿子，也遭遇到了危险。廖喜心想，无论如何，哪怕拼了这条老命，也要保护山林雨。

身边这个十七岁的少年，对即将到来的危险，似乎一无所知。

山林雨开始分析这份名单。

他指着〇一七号受害人："廖老板，你看，这就是我所说的，规律中的不规律。其他受害者都有名字，有职业，唯独这一个，除了深圳，全他妈是空白。"

"文明用语。"

廖喜思索了一会儿："你说得对，说明他心虚了，如果找到这个受害者，就能得到有用的线索，甚至他杀人的证据。可是，名字、职业、死因，全都是空白，只知道人在深圳，这要怎么查？"

"这就要靠廖老板出马了。查一查二〇一七年深圳有多少人自杀、被杀，或者失踪，再看看哪些人可能跟陈秋南有关。"

廖喜叫苦道："我要还是警察，还好办点。现在我就是一个普通群众，这些信息，谁告诉我，谁就是泄密。麻烦啊。"

山林雨给他戴高帽："廖老板别谦虚了，就凭你的关系人脉，一定能行的。廖队长可是英勇负伤退役的啊，心怀群众，匡扶正义，谁能不给你面子？"

廖老板叹了口气："行了行了，我尽力吧。还有这些有名有姓的，我也得去核对。说不定全是瞎编的，或者真有那么多人自杀，但是跟他一毛钱关系都没有，只是从新闻里看到的。"

他又指着顾惜羽的名字:“这一个,你班主任啊,你打算怎么办?”

“〇一七跟〇一九,是我们的两个突破口。你看啊,这个〇一九,如果我们在陈秋南实施犯罪的过程中,搜集证据,等顾老师一出事,我们就可以报警,抓住陈秋南。”

廖喜瞪着他:“停停停,都什么鬼,你想眼看着自己老师出事?”

“思路,思路而已,又没说真的要这么做。我肯定要救顾老师的嘛。虽然她天天针对我。”

“针对你也是对你好,就你这个样子,活该被针对。你回学校以后,找机会多接触顾老师,看看她跟陈秋南是怎么认识的,陈秋南又是怎么下手的。”

廖喜想了想补充道:“还有,了解下顾老师的家庭背景、成长环境、性格。我们分析下,陈秋南这家伙,到底是怎么选择受害者的。对了,你自己千万小心,如果顾老师怀疑你,就别问了。这个陈秋南,不用我提醒你吧,特别聪明,也特别变态,特别残忍,简直不是人。你都不知道他用的什么方法,能让那么多人,心甘情愿为他自杀。别到时你成了〇二〇号,那就完蛋了。”

“廖老板,你放心吧,看我像会自杀的人吗?”

廖喜一脸严肃:“我说认真的。”

山林雨这才正色道:“知道了廖老板,战略上要藐视敌人,战术上要重视敌人。”

“这还差不多。”

“廖老板,那我还有一个问题。”

“有屁快放。”

“回去还能坐头等舱吗?”

廖喜敲了一下他的头：“头等舱头等舱，我的钱是从天上掉下来的啊？”

山林雨眨眨眼睛，一脸期待地看着他。

廖喜叹了口气，掏出手机点开程序：“上辈子欠你的，头等舱就头等舱吧，我来找个大飞机，座椅能躺平的那种。”

山林雨高兴得转圈圈，欢呼道：“守护全世界最好的廖老板！”

十七

凌晨一点，室友们都睡了。

山林雨躺在床上，注视着上铺的床板。人类的眼睛，具有一定的适应力，刚关灯的瞬间，什么都看不见，但在黑暗中时间长了，只要有一丝微光，就能分辨许多细节，甚至是白天留意不到的细节。

世界上，有光明就会有黑暗。我们经历的黑夜，细究起来，也不过是另一半地球的影子。

从小到大，他身边的每个人，都试过在黑暗中行走。

山林雨的妈妈，衡久远，看着刚刚托付终身的爱人，在自己怀里死去，在之后的十七年里，作为单身母亲，独自养育他留下的骨肉。

他的父亲，山林雪，少年时期，在漫天大雪里紧抱着妹妹，还是没能阻止死神将她带走。这段撕心裂肺的经历，既是他的梦魇，也是他保护欲的根源。

廖喜，廖老板，同样经历失去挚友的痛苦，在和毒贩的枪战中，左肩负伤。据衡久远说，他年轻的时候，还曾经遭遇过恋人的背叛。

老板娘王争，她以前的名字叫许静，被变态杀人狂诱拐，最后捡回一条命，是因为廖喜跟山林雪的冲动，以及凶手用来装尸块的塑料袋刚好用完了。这么多年，他在廖喜家从来没见过大的塑料袋，尤其是黑色的。

至于他自己，山林雨，一出生就没有了父亲。尽管有母亲、外公外婆，还有廖老板的呵护，但无论如何，都无法改变这个事实。从小到大，他只打过一次架，就是因为有人嘲笑他是个没爹的野种。

那时他小学一年级，有几个高年级的学生围着他取笑。后来怎么样呢？他捡起路边的石头，差点把带头的那个孩子砸成脑震荡。山林雨差点被开除，但是之后的小学六年里，再也没人敢笑话他。

但是，这些人，都从黑暗里走了出来。

衡久远不仅把孩子带大，成功创业，中间还谈了几次恋爱，甚至结过一次婚。曾经痛苦的经历没有摧毁她对爱情、对生活、对美好的向往。

廖喜从警队退役，成功转型，变成了小有名气的网络小说家，跟当年的受害人结为夫妻，过着平静幸福的生活。

山林雨砸伤人以后，衡久远教训了几句，然后便抱着他哭，眼泪把他小小的肩膀都湿透了。第二天，衡久远带着山林雨，去跟被砸伤的小孩以及小孩的父母，鞠躬道歉。无论对方怎么辱骂，平时争强好胜的衡久远都只是说：对不起，是我管教无方。

回家的路上，衡久远对山林雨说，做错事没关系，错了就要认，认了就要改。

年幼的山林雨点点头，说：妈，我记住了。

他确实记住了。到了初高中，再次遇到不怀好意的挑衅，他也只会笑笑，大不了说一句：“对，家里有爸的孩子，家教肯定会好一些，跟你一样。”

对方往往就偃旗息鼓了。

但是，在这个世界上，经历过黑暗的人，并不是每个都走了出来。有人一直活在黑暗里，习惯了黑暗中行事的法则，甚至，有人成了黑暗本身。

山林雨是在十三岁那年，听衡久远说了“七二三”案，以及他父亲牺牲的前因后果。十五岁的时候，他对廖老板软磨硬泡，死缠烂打，终于借到了被珍藏起来的父亲遗物,那一本写满了调查信息的笔记本。

从这本笔记里，他深切地了解到自己的父亲是一个什么样的人。语言是思维的外化，虽然笔记本里多是简练的记录，但从带着感情的只言片语里，他读出了一个男人嫉恶如仇、不惧危险的高大形象。

就是从那时开始，他决心要成为像父亲一样的男人。他要当一名警察。

同样的，在这本笔记里，他看见了一些截然不容的形象，偷鸡摸狗的、谎话连篇的、为了八块钱捅死一个陌生人的、为了买毒品弑母的。这其中，尤其那个被父亲反复提及，做了无数记号的庄主，他的老谋深算，他几乎不带任何感情的纯粹的恶，让山林雨印象深刻，久久难忘。

他推测出庄主就是陈盈盈的儿子后，趁着前几年山林雪祭日，廖老板喝多了，亲自得到了证实。之后的一年里，他在网上查找了跟“七二三”案以及跟陈秋南相关的所有信息，还读了他的自传。

据此，山林雨勾勒出了陈秋南大致的人生轨迹。

陈秋南，一九八三年秋天，出生在深圳布古。母亲陈盈盈，龙港本地村民，当年只有十九岁，在布古镇新华书店上班。陈秋南的父亲姓金，当时已婚，岳父在镇上当官，职务不高，权力不小，他便凭着这个便利，做一些政策边缘的生意。

姓金的在搞大陈盈盈的肚子后，不敢声张，给了她一笔钱，让她把孩子打掉。陈盈盈却没有这么做，她不顾父母反对，独自把孩子生下，然后用金老板给的钱，在布古镇上开了间发廊。

陈秋南从懂事开始，便天天看着自己母亲跟三教九流的男人打情骂俏，再加上他私生子的身份，可以说，陈秋南的童年，是屈辱而黑暗的。

到了他读小学的时候，布古镇的地下服务业开始兴起，陈盈盈便关掉发廊,成为最早的一批妈妈桑。金老板对她的所作所为非常生气，觉得特别丢脸，所以在长达几年的时间里，跟这两母子断绝了关系，更没有一分钱的接济。

在九十年代末期，金老板用走私挣到的钱成立地产公司，在布古建了个小区,就是廖喜住过的新世纪华庭。金老板生意场上顺风顺水，可惜他老婆生了三胎，全是女儿，于是他回过头来，想要博取陈盈盈跟私生子的好感。

此后，金老板对陈盈盈尤为大方，直接送了她一套房子，并劝她不要再当妈妈桑。他甚至承诺，要跟老婆离婚，再跟陈盈盈结婚。陈盈盈也颇为心动，便辞去了夜总会的工作。

可惜天不遂人愿，金老板老婆表示，如果离婚的话，就要送他去坐大牢。金老板思前想后，最终决定回归家庭。陈盈盈深受打击，重操旧业，最终成为布古镇地下服务业的标杆。

而每次陈盈盈受了金老板或者别的男人的气，回家就会虐待陈秋南。打完骂完之后，又抱着儿子痛哭，哭自己命运悲惨，骂全天下男人都该死。

陈盈盈认为，男人都不是好东西，尤其长大后就会变坏，所以直到陈秋南读高中，她还是给儿子买儿童用品，把他当成六岁小孩来养。陈秋南稍不如她的意，别看在外面和颜悦色，回到家便是巴掌伺候。

当然，关于他母亲的一切，在陈秋南的书里，都是经过美化之后，再写出来的。他甚至将自己所谓的艺术天赋，归结于母亲早年在新华书店上班的经历。只不过，他藏在文字里面的痛恨，逃不过山林雨敏锐的观察力。

如此看来，陈秋南为什么会心理扭曲，犯下种种令人发指的罪行，山林雨是可以理解的。

理解，但绝不认同。

因为自己经历了黑暗，便成为黑暗，自己遭遇不幸，转过头来，就去制造他人的不幸。这种行为，无异于对黑暗屈服，成为黑暗的走狗。就好像一个人打了你，你不去打他，反而去帮他打别人，说句不好听的，这就是贱。

在山林雨看来，陈秋南的所作所为，是他在人生的所有选择中，最为卑劣，也最为懦弱的抉择。

所以，山林雨要跟陈秋南对抗到底。

他闭上眼睛，自言自语道："顾老师，我一定会救你的。"

凌晨一点多钟，廖喜的书房仍然亮着。

他正在查看资料，这些纸质的打印文档，是他多年前的某个同僚，冒着泄密的危险，从系统里打印下来，又托人秘密交给他的。

这是一份让他胆战心惊的资料。

除了陈秋南两年在美国读硕士期间，那两名境外受害者无法证实外，那幅油画上的牺牲品名单，从姓名到职业，到自杀的方式，全都得到了证实。

而且，这些受害者的人生轨迹，跟陈秋南都有或多或少的交集。袁静梅就不必说了，他们是在皇朝一号夜总会认识的。其他的受害者，比如二〇〇三年北京的楚凝，是他隔壁学院的学姐；二〇〇七年，他曾经因为呼吸道疾病住院，第二年，该院呼吸科的护士赵君，自杀身亡。

还有，山林雨的班主任顾老师，刚毕业时曾经到西南贫困地区支教。而那一年，正是“家在西南”公益计划的起始年份，陈秋南曾经去实地考察，到过顾老师所在的学校。

换句话说，陈秋南并没有在虚张声势，这十八个人，极有可能，都是他采用精神控制的手段，教唆自杀的。

再查阅这些受害人资料，发现她们有许多共同特征。都是女性，这自不必说，她们绝大多数都来自单亲家庭，童年生活不幸，成年以后，有过一些失败的感情经历。甚至其中一些人，原本就患有抑郁症，或者表露过厌世的想法。

可能就是这些特征，使得她们被恶魔盯上，最终沦为牺牲品。

廖喜皱眉咬牙，对于陈秋南的罪行，他绝对无法饶恕。

但是，廖喜如今面对的困难，跟多年前同出一辙。按照“七二三”案的经验，陈秋南会把所有犯罪证据全部销毁，不留一丝痕迹。即使千辛万苦搜集到他疏漏掉的证据，证明受害者中的若干人是因为陈秋南而死，但从法律上，还是拿他一点办法都没有。

因为，国内现行的法律法规里，没有任何一条能定陈秋南的罪。

所有的希望，就寄托在那个“二〇一七年，深圳，（空白），（空

白），（空白）”的受害者身上。山林雨说得对，找到陈秋南的作案规律，再找出其中的不规律，就能把他绳之以法。

这个姓名、职业、死因皆空白的受害者，便是陈秋南的不规律。

到底是什么原因，会让他做贼心虚，不敢写出这个受害者姓名呢？

廖喜闭目沉思，嘴里念叨着：“阿雪，如果是你的话，会怎么做呢？”

突然，他灵光一现，拍桌喊道：“有了！”

廖喜掏出手机，不顾此时已是夜深，向那个同僚发了条语音。

“哥们儿，再帮我个忙。”

凌晨两点，陈秋南的私家别墅里。

跟前三次一样，顾惜羽是被蒙上眼睛之后，坐在汽车后座，到达这栋别墅门口的。她还挺喜欢这样的方式，惊险，刺激，还代表着服从跟信赖。她猜，自己应该是在深圳的边缘，或者在相邻的某个城市。不过，这一切都不重要。重要的是，此时此刻，她跟陈秋南在一起。

顾惜羽被系在一座黄铜塑像上。

塑像是一只憨态可掬的猪，高两米，长四米，安放在别墅的挑高客厅。正中间的位置。猪的左前蹄抬起，向前伸出，脖子上系着一个铭牌，上面刻有三个奇怪的符号。顾惜羽曾经问过陈秋南，这三个符号有什么含义，陈秋南笑而不语。

此刻，顾惜羽匍匐在地，身上一丝不挂，除了一个红色的漆皮项圈。项圈连着一根绳子，绳子的另一端，就系在猪的铭牌上。

她头朝的方向，是宽大的黑色真皮沙发，沙发上，陈秋南西装革履，正襟危坐。

“惜羽，我很痛苦，你知道吗？”

顾惜羽脸朝着地板，低声道："我知道，不，我不知道，庄主。"

陈秋南制止道："不，不要这样叫我，今天晚上，你叫我秋南。"

顾惜羽的声音有些颤抖："是的，秋……秋南。"

"我的书，你都读过吧。"

"读过。"

"关于我童年的那一段，真实情况，没有写的那么美好。"

他站起身来，走过去，弯腰解开顾惜羽的项圈。

"惜羽，抬起头来。"

然后他坐回到沙发上，拍拍旁边宽大的扶手："惜羽，来，坐在我身边。"

顾惜羽诚惶诚恐地站起身来，像往常一样，按照陈秋南的命令行事。为了这个男人，这个高高在上，完美无瑕，其实内心又无比痛苦的男人，她可以做任何事情。她已经做了许多事情，无论在课堂上，在别墅里，所有荒唐的行为，都已经大大违背了普通人的道德标准。

更何况，现在这个男人只是要自己坐到他旁边呢？

顾惜羽温顺地坐下，陈秋南的手臂，环绕住她柔软纤细的腰。

这种难得的温柔，让她感到一阵阵眩晕。

陈秋南把头埋在她胸前，低声道："今天晚上，我想跟你分享我的痛苦，彻底地，毫无保留地。你知道吗？其实我们是一样的人。"

顾惜羽犹豫片刻，终于还是伸出手，斗胆隔着面料考究的西装，抚摸他宽厚的背。

"秋南，告诉我吧。"

"有一个条件。"

"无论什么条件，我都答应你。"

“如果有一天，我忍受不了这些痛苦，想要寻求解脱，你愿意陪我一起吗？这样，我就不会感到孤单，也不会感到害怕。”

一瞬间，顾惜羽有些犹豫。仅存的理智拉扯着她，提醒她这短短两句话里所隐藏的危险。

陈秋南见状，说道：“不行的话也没有关系，惜羽，我只是害怕，害怕失去你。”

顾惜羽又迷糊了，她拍着陈秋南的背，用颤抖的声音说道：“秋南，我怎么舍得离开你呢？”

陈秋南紧紧抱着她，用感染力十足的语调，开始倾诉。类似的话，在十八年里，他说过十八遍，几乎从未失手。除了去年的那一次，那一次，是他毕生的耻辱。出于宣泄，他用跟往常不同的方式，结束了第十七号“动物”的生命。

顾惜羽被感动了。她想，每个人都会有不同的两面。比如她，一面是高中老师，另一面是年轻富豪的秘密女友；比如陈秋南，一面是人人羡慕的年轻才俊，另一面却是个让人心疼的小男孩。

顾惜羽想着：我一定要好好保护他。

陈秋南的阵阵低语，融化在漆黑的夜色里。

看起来，在这个世界上，每个人都有要保护的东西。廖喜想要保护山林雨，山林雨想保护他的顾老师，顾惜羽想要保护陈秋南，那陈秋南呢？他大概是要保护自己内心的黑暗，不让任何光线照射进去，否则，暗处的所有扭曲、畸形和丑恶，就会原形毕露。

人类这些互相矛盾的愿望，以错综复杂的方式，交织在一起，像是沙漠里的风滚草，被时间吹动着，缓慢前进。

一周以后，十一月十号，星期六。家南科技总部大厦，正在举办一场公益发布会，邀请了众多媒体以及社会各界人士参与。到场宾客中，混进了两个可疑人物。

一名四十多岁的中年男人，发际线严重后退，走两步气喘吁吁，他多年前，曾是一名刑警。

一个十七岁的少年，身材高瘦，步伐轻盈，他的愿望，是以后当一名警察。

两人站在家南科技大厦楼下，等候入场。

“好厉害，这么大一栋楼，都是陈秋南的。”廖喜感叹道。

“也没有啦，写字楼是属于家南科技的，陈秋南只有公司百分之二十三的股份。也就是说,这栋楼有百分之二十三是他的。”山林雨纠正道。

廖喜瞪了他一眼:“杠精投胎吧你。”

山林雨抬起头来，湛蓝的天空下，大厦拔地而起，像一头巨大的水晶怪兽，睥睨着脚下的芸芸众生。陈秋南的办公室，就在三十二层的顶楼。他办公室上面的天台，有一个巨型铁架，上面立着“家南科技”四个立体广告字,夜里会发出刺眼的红光,从几公里外就能看到。

这栋家南大厦，是在二〇一五年初建成封顶，经过长达半年的装修，于同年年底启用。

整栋大厦的室内设计，由一家深圳本地的设计公司完成。对照失踪人员名单，廖喜和山林雨通过共同研究，一致认定，任职于这家设计公司，于二〇一七年失踪的设计总监，任远辰，很可能就是陈秋南的第〇一七号牺牲品。

任远辰，女，一九九〇年生，天津人。从美国留学归来之后，被同学邀请到深圳的这家设计公司任职。她工作态度认真，人缘很好，二〇一四到二〇一五年间，主要负责家南科技大厦的室内设计。

二〇一七年八月二十三日凌晨，也就是台风“天鸽”登陆之前，任远辰独自驱车，从市区前往龙港一处海边山路。任远辰在路边停车，将私人物品遗留在车上，手机扔进海里，之后便失踪了。鉴于失踪前任远辰被医院确诊为抑郁症中度，所以不排除她跳海自杀的可能性。

而且，任远辰停车的地方，确实是所谓的“自杀圣地”。但是台风过后，警方进行过两轮搜索，到目前为止，都未能找到任远辰的遗体。

所以山林雨认为，当时任远辰停好车后，应该是被另一辆车接走了。接走她的人，极有可能就是陈秋南。

家南大厦门口的吸烟区，廖喜掏出一包软中华，警告山林雨：“不准打小报告啊。”

山林雨嘻嘻笑道：“放心啦，廖老板。”他又嘀咕道：“任远辰，跳海自杀，这不是陈秋南的风格啊。”

廖喜紧张地看看左右，嘘了一声：“小声点。”

“没人听到啦，放心。你看啊，那张名单上面，所有的受害者，都是通过某一种道具，比如绳子、刀片、药物，实现自杀。在她们实施自杀前，会主动抹掉跟陈秋南的所有交往痕迹，然后在身体上，或者是案发现场的某处，写下属于自己的作品编号。”

廖喜点燃香烟，吸了一口：“是这样。”

类似的讨论，他们已经进行了很多次，并没有什么新鲜之处。

山林雨又说：“所以这个任远辰，没有尸体，也没有编号，跟其他受害者不一样。那么有两种可能性，第一，陈秋南认为这一起案件，是他失败的作品，他羞于记录，所以在那份名单里，用三个空白来代表。”

廖喜突然皱起眉头："等等。"

廖喜盯着不远处看了一会儿，说道："还真是。"

"什么啊，怎么了？"山林雨不解道。

廖喜哦了一声："没事，一个老熟人。你继续。"

山林雨顺着廖喜的方向看去，却不知道他说的老熟人，指的到底是哪一个。

山林雨回过头来："我讲到哪了，哦，第二种可能性，实际上任远辰不是跳海自杀，她真正的死法，有可能会暴露陈秋南的罪行，所以他才做贼心虚，隐藏了起来。"

"你说的都对。但是接下来呢？如果任远辰真的是跳海自杀，那我们就一点办法都没有了。如果不是，是陈秋南杀的，那就存在一个杀人抛尸的可能性。他把尸体埋哪儿了，或者藏哪儿了，如果我们把尸体找到，案子就破了。"廖喜小声道。

"以陈秋南的性格，他肯定不会随便埋在哪个地方。你看像'七二三'案，他不就是从夜总会小姐那里，听到了案发现场，然后刻意让袁静梅到那里自杀吗？所以，任远辰的尸体，应该也是藏在一个有意义的地方。

"如果我是他啊，我是一个这么变态的人，我会把尸体藏哪呢？应该是一个经常能看见，能欣赏的地方。"

山林雨突然喊道："这栋大厦？"

廖喜吓得烟都快掉了，骂道："别一惊一乍的！"

这时候，发布会开始检票入场。廖喜掏出他托关系拿到的入场券，分了一张给山林雨："里面人多，别乱讲话了，好好看着就行。"

"知道。"

两人排队入场，到了家南大厦一楼大厅。大厅挤满了人，中间搭起一个临时舞台,巨型屏幕里播放着受援助的西南山区风貌。画面上，那些脸上皮肤粗糙、挂着鼻涕的男童女童，接过崭新的书包跟文具，笑得阳光灿烂。

主持人上台，开始介绍这五年来家南科技的公益计划。“家在西南”已经捐出若干人民币，资助了西南山区若干所小学若干名贫困学生，帮助他们完成学业。主持人强调道，但是，这只是“家在西南”公益计划的第一阶段，接下来的五年里，公益计划将有所升级。

主持人喜笑颜开地介绍:“接下来，让我们以热烈的掌声，欢迎家南科技创始人兼董事长,‘家在西南’公益计划的倡导人——陈秋南先生，上台！”

在一片掌声欢呼中，陈秋南走上舞台，开始他的演讲。台上的陈秋南，风度翩翩，肢体语言丰富，时而抛出几个段子，引来哄堂大笑，时而讲述贫困生求学的不易，又让台下唏嘘不已。就连廖喜跟山林雨也不得不承认，陈秋南确实有过人的魅力。

紧接着，陈秋南开始发言。

“公益计划第二阶段增加的措施，包括公司所有高管，以身作则，每人捐助两到五名贫苦学子，负责他们直到大学的教育及生活经费；还包括在贫困学生毕业后，公司将优先为他们提供工作岗位。

“并且对于前往西南山区的支教老师，我自掏腰包，成立了一个‘秋南教育奖’，每年选出十名优秀教师，各奖励十万元人民币。

“希望我们的学生也好，老师也好，能够永远记住，就在深圳，就在这里，家南科技，是你们的另一个家。家是什么？家这个汉字，最早的含义，就是屋顶下面，有一头猪，这就是家。在古代，猪是一个家庭里最宝贵的财富。”

台下，山林雨吐槽道：“这是在说，今天在场的各位都是猪？”

“别吵，认真听。”说完这句话，廖喜打了个异常响亮的喷嚏，惹得旁人侧目。

是那个味道啊，廖喜心想。

台上，陈秋南顿了一下，接着又语调激昂道：“今天，家南科技这个家，最宝贵的财富，是我们的用户，我们的员工，我们来自西南山区的学子，还有我们不顾条件艰辛，奋斗在支教前线的老师们！而我，陈秋南，我这个人比较没用，也不值钱，就让我来当屋顶，为大家挡风遮雨！”

台下掌声雷动。

山林雨白眼都要翻到天上去了：“都什么社会了，还搞封建这一套，不是屋顶就是猪，不能好好做个人吗？”

廖喜边鼓掌边骂道：“就你话多。”

紧接着，陈秋南公布第一届“秋南教育奖”的十名获奖者。

十名获奖者走上舞台，由陈秋南亲自为他们颁奖。

这七女三男十名支教老师中，山林雨的班主任顾老师，赫然在列。

山林雨发现，每个人看向陈秋南的眼里，都写着感激。然而顾老师的眼神里，还包含了更多信息——热爱、崇拜，或许还有……山林雨也说不好，或许还有怜悯？

陈秋南跟获奖者下台后，主持人上台向各位来宾介绍，想要参与“家在西南”公益计划，如何进行捐助。趁大家都拿起手机时，廖喜跟山林雨偷偷溜出了大厅。

“你那个顾老师，要怎么搞？”

山林雨头疼道："我也不知道啊。这一星期，我天天打探她的情况，别人以为我要搞师生恋。依我看，情况不容乐观。她被那个陈秋南迷得晕头转向的，谁都看得出她谈恋爱了，但是一问起来，她又帮他保守秘密，什么都不讲。"

"跟袁静梅一样啊，这个陈秋南，真的是魔鬼。"

山林雨又抱怨道："这个顾老师，在台上讲题那么清楚，教育我们也头头是道，怎么放到自己身上，就一塌糊涂呢？居然给这个陈秋南洗脑了。"

"每个人都有自己脆弱的地方，被别有用心的人抓住，就能加以利用。"说罢又安慰道，"你也别太担心，根据陈秋南的作案规律，今年的牺牲品已经出来了，顾老师应该是他明年的人选，或者是明年人选之一。我们还有时间，只要在那之前，把陈秋南抓起来就行。"

山林雨深吸一口气："希望是这样吧。"

"对了，你搞清楚没，顾老师有几部手机？"

"应该就一部，但是有两个微信号。食堂吃饭时，我刚好看见她在切换。我喊了她一声，她赶紧把手机锁屏了。"

"微信小号啊，肯定是用来跟陈秋南单线联系的。这个陈秋南，袁静梅那会儿，他还特意送了部新手机给人家，用来逃避侦查，哈哈，现在那么有钱，反而不送了。看来他跟我们一样，太依赖新技术，反侦查意识变弱了啊。"

"两个手机多麻烦，可能怕跟袁静梅一样，弄丢了，更头疼。他只要不打电话，然后让对方自杀之前，把微信小号删了，就没有痕迹了。反正本来就是自杀，没有人报案，也就没人去查。"

廖喜点头道："总之，这就说明，他陈秋南也是人，不可能面面俱到，毫无破绽。总有一些把柄，能让我们抓住。”

今天难得廖喜开车，因为两人在路上也忍不住讨论案情，怕出租车司机听了去。

地下车库里，廖喜发动车子：“你明年就十八岁了吧？”

“对。廖老板，带我转大人吗？”

所谓转大人，可以理解为通过某一种活动，从男孩变成男人。

“转你个头。满十八岁，你就能考驾照了，考完驾照，以后你来开车。以前我跟你爸出门办案，都是他当司机。”

“没问题。不过，当司机，发工资吗？”

“工资就别想了，抵你这么多年伙食费吧。对了，等你满十八岁，还能陪我喝酒。上次那半瓶茅台藏哪儿了？我找都找不到。”

“廖老板，你说这个陈秋南，会把任远辰的尸体藏在哪里？”

“会不会是在他家？做成人体标本什么的？他这么变态，完全有可能。”

山林雨摇头道：“不会，他就住在那个西海公寓，你知道吧，全深圳单价最高的房子。网上有个节目，专门去名人家里探访的，第三十七期，去了陈秋南家。他家是个大平层，节目我认真看了三遍，没有能藏下尸体的地方。”

“有没可能是切碎了，分别藏在什么地方？”

“也不太合理。廖老板你想啊，那么大的房子，肯定要请人来打扫的，如果他分开放，比如什么花瓶里，万一被打碎，不就露馅了？”

车子开出地库，外面阳光刺眼，廖喜七手八脚地一边找墨镜，一边说：“有钱人真烦，要是没钱，只能在外面挖个坑埋了，我们去挖一挖就有了。”

山林雨在副驾上转过头，看着后面的家南大厦:“我觉得，他肯定是藏在一个地方，每天都能被人看见，但谁也猜不到里面藏了东西。”他又叹了口气，“廖老板，你要还是警察就好了，我们申请个搜查证，把他大厦翻个底朝天。”

“行了吧，那么大一栋楼，你搜到猴年马月。你那个顾老师，你确定她见过那些字符？”

“没法确定，百分之八十的可能性吧。”

“你再讲讲当时的情况。”

“我抄了道数学题，假装不会做，到办公室去问她。最上面空白的位置，我写了几个那种符号，翻译过来就是五二〇一三一四。结果呢，她注意到了符号，还问我是什么意思。”

“那你是怎么说的？”

“我说我也不知道，随便抄的。然后她就问我，是在哪里抄的。我说是从一幅画上。她哦了一声，就开始给我讲题了。廖老板，照你分析，应该是个什么情况？”

“照你这么说，她应该是在哪见过这些符号，但是不知道其中的含义。她肯定去过陈秋南家的，对吧，可能就是在他家见到的。如果是一个什么东西，上面刻着〇一七，很可能就是藏任远辰尸体的地方。”

山林雨叹了口气:“我也这么想，可是我看了三遍那期节目，也没找到。”

“好吧，我先送你回学校，下周末再商量。如果你发现顾老师有什么异常，立即告诉我，立即报警。”

这时候，山林雨手机响了，是衡久远打来的。

山林雨便开了扬声器:“哈喽。”

衡久远直奔主题："在哪呢？"

"廖老板车上，他送我回学校。"

"哟，廖老板开车啊，真少见。下周就期中考了，你复习得怎么样？"

廖喜接话道："小衡啊，你别骂我，我现在就把阿雨送回学校，不耽误他学习。"

衡久远笑道："廖老板，你想多了，你码字都放下了，阿雨少学点不会怎样，要是考不上大学，干脆跟你学写小说。"

"你这还是在骂我。"

山林雨在一旁紧忙说道："老衡，我保证期中考能考好，年级排名掉一位，你扣我一百块生活费。"

衡久远哼了一声："算了吧，男人啊，以为就你们有觉悟，我这个妇女，来拖你们后腿是吧？我告诉你们，我是来送线索的。"

山林雨一下子坐直了身子："真的？什么线索？"

"你不是讲，那个任远辰，之前在一间设计公司上班吗？嘿，巧了，我查了一下，这公司也是我客户，我早上跟他们老板聊了会儿，他告诉我说，二〇一五年的时候，任远辰给家南科技做了个方案，还给陈秋南私人做了个方案。"

"是西海公寓那个吗？"廖喜问道。

"不，是一栋别墅。"

廖喜跟山林雨对视了一眼，满脸抑制不住的兴奋。

"老衡，别墅地址，你知道吗？"山林雨问道。

"不知道，他们只出了设计方案。具体施工是别的什么公司，他也不知道。不过，我答应他们老板，下次投放打五折，帮你们把设计图弄到了。”

山林雨欢呼道：“老衡，快发给我看看！”

“行吧，等案子破了，你们请我吃饭。”

“别说吃饭，我给你洗脚都行。”山林雨激动道。

“谁要你洗脚，把我美甲都洗掉了。我挂了啊，微信上发给你，”又嘱咐道，“廖哥，小心开车。”

山林雨挂了电话，等衡久远把设计图发来。廖喜也按捺不住，在路边停好车，两人便对着手机研究了起来。

三维设计图里，挑高的客厅，正中间位置，摆着一个巨大的黄铜塑像。

衡久远发来文字介绍，据设计公司老板讲，客户自己属猪，所以要求在客厅中间摆一只铜猪。这只铜猪，也是任远辰亲自设计的。

“靠。”

“廖老板，怎么说？”

“引人注目，经常可以看到，但没人能猜出里面装了什么。”

山林雨表情严肃：“没错，任远辰的尸体，肯定就藏在里面。”

“是这个了？”

“是这个了。”

廖喜笑了笑，重新发动汽车，突然想到：“对了，阿雨，刚才发布会，我打的喷嚏，声音大吗？”

“大，差点把我耳朵都震聋了。”

廖喜点头道：“那就好。”

十八

高二第一学期，期中考，山林雨考砸了。他上学期期末考，排在年级第十六，这次直接掉到了七十六。按他之前给衡久远打的包票，生活费不光扣完了，还得每月倒贴。

不过，衡久远没有找他麻烦，也没有找廖喜麻烦。

考试前的一个晚上，山林雨打电话给衡久远，跟她一五一十交代了自己的整个计划。他还保证，这次考砸了不要紧，等到期末考，一定能考到年级前十，否则的话，就剥夺他整个高中阶段再去廖喜家的权利。

衡久远嘴上说不担心山林雨的学习成绩，随便他爱怎样怎样，大不了也去写网络小说，听完山林雨的计划，却连说不行。山林雨赌咒发誓，软磨硬泡了半个小时，衡久远才勉强答应。

挂了电话，山林雨踌躇满志。他在下很大的一盘棋，故意考砸，是他计划里的第一步。

接下来发生的事情,果然如同山林雨预料。考完试的第二个星期，成绩跟排名出来以后，顾老师立刻找他谈话，要求进行家访。

山林雨露出为难的样子:“顾老师，你知道的，我是单亲家庭，我妈工作忙，最近都在国外出差。”

“别想骗我。”

山林雨一脸无辜:“顾老师，不信你打电话给我妈。”

山林雨想了想又说道:“要不这样吧，周末你到我舅家里，就是那个上次来家长会的，我舅。不过他家在龙港，比较远，要辛苦顾老师了。”

顾惜羽看了他一会儿:“龙港是吧？你别担心，南极我都去。”

出了办公室，山林雨得意地笑了。

让顾老师来家访，是他计划里的第二步。

至于为什么要把家访地点安排在廖喜家，一个是因为衡久远配合程度不高，怕她没演好，露馅了；另一个是因为廖喜家有个得天独厚的优势，就是他家的手机信号一直不太好。

这样一来，山林雨便能实施他计划里最为重要的一环。

周六下午三点，山林雨、廖喜、王争，还有阿峰跟管管，都在客厅里，静候顾老师的到来。

廖喜有些紧张:“都弄好了吗？”

“都弄好了。”

廖喜又抱怨道:“你怎么不直接给她发个病毒？木马什么的，还要手工古法安装，真落后。”

“我试过，但是失败了，不知道她装了什么防护软件。”

“还是你技术不过关。”

王争打断道:“好了好了，阿雨，等下我该说什么？”

“老板娘，你就按正常的讲就行。放心，顾老师是数学老师，又没当过警察，不会那么警惕。”

“那就好。你那个什么程序，能不能在你廖老板手机也装一个，我好监控他。”

廖喜苦笑道：“老婆，我每天待在家里码字，还用得着监控？”

王争白了他一眼说道：“有备无患。”

山林雨哈哈笑道：“好啊，没问题。”

廖喜敢怒不敢言，瞪了他一眼。

山林雨收到顾老师消息，她快到小区门口了，便赶快下楼迎接。

王争准备了果盘跟花茶，廖喜做好了挨老师训的准备。接下来的一个小时里，一切按照山林雨所写的剧本，完美地演绎了一遍。

顾老师抱怨手机没信号的时候，山林雨殷勤地接了过去，说是帮她输无线路由器的密码。廖喜马上转移她注意力，让王争拿来几本出版的小说送给顾老师斧正，又问她扉页上要留什么祝语。

等到山林雨把手机还给顾老师时，里面已经装上了用于定位的小程序。据山林雨的研究，这个小程序功能极其强大：首先是完全隐形，没有任何痕迹，不会被事主发现；其次，哪怕是手机关机了，只要不是彻底没电，它就会每隔三分钟，定时发送位置。

到了这里，山林雨的计划便全部完成。接下来，就等顾老师给他们带路了。

只要到下一次，陈秋南约顾老师到他的秘密巢穴，山林雨跟廖喜就能得知那栋别墅的位置。也就是，藏有任远辰尸体的铜猪塑像所在。

顾惜雨走后，廖喜夫妇跟山林雨三人围坐在客厅的茶几旁，商量下一步的动作。

王争看着山林雨问道：“知道陈秋南别墅在哪儿，然后呢？”

"如果是拍电影，当然是我跟廖老板穿上夜行衣，带齐全套工具，深夜潜入别墅里，锯开那个铜猪，然后取得关键证据，亲手把陈秋南送进监狱。"

"太危险了吧？"

"他说的是拍电影，现实里当然不行。我看啊，还是得靠人民警察，到时候我们就举报，说他在家里藏了大量赃款，或者其他什么东西，你懂的。"

"警察会相信我们吗？"山林雨问道。

廖喜笑道："这不还有我在呢。"

山林雨也笑："靠你了，廖老板。"

王争嘱咐道："反正，你们一定要注意安全。"

"老板娘，你放心啦，你想我廖老板，当年枪林弹雨都闯了过来，怎么可能阴沟里翻船？"

陈秋南坐在宽大的办公桌后，戴着耳机，欣赏这一家三口的对话。

他想：聪明，可惜，有点自作聪明。

他是在公益计划发布会后开始监听山林雨的。

那会儿在台上，他听见一声异常响亮的喷嚏，先认出来那个姓山的，接下来才认出姓廖的。他当时就开始警惕，这两个家伙，来发布会干吗呢？

于是，他通过顾惜羽，拿到了姓山的手机号码，开始入侵。

果然，陈秋南的预感是对的。这个姓山的，居然跟他爸一样冥顽不灵，打算对付自己。不过，他又颇为惊喜，山林雨解开了油画上的密码，看懂了历年来的宰杀"动物"清单。知音啊。

陈秋南喜欢聪明人，他对山林雨，简直有点惺惺相惜了。一个是私生子，一个是遗腹子，相似的人生经历。不知道这个山林雨到底是个什么样的人，会不会也跟自己一样，痛恨这个丑恶的世界？

接下来，陈秋南便顺藤摸瓜，衡久远、廖喜、王争的手机，包括他们家里所有联网的摄像头，都一起破解了。如此一来，他便能掌握他们在家里的一举一动和每一通电话的内容。甚至，在没有通话时也可以窃听他们跟旁人的对话。

陈秋南四年本科，两年硕士，读的都是计算机专业，这对他来说是小菜一碟。

当然，作为一名互联网公司的董事长，他没那么多时间去监听监视，但是不要紧，交给手下的人就好。

陈秋南有两条“猎犬”，做这种事情轻车熟路，他们会将认为有用的信息汇集之后，再上报给陈总，其中当然包括发布会结束后衡久远跟山林雨、廖喜在车上的那一通电话。

说起这个姓廖的，十七年前，是他在房间里偷听到的另一个刑警，这人有点意思。他很少打电话，家里基本没什么摄像头，就连电脑上自带的，破解之后也是一片漆黑，估计贴了胶布。哪怕对他的手机开启非通话时监听，效果也很差，估计他习惯放在柜子里。

陈秋南不禁有些佩服，这些老刑警，职业敏感、反侦查能力还是有的。

不过，他自有解决方案。顾惜羽说，期中考结束后，她要去一批学生家里进行家访，其中就有山林雨。再加上之前她的手机，曾经被一个很低级的木马攻击，陈秋南马上猜到了山林雨的小伎俩。

你有张良计，我有过墙梯。

所以，顾惜羽的这次家访，反而给了陈秋南一个绝佳机会。上次见面，他交给顾惜羽一个微型窃听器，嘱咐她到廖喜家时，粘在茶几底下。顾惜羽接过那颗黑色按钮状的物体，没有问是什么，更没有问为什么，只是说："是的，庄主。"

所以，这次家访，山林雨在顾惜羽手机上装了个木马，但是他万万没有想到，顾惜羽本人，就是陈秋南派出的特洛伊木马。

装了这个窃听器后，廖喜等人在家中的绝大部分对话，都尽在陈秋南掌握。

全方位监听对方，是陈秋南计划的第一步。

接下来，如何将计就计，反制对方，是他的第二步计划。

刚才听到的内容，让陈秋南有些失望。廖喜居然决定报警，这样一来，哪怕警察上门，切开他心爱的〇一七塑像，发现里面空空如也，结局也不会很严重。大不了，廖喜因为诬告知名企业家，全网封杀，山林雨被学校开除处理。

陈秋南认为，这样的结果，远远不够。

作为农场的主人，对敢于挑战他权威的"动物"，一顿棍棒显然不够。只有处决他们，才足以平息主人心头之怒，才能彰显他作为庄主的威严。

他一定要把姓廖的跟姓山的，一个老冤家，一个老冤家的儿子，一起引诱到别墅里。诱饵是现成的，顾惜羽。平时，他会让顾惜羽把手机放在家里，再接她到别墅，但这次可以例外，让她带上手机，以及里面的小木马。

他可以用顾惜羽的手机发微信给廖喜跟山林雨，让他们在两小时内赶到别墅，否则的话，顾惜羽从此会人间蒸发；如果报警，顾惜羽同样会人间蒸发。

他发微信的时候，顾惜羽应该还活着，她或许会问，这是在干什么？

那么陈秋南就会答，这是一个游戏，跟以前一样，但比以前更刺激的游戏。

顾惜羽不会有任何异议。

一旦姓廖的跟姓山的到达那栋别墅，那么他就起码有六种方案来惩罚他们。

比如说，用高压电击枪，瞬间将两人击倒，然后慢慢料理。这个方案当然最解气，也最原始，他可以体验割裂对方皮肤的快感，但同时，也要面对极为困难的善后。毕竟，作为一个专业罪犯，他深深知道，警察可不是吃素的，家属也有不屈不挠，穷尽后半生追凶的例子。

再比如说，他可以牺牲顾惜羽，在廖喜跟山林雨到达别墅时，让她倒在血泊中。顾惜羽濒临死亡的躯体旁，会放着一把水果刀，刀柄上有山林雨食指跟大拇指的指纹。

当然，姓山的实际上并没有碰过这把刀，但他用的是一部指纹解锁的手机，所以他的指纹信息早就被陈秋南窃取了。做两个硅胶指模，印在刀柄上，伪装成凶手擦拭过刀柄，但遗漏了其中一两个指纹——对陈秋南来说，这是简单而充满趣味性的工作。

顺带一提，这个方案，并不会扰乱陈秋南的犯罪规律。如果顾惜羽提前死了，那就不把她当成十九号“动物”，再物色一个，留着明年宰杀，就可以了。

廖家客厅里，开始传来玩游戏机的声音。陈秋南鄙夷地想，“动物”，毕竟是“动物”，无法理解更高级的思维，更察觉不到即将到来的命运。

他摘下耳机，站起身来，对着窗户伸了个懒腰。楼下是一条繁忙的街道，各种车辆如同蝼蚁般，在他脚下缓慢爬行。

任远辰。

每当想起这个名字，陈秋南依然会感到愤怒。她居然，居然敢反抗自己，居然不按照为她规划好的路线，从容结束生命。说实在的，陈秋南也不想动手，因为这违背了他处理“动物”的准则，更弄脏了他的双手。但是如果任她逃脱，那么她就会去报警，这样的话，一切都完了。

是任远辰逼他这么做的。

都是她的错。

陈秋南至今还记得，任远辰临死时，那一张扭曲变形的脸。太丑陋了，简直跟陈盈盈一样丑陋。为什么不能自己好好地去死，非得他来动手呢？如果没有掐死过人，根本难以想象，那是一件多么费力，又多么不体面的工作。

更别提善后了。

幸好，他找到了一个适合收藏她尸体的地方。不，并不是那个黄铜塑像。他一开始也考虑过这个方案，但最终还是决定，把塑像作为一个烟雾弹，一个掩盖真相的小机关。

他站在窗前，回想起廖喜跟山林雨的猜测。

这两人认为，陈秋南藏尸的地方，应该很引人注目，经常可以看到，但没人能猜出里面装了什么。

他笑了一下，确实如此。

对于山林雨破解了他油画上的密码，陈秋南也颇为欣慰。终于，有人看懂了自己的作品。

但是，仅仅两秒过后，陈秋南又感到发自内心的悲伤。可惜啊，愚蠢的普通人。他的谜面那么明显，猜谜人却用正确的思路，得出了错误的答案。

窗外，华灯初上，所有建筑都像是夜行生物，天黑下来，才焕发出各色光彩。

他摸了下手上的钻石戒指。

陈秋南放在桌上的耳机里，依然传来玩游戏的声音。

廖家客厅，山林雨手里拿着游戏机手柄，却没有认真在玩。

廖喜坐在旁边的沙发上，茶几上放着一个笔记本。

王争在浴室里洗澡。

山林雨在本子上写：他在听？

廖喜拿起另一支笔：就当他在听。

山林雨写道：窃听器在哪儿？

廖喜回复：茶几下。

山林雨看了眼：还真有，长什么样？

廖喜赶紧写道：别摸！

山林雨写道：顾老师几时放的，我没看见。

廖喜得意地写道：你，学生；我，前警察。

山林雨写道：下一步？

廖喜想了想，写下：出去说。

廖喜站起身来，朝浴室喊道："老婆，我们下楼遛狗！"

柴犬阿峰听懂了遛狗两个字，开心得满屋子乱窜。

山林雨帮忙抓住它，系上了狗绳，两人便把手机留在家里，牵狗下楼。

走到小区的草坪上，山林雨这才长舒了一口气:“刺激，好刺激。”

“这就刺激了？”

“我还年轻，见的世面少嘛，跟廖老板没法比，”他又一脸佩服地说，“廖老板，你怎么猜到陈秋南会监听我们？”

“你还记不记得，我们去家南公司参加发布会，我打了个喷嚏？就是为了引起陈秋南的注意，他发现我们之后，做贼心虚，肯定会有所动作。”

山林雨瞪大了眼睛:“没想到啊，你那时就开始了啊。”

“那顾老师来放窃听器，你又是怎么猜到的？“

“《无间道》啊,《无间道》看过没？干缉毒那会儿，我当过半年卧底，你忘了？”

廖喜不屑道:“陈秋南这点伎俩，小儿科。我告诉你啊，虽然时代变了，技术进步了，但人性不会变，这些犯罪分子，底层逻辑是一样的。犯了罪，就会心虚，心虚了，就会想尽一切办法，寻找安全感。”

山林雨吹捧道:“姜还是老的辣呀。那这件事，真的不告诉老板娘吗？”

廖喜正色道:“千万别说，怕她受不了压力，也怕她紧张起来，马上露馅。”

山林雨得意地说:“那是，老板娘心理素质没我好，所以我可以知道内幕，她不行。”

廖喜哈哈一笑。

“那接下来呢？”

这时候，阿峰在草坪上拉了泡屎，廖喜指着:“你去把屎捡了，我就告诉你。”

"捡就捡嘛。"

廖喜得意道:"打草惊蛇，这是我第一步计划。接下来就是，引蛇出洞。"

山林雨弯腰捡完狗屎，文绉绉道:"愿闻其详。"

"你看啊，我们怀疑陈秋南把受害者遗体，藏在他别墅的猪里，对吧？然后很自然地通过他的窃听，把这个消息传达给了他，这就是打草惊蛇。"

"廖老板，你觉得，尸体不在那塑像里？"

廖喜摇头道:"不，很可能是。我打个比方，啊，不太恰当的比方。比如你手里拎的这一袋狗屎，就是犯罪证据，现在有人知道你藏匿犯罪证据的地点，还要去报警，你会怎么做？"

"扔掉。"山林雨找到一个垃圾桶，把狗屎扔了进去。

"对，但是还不能直接扔，得转移，转移到更安全的地方。这个转移的过程，就可能会被发现。这就是我的第二步计划，引蛇出洞。"

"妙啊，廖老板，"他想了想，又说，"可是这个蛇出洞了，我们怎么发现？我给顾老师装的木马，可没这个功能。"

"要靠你一个高中生,煮熟的鸭子都飞了。你以为在演柯南啊？告诉你吧，我早就让以前的同事帮忙，具体是谁我就不说了啊，在陈秋南别墅小区的门口，二十四小时监控，看他会不会运什么大件物品出来，一有可疑，立即查车。"

山林雨瞪大眼睛道:"你早知道他别墅在哪儿了啊？"

"查一下不就知道了，虽然不是用他名字买的，但是现在路上摄像头那么多，他经常开车去哪儿，早就在警方掌握之中。他那别墅，就在龙港北边，跟东莞相邻的地方，一个高档别墅小区，都是有钱人住的。”

“那你怎么不早说，还瞒着我，让我装什么木马，搞得这么麻烦。”

廖喜嘿嘿笑道：“你傻啊，告诉你，不就露馅了。”

山林雨愣了一下：“原来我跟老板娘一样，都是演员啊，剧本在你手上攥着呢。”

“麻痹对手，要先麻痹队友，尤其队友心理素质差的情况下。”

“好好好，是我心理素质差，你心理素质好，行了吧？”他眼珠转了一下，“不对啊，陈秋南杀人，一点真凭实据都没有，你找的前同事是谁啊，怎么愿意派人去盯梢？不怕浪费警力？”

“陈秋南这个人，本来经济上就有问题，涉嫌非法集资、洗钱，说了你也不懂，反正两案并作一案，一起查。”

“那如果你猜错了，陈秋南的犯罪证据，没藏在别墅里呢？”

“纠正一点，要是没在别墅那猪里，是你猜错了，不是我猜错了。”

山林雨一时语塞。

廖喜得意道：“说你傻，你还真就冒泡了。别墅能派人蹲守，他公司，还有他住的西海公寓，就不能派人了吗？无论他有任何异动，都逃不过人民警察的火眼金睛。”

“哇！原来廖老板早就布下天罗地网。”

“天罗地网，没这么夸张。这个叫对犯罪嫌疑人实施布控，很常见的方式。再说了，我一个普通群众，哪来的网？不过提供了点线索，做了点微不足道的贡献。”

“你手机不是被监听了吗，这些事情，是怎么做到的？”

廖喜看了他一眼，一副孺子不可教的表情：“我不用手机不就行了吗？把它放家里，我带上现金，打出租车，找到要找的人，当面聊。”

他从口袋里掏出个东西，得意道：“更何况，我还有这个。”

山林雨接过他手上的物件，翻来覆去地看，疑惑道：“这是什么，老人机？”

廖喜笑道：“这是二〇〇一年最新款的诺基亚手机。怎么样，你们〇〇后没见识过吧？比你还老一岁。我告诉你啊，这玩意可比苹果耐用多了，砸核桃都行，都过去十几年了，我换了个新电池，照用不误。”

山林雨感叹道：“这是文物啊。”

廖喜把诺基亚拿回来，朝上一扔，又稳稳接住：“文物就文物吧，反正这个宝贝，别说木马，木马毛都装不进去，我看陈秋南怎么窃听？”

山林雨竖起大拇指：“高，实在是高。”

“十七年前，陈秋南就是靠着两部手机，隐藏了自己作案的痕迹。我这一招叫作：以彼之道，还施彼身。”

“莫非你就是姑苏慕容的后人，慕容喜？”

“少打岔，我正经跟你讲，你多看着点顾老师，她如果往陈秋南别墅的方向跑，你赶紧借同学手机，打我这个诺基亚。我让守在小区门口的同事把她拦住。不然的话，我怕陈秋南狗急跳墙，把顾老师绑架了，要挟我们，那就很被动了。”

山林雨点头：“好，你等会儿告诉我号码。”

廖喜把他宝贝放回口袋：“我不妨实话跟你讲，从上次刮完台风，到现在，一个月了吧，我几乎每天下午都出门。不光去分局，去派出所，找前同事，我还找了许多别的跟当年‘七二三’案有关的人。大部分都没什么用，但是有几个人，提供了相当重要的线索。”

山林雨来了精神：“什么重要线索？”

廖喜神秘兮兮地说：“我告诉你啊，有一条线索，可能指向陈秋南真正藏尸的地方。”

山林雨紧张道：“在哪儿？”

廖喜欲言又止：“算了，先不能告诉你。”

山林雨翻了个白眼：“廖老板，你这是职业病啊，吊人胃口，请听下回分解，是不是还要我给你刷月票？”

廖喜嘿嘿笑道：“你别管了。总之，除了这条线索，我还发展了一个特勤，啊，就是你们说的线人。陈秋南一有风吹草动，他就会打我这个电话，跟我汇报。”

山林雨惊讶道：“廖老板，你是怎么说服他的？”

“不用我出马啊，我请了另一个人，男女老少都喜欢的，特别有说服力。”

廖喜伸出右手，做了个数钱的姿势。

“原来是使出了钞能力。”

廖喜嘿嘿一笑，得意道：“我也不是吹牛，找线索，我不如你爸，找线人，他比我差多了。

“十七年前，你爸预言了科技发展，预言了刑事侦查技术的进步，他说的都对，但是也不太对。无论技术怎么进步，有时候查案子，还是得走群众路线，排查，走访，蹲守，就得靠这些苦功夫。案子是人做下的，破案当然也得靠人。人就是一切。”

廖喜自嘲地笑笑：“那时候啊，你爸呢，习惯动脑子，动手记；我负责什么，负责开口问，还有跑腿。那些年真的没少跑啊，跑来跑去，案子就这么一个个破了。十七年过去了，我还是在跑，看起来，我就这个命。”

山林雨点头道：“嗯，以后由我来动脑动手。”

廖喜在他头上敲了一下:“省省吧你,就你这脑子,还不如阿峰呢。”

山林雨抱头喊疼:“廖老板,那现在网都布好了,什么时候收网?”

廖喜皱眉道:“得尽快啊,不知道这个陈秋南,到底有多沉得住气。如果他不动,我们还得再想想办法,刺激他动。”

“为什么,怕夜长梦多?怕时间长了,你自己心理也承受不了?”

廖喜摇摇头:“不,是另一个原因,一个特别严重的原因。我这么天天往外跑,哪有时间码字?”

他抬起头来,仰天长叹:“再不快点搞掂,存稿不够发了啊。”

十九

陈秋南有些担心。

他像往常一样，站在窗前，俯瞰脚下的世界。不知道为什么，这一次，他有些头晕目眩。

大地仿佛在摇晃。被路灯点燃的公路，像是一条辉煌的巨蛇，随时会抬起上半身，将自己吞噬。

陈秋南闭上眼睛，深深吸了口气。

有些事情，不太对劲。

过去的十几年里，他喜欢在台风来临之前，让“动物”结束生命，完成献祭。是的，他喜欢这种感觉。台风是一种强力的自然现象，会清除掉地面上原本就不牢靠的事物。它们本就是衰竭的、多余的，甚至有害的，这些东西，缺乏存在的必要性及合理性。

然后，一切又是新的开始，世界进入下一个轮回。

台风，简直就是地球的抗生素。

陈秋南热爱台风，他也熟悉台风。所以他知道，不管是多强烈的台风，在最中心的位置，都是宁静的。

台风眼。

陈秋南怀疑，此刻的自己，就处于台风眼之中。

一切都太安静了。

对廖喜跟山林雨的监听，这一星期以来没有任何进展。这两人自始至终，坚定不移地相信，别墅里的铜猪雕像，就是他藏匿任远辰尸体的地方。

还有，据手下汇报，姓廖的那个家伙，早上用电脑写作，下午写得很少。他是习惯如此，还是在用别的电脑写，又或者跑出去做了什么？

他们真的有那么愚蠢，那么自以为是吗？或许，这两人比自己想象的聪明，他们意识到自己被窃听，所以刻意回避了有关的话题？

陈秋南又有些懊悔，这些年来，他确实放松了警惕，没严格要求“动物”，让她们都用另一部手机跟自己单线联系。姓廖的跟姓山的，会不会从顾惜羽的手机上，已经得到了更多的信息？

陈秋南越想越怕。

说不好，到头来，愚蠢的、自以为是的就是他自己。

陈秋南的怀疑绝非毫无根据。公司楼下、公寓楼下，甚至别墅小区门口，那些可疑的车、可疑的人。或许，是自己多心了，但万一不是呢？万一自己所有的秘密，都被廖喜，被山林雨，被他们背后的某种力量，洞悉得一清二楚？

逃。

这么多年来，陈秋南第一次想到了逃跑，第一次感觉到害怕。不，是第二次。真正的第一次，是在十七年前，两个年轻刑警到他家里时。

他躲在门后偷听，那个叫山林雪的男人，问陈盈盈：您一个人住吗？

陈秋南至今记得，当时他裤裆里温热的感觉。

他摸了下手上的钻石戒指。要是当年，他们再坚持一下，推门而进，那么一切都完了。他们会发现裤裆跟地板上的痕迹，然后进一步审查。

幸好。

站在窗前的他，又开始愤怒了起来。为什么？为什么这两个人，冤魂不散的这两个人，姓廖的早就不当警察了，是个过气网文作者；姓山的更过分，他自己早就死了，居然还有个儿子，也来跟自己作对。

为什么？为什么有这样的人，要破坏他的宁静，剥夺他在世界上仅有的乐趣？

“杀掉他们。”另一个声音对陈秋南说。

他喃喃自语道：“杀，容易，杀了之后怎么办？”

是啊，设置一个陷阱，弄死这一老一小，真的不难。问题是，他们背后的家属呢？廖喜当过警察，山林雨是警察的儿子，他们两个人死了或者失踪了，警察一定不会善罢甘休的。警察是一个群体，他再强大，再张牙舞爪，在这个群体面前，也只是铁拳下的蝼蚁。

陈秋南瑟瑟发抖，小腹之下，升腾起一股奇妙的感觉。

他努力控制住自己，视线往上抬升，看向某一个地方。

不行，为了妥当起见，这个东西，一定要处理掉。转移，然后彻底毁灭。不能留给姓廖的跟姓山的一丝一点的证据。

这个时候不能意气用事。留得青山在，不怕没柴烧。十七号的标本算什么？过了这一关，他以后可以有二十七号、三十七号，甚至六十七号“动物”。

陈秋南冷静了下来。他回到办公椅上坐下，闭上眼睛，进入到冥想中。

他在想，如果自己是廖喜或者是山林雨，会怎么想呢？这两个人，为了一桩十七年前的案子，为了死去的战友和父亲，不屈不挠，如今胜利就在眼前，他们会怎么办呢？

一定会心急吧。

心急的话，那就会出错的。

陈秋南点燃一支雪茄。袅袅的青烟中，他做出了决定。

他不会逃，他也不想杀。逃的话，就输了，杀的话，也一样是输。这两者中间，一定存在着更合理的方案。

陈秋南想赢，不，说赢也不太恰当。他想要的，是游戏继续。

十二月的第一个星期一，上午十点多，廖喜正坐在电脑前，奋键盘疾书。这时候，抽屉里传来一阵响动。不是那台智能手机，而是被山林雨称为文物的诺基亚，他的秘密电话。

廖喜接起电话，却是山林雨借同学的手机打过来的。

山林雨慌慌张张地说：“廖老板，陈秋南要去香港了。”

“上课又玩手机！”

“就这周五，香港有个商界精英论坛，邀请陈秋南参加。他发了微博，说自己会去。廖老板，你说，他会不会趁机跑路啊？”

“他微博我看了，应该不会。并且也没发现他转移资产的迹象，他到了境外，就是个穷光蛋。”

“万一他什么都不要了呢，直接就跑？”

“理论上存在这样的可能。不过，真要这样，我们也没办法。”

山林雨着急了："不能申请个什么限制出境，把他拦下来吗？"

"人家是知名企业家，现在无论经济案件也好，刑事案件也好，都只是怀疑，没有切实证据。他去香港，是正常商务活动，怎么能抓他呢？"他叹了口气，"没有证据啊。"

"那怎么办？"

"等。"

山林雨沉不住气了："等，等什么？"

"不知道啊，等风来吧。"

"都什么时候了，还开玩笑，风要是不来呢？我们就眼睁睁看着他跑掉？"

"是这样。"

上课铃响了，山林雨连再见也没说，气冲冲地挂了电话。

廖喜放下电话，摇了摇头。山林雨着急，他能理解，他自己就不着急吗？可是，能有什么办法呢？

只能等。

如果陈秋南真的要外逃，肯定有其他动作。

漫长的两天过后。星期三，上午十点，廖喜终于等到了这阵风。

那是另一个人的电话，同样打到那部诺基亚上。

手机在抽屉里振动的时候，廖喜正趴在电脑桌上。他睡着了，做了个梦。

无边的黑暗里，有一具白得发光的女尸，仰躺在地上。

廖喜屏住呼吸，走了过去。

女尸慢慢坐起身来，她脸上的五官，正在不断游移，不断变换。一会儿是袁静梅，一会儿是兰姐，一会儿是许静，最后，变成了任远辰。那张脸，他只在照片上见过。

任远辰嘴唇翕动，却没有发出任何声响。然而，廖喜还是听懂了。

她说：“你终于找到我了。”

廖喜惊醒时，发现自己满头大汗。

诺基亚还在不懈地振动，他赶紧拉开抽屉，接起电话。

“廖警官？”

廖喜努力让自己清醒：“嗯，什么事？”

电话里的线人告诉了廖喜一个消息，一个关于家南大厦的消息。

就是这个消息，验证了廖喜之前的怀疑，他心里有了七分把握，陈秋南一定是把受害者遗体藏在那个地方了。

是啊，那个地方，引人注目，特别引人注目，只要路过家南大厦，就可以看到。而且，绝对没人能猜出里面装了什么。

一定是了。

廖喜不禁有些佩服自己。等阿雨知道了自己的推测，他也会很佩服吧。

为了他心里剩下的三分把握，廖喜决定，下午出一趟门。

临出发之前，廖喜把他目前的所有猜测都写在一张纸上，然后藏在抽屉里。要是自己遭遇不测，山林雨也可以继续自己的思路，接着去破解谜题。

关上抽屉的时候，廖喜自嘲地笑了笑：“什么鬼，是电视剧看多了吧。”

他拉开抽屉，把那张纸揉成一团，扔进了垃圾桶里。

廖喜跟王争打了声招呼，带着诺基亚跟现金，又拿上了奔驰车钥匙。

他要去布古，找刘大羽。

刘大羽跟刚才打电话给他的线人一样，都是当年“七二三”案里，他跟山林雪的调查对象。

十七年前，刘大羽在布古开广告公司，现在也还在开。十七年前，那个线人在当保安，现在也还是保安。

十七年后，廖喜已经从刑警变成了网络小说家，但他现在干的，却是编外警察的活。十七年后，牺牲的那个刑警的儿子，也梦想着当一名警察。

原来过了那么多年，所有人的生活，都只是当年的延续。

路上有点堵，四十多分钟后，廖喜在广告公司的办公室里见到了刘大羽。

刘大羽的表情，稍微有些不自然。

“哟，什么风把你吹来了？”

廖喜伸出手来：“刘老板，手机给我。”

刘大羽不解其意，还是乖乖交出了手机。

廖喜把他手机关掉，放到一边。

刘大羽开始泡茶：“廖作家，喝茶。”

“不喝茶，谈正事。”

“什么正事，搞那么严肃？来，我们一边谈，一边喝。”

廖喜开门见山：“上次我来找你，说起陈秋南。你说，家南大厦天台上那四个巨型立体广告字，‘家南科技’，是你做的，对吧？”

“对啊，陈总他是布古人嘛，发了财，也不忘关照我们布古的企业，好人啊。”

“那几个字是谁设计的？”

刘大羽挠挠头:“不知道啊，是他亲自发的设计稿。不过，是他自己做的还是员工做的，我没问。怎么了？”

“设计稿能找到吗？”

刘大羽到办公桌面前，翻了一下，打印出一张设计稿。

廖喜接了过来，指着家南科技其中的家字，仔细研究。

“你看，这个家字，最上面的这个点，是不是像一个圆形，像个零？”

刘大羽一头雾水:“对。”

“宝盖头下面这部分，像屋顶这个冖，两边缩了进去，像个一字，对不对？”

刘大羽喝了口茶:“对。”

廖喜自言自语道:“家字里的这个豕字，一二三四五六七，刚刚好是七画。靠，那么明显，我怎么才想到？”

刘大羽皱着眉头:“廖作家，你来找我，就是为了研究广告字？怎么了，你也想做？”

廖喜冷笑道:“什么广告字,我告诉你,这就是陈秋南的犯罪证据。”

刘大羽嘴角抽动道:“别吓我啊，廖作家，什么犯罪证据，不就是个广告字吗？”

廖喜端起茶杯，一饮而尽:“我问你，你给陈秋南做的这几个字，是什么时候做好的？”

刘大羽回忆道:“去年吧，去年八九月份。”

廖喜提醒道:“是不是有个台风，刚过没多久？”

“应该是吧。”

“这些广告字，是什么材质的，每个有多大？”

"不锈钢喷漆。尺寸啊，我想想啊，特别大，四米乘六米吧。对，宽四米，高六米。"

"是中空的吗？"

刘大羽眨眨眼睛："对啊，中空的。"

廖喜深吸一口气："那这个中空的字里，比如说，你看家字中的这个豕，里面能放东西吗？"

刘大羽犹豫了一下，低声道："能。"

廖喜突然一拍桌子，大声道："你给我交代，里面都放了什么！"

刘大羽吓了一跳，整个人靠到沙发背上："没，没放什么啊。"

廖喜冷笑一声："刘老板，我们认识那么多年了，我也不吓唬你啊。我现在不是警察，所以跟你是作为朋友在聊天。广告字里有什么，你可以现在告诉我，要不然，你也可以告诉布古派出所的陈所长。你要是嫌陈所不够大，想直接跟龙港分局的郑局讲，我也能帮你安排。"

刘大羽冷汗就下来了。

他捏起一个茶杯，还没送到嘴边，茶水已经洒了大半。

"刘老板，你告诉我，去年八月，台风'天鸽'过后，到底发生了什么？要是不关你事，我保你没事，如果你是陈秋南共犯，现在立刻告诉我，我的面子在龙港还是好使的，到时给你争取从轻处理。"

刘大羽放下茶杯，表情痛苦道："廖队，我说，我说。"他深吸了一口气，"可陈秋南往里面放了什么，我真的不知道啊！"

"怎么回事？你慢慢说，不要急，一点细节都不能漏。"廖喜抑制住看向旁边沙发的冲动，自己在办公桌上找到纸笔，开始记录。

刘大羽交代，大概是在去年八月初，陈秋南找到他，要加急制作几个广告字，替换掉楼上原有的。陈秋南的说法是，到了九月份，公司会更新视觉识别系统，配套的广告字也要换。时间比较急，价钱不是问题。刘大羽便接了这张单。

到了八月下旬，台风过后没几天，陈秋南突然亲自到广告公司找刘大羽，并提了一个奇怪的要求。他说他遇见了个特别厉害的大师，给了他一尊神像，让刘大羽放进广告字里，说这样一来，他的公司马上就能上市。

刘大羽当时觉得没啥问题，让陈秋南把神像给他，他交代工人放进去。

可陈秋南不同意，他说大师交代过，必须在指定的吉时，凌晨三点钟，由陈秋南自己放进去，才能灵，还得他自己封好，整个过程不能有其他人在场。并且这个神像，他还要放进家字中豕的部分。

刘大羽当时觉得很麻烦，因为这个广告字焊接起来有些复杂，如果没焊好，脱落了就完了。所以他跟陈秋南提议，在豕字上面的一横中间那里，切出一个口，切下来的钢板放旁边，到时再焊上就行，他让工人再加固。

陈秋南当时特别在意豕的一横跟下面的部分是不是连通的。还问说神像有个七八十斤，放进去以后，铁架子能不能承受得了。

刘大羽当时还重新看了设计图，确定了字的上下部分是连通的，并保证了铁架子的质量，因为不锈钢字本来就很重，铁架子本身就留了余量的，他回头再交代工人焊牢一点，不成问题。

陈秋南很满意，并嘱咐刘大羽，让工人把开口留大一点，他还比画了一个大小，大概是一个人肩膀的宽度。

刘大羽当时很吃惊。不过陈秋南跟他说，帮了这个忙，以后还有单。刘大羽便没再问什么了。

廖喜把刘大羽说的，都记在了纸上。

刘大羽回忆完当时的情景，问道："廖队，这个陈秋南，他往里面塞了什么啊？"

廖喜哼了一声："明知故问啊。刘老板，你那么聪明，会想不出来？"

刘大羽哭丧着脸："我是真的不知道。"

"好，那就当你不知道。你那个工厂车间，有监控吗？"

"没有。"

"字装上去之前，有没有称重？"

刘大羽摇头："没有，没这个环节。"

廖喜把纸撕下来，叠好，放进口袋："行，我就了解到这里。"

刘大羽吓得满头大汗："廖队，如果陈秋南他……他真的在里面藏了什么东西，我有罪吗？"

"你只要没亲眼看见，问题就不大。不过，我提醒你啊，刘老板，要是你走漏风声，甚至故意通风报信，导致犯罪嫌疑人逃脱，这个问题就很大。"

刘大羽双手合十："不可能，廖队你要相信我，绝对不可能。"

廖喜看了他一眼："那就好。"他喝了口茶，站起身来，走出办公室。

刘大羽坐在沙发上擦汗，廖喜突然又折了回来，脸上表情凝重。

刘大羽吓得站了起来："廖队，怎么了？我知道的都说了，你相信我。"

"不是，那个……刘老板，有烟吗？"

办公室里，顾惜羽闻了闻自己的手指。

一股烟草的臭味。

昨天晚上，她一个人在家，抽了半包七星，又喝了五瓶福佳白。听人说，抽烟喝酒可以缓解焦虑，但她试完之后，发现并非如此。

自从给山林雨家访之后，陈秋南就冷落了顾惜羽，这几天，更是完全不回复她任何信息。顾惜羽昨晚喝完酒，想要打电话给他，这才发现，自己根本没有他的电话号码。

这是怎么了？

此刻，办公室内，顾惜羽木然呆坐，心里闪过一万个念头。

是他交代的任务我没有完成好吗？

是他厌倦我了吗？

是我惹他生气了吗？

顾惜羽痛苦万分，我到底做错了什么？

没有了陈秋南，没有这个给她下命令的人，顾惜羽的生活好像失去了所有目标，变得一片空白。顾惜羽这才领悟到，原来，自从最初的相遇，之后她人生所有的意义，都是由陈秋南赋予的。

过去的几个月，从陈秋南那里领取任务，克服困难完成任务，再上交给陈秋南，这一系列的动作，已经在顾惜羽的大脑里形成了一种奖赏回路。如今，这个唯一的多巴胺来源，正要离她而去。

这是她绝对无法接受的。人就是这么一种可悲的动物，无论因为什么成瘾，当那个原因要跟自己分隔开时，都会歇斯底里，痛不欲生。

顾惜羽突然想到：对，山林雨，或许山林雨知道些什么？

她就像溺水的人，山林雨是她的救命稻草，于是她冲出办公室，朝教室跑去。

此时是上午最后一节课，英语老师正在讲解语法。顾惜羽不管不顾，冲上讲台，却看见山林雨的座位上空空如也。

顾惜羽大喊："山林雨，山林雨呢？"

英语老师眨巴着眼睛："他说身体不舒服，请假了。"

"我是班主任，他没来找我开假条，怎么请假？"

英语老师耸了耸肩膀："谁知道，那他逃学了吧。"

此刻，逃学的山林雨，刚刚翻出围墙。

第三节课下课时，他看到了廖喜发到同学手机上的信息。

非常简单的两个字：速回。

这是他们约定好的暗号，意思是：情况紧急，手机别带，学校后门见。

山林雨便把手机塞书包里，趁着下课，偷摸走到后门附近的围墙，再翻身一跃。

奉旨逃学，就有这么刺激。

跑到学校后门，山林雨一眼认出了那辆红色奔驰。

车窗缓缓下降，廖喜喊道："快！上车。"

车内空调开得很足，山林雨坐在副驾驶上："上着课把我喊出来，有什么大事？"

"跟我走就知道了。"廖喜一脚油门，这辆红色的买菜车，载着两个干大事的男人绝尘而去。

"我上午从龙港出发，去了布古，现在接了你，再去科技园，真的是一路向西啊。"

山林雨打趣道："一路向西？果然是带我去转大人？"

廖喜皱眉道："也算是吧，另一种形式。阿雨，不跟你开玩笑，我们接下来要去做的，非常危险，如果你害怕，我现在就掉头。"

“激将法啊。廖老板，你激也一样，不激也一样，这个大人，我转定了。”

廖喜嘿嘿笑道：“好，有种。”

“我们现在去干吗？”

“吃饭。”

“吃完饭呢？”

“给你介绍个人，挺有意思的，你爸也认识。”

二十

吃午饭的时候，廖喜跟山林雨讲了广告字，讲了刘大羽，讲了去年台风过后陈秋南放进去的所谓神像。

不出他所料，山林雨听得目瞪口呆，连呼廖老板厉害。

“这样就破案了吧，我们报警，把广告字拆下来，找出尸体，完事。”

廖喜还没回答，山林雨自己想了想：“不对，要是这样，你就不会喊我出来了。”

廖喜夸奖道：“聪明，你知道为什么不能报警吗？”

山林雨学着廖喜的语气，叹气道：“没有证据啊。警察也很难办。他们要是真跑去拆，里面有东西还好，没东西的话，就太被动了。说不定陈秋南转过头来，还要把警察连我们一起告了。”

“没错，那你说，接下来我们怎么办？”

“要是拍电影，那我们就穿上夜行衣，到了家南大厦天台，爬上铁架子，切开那个广告字，然后……”他突然呆住了，“廖老板，我们真要这么干？这就是你说的转大人？”

“具体流程跟你说的不太一样，但是事情嘛，就是这个事情。怎么样，现在怕了没？怕的话我送你回学校。”

“我怕个鬼哟，生死看淡，不服就干。”

廖喜拍拍他肩膀：“这个事情，别人也信不过，而且万一出事了，连累别人，我过意不去。”

山林雨打断他：“不是啊廖老板，连累我你就过意得去？”

“你怎么算连累，办这个案你是主角啊，我是狗头军师，给你出谋划策的。”

山林雨跃跃欲试：“廖老板，你说吧，要怎么干？”

“是这样，他那个广告字是不锈钢的，我们要把它割开，就要用到消防切割机。你有没有见过，就是个圆锯一样的东西。那切割机很沉啊，你廖老板肩膀受过伤，体力支撑不了，所以只能你上了。”

山林雨卷起袖子：“我行，我上！”

廖喜给了他一个赞赏的眼光：“反正到了晚上，我们先这样，然后这样，再反手一个这样，嘿，完事！”

吃完午饭，廖喜带着山林雨到了科技园附近的一栋员工宿舍楼。

他们要找的中年男人，此时还穿着一条三角裤，在床上呼呼大睡。被舍友叫醒后，他才懒洋洋地起床，胡乱套上一条制服裤子，仍然裸着上半身。

廖喜给他打包了一个盒饭，那人接了过去：“谢了啊，廖老板。”

他突然睁大眼睛，看着山林雨：“像，真像！”

“这位是？”山林雨问道。

廖喜介绍：“黄邃，你叫他黄叔就行。十七年前，他也是‘七二三’案的嫌疑人之一。”

“哦哦，我知道了，偷走袁静梅手机的那位。”

黄邃赶紧纠正:“是拿，不是偷。”

他从床上起身，关好房门，又端起盒饭，一边吃一边说:“对，就是我。当年啊，你爸跟廖警官来查我，我那时还小嘛，比你现在还小，说自己趁小姐酒后把她弄了，哈哈哈，都是吹牛的，结果麻烦大了，被另一个叫什么的警察，抓去派出所问话。”

廖喜笑道:“你现在知道了吧，东西可以乱吃，话不能乱讲。”

黄邃嘴巴里塞满了饭，含混不清地说:“知道知道，审了我半天，把我放了，本来也没事嘛，结果公司就不要我了，说我不适合当保安，让我卷铺盖走人。我那个冤哦，工资还没发，我连饭都没的吃。”

黄邃用塑料勺子指着廖喜:“多亏了廖警官，好心啊，看我可怜，借了我三百块。嘿嘿，当然后来也没还。小兄弟，你都不知道，那时候三百块有多大，跟现在可不一样。”

山林雨看着他的制服裤子:“所以说,黄叔现在也还在当保安。”他恍然大悟道，“我知道了，是在家南大厦当保安！”

黄邃又纠正:“不是保安，是保安队长。”他把一口饭咽下去，“可惜了，你爸死得早，要不然我看他那派头，起码也能当个所长。”

廖喜揽着山林雨肩膀:“还记得那天吗，我在楼下抽烟，说看见了个熟人，就是他。”

黄邃嘿嘿笑道:“巧吧，以前我给盈姨当保安，现在给她儿子当保安。不过这个陈秋南，贵人多忘事，他没认出我。”

山林雨点头:“我知道了，黄叔就是你说的线人，给我们通风报信的。”

“没错，你黄叔上午打电话给我，说行政部发了通知，明天上午会有人来清洗楼顶的广告字。”

“我知道了，他肯定是买通了人，趁着这个机会，把广告字里的遗体搬出来，然后毁尸灭迹，”山林雨想了想，“不对啊廖老板，你不是说，大厦楼下有警察守着吗？他们把尸体运出来，到时拦下不就行了？这不就是你说的，打草惊蛇，然后引蛇出洞？”

廖喜摇了摇头：“你知道他什么时候去香港吗？”

山林雨愣了一下：“明天早上？”

“对，所以你看出来了吗，这个陈秋南，如意算盘打得太响了。后天开会，但他明天一大早就出发去香港。他在那等着这边的回复，如果一切顺利，开完会，大摇大摆地回来，继续当他的董事长；要是出了问题，他拔腿就跑，到时再想抓他，难咯。”

山林雨骂道：“这个狗东西。所以，我们必须今晚就动手。如果在他出境之前把证据找到，马上就能报警抓人。”

廖喜深吸了一口气：“事到如今，只能放手一搏。要是这次让他逃了，不知道还要等几个十七年。阿雨，你还年轻，你能等，我不一定了。”

“廖老板，别这么讲。”山林雨说道。

黄邃揶揄道：“小兄弟啊，你是不是怕了？怕就直说啊，没什么不好意思的，换了我，我也怕。楼那么高哟，楼顶风多大你知道不，吹得人是东歪西倒啊。那个大铁架子在天台边缘，你要是不小心掉下去，那可不是摔在天台上，直接就到楼底了。到时啊，捡都捡不起来，得拿铲子铲。小兄弟，我看你还是处男吧？女人的味道都没尝过，要是摔死了，那可就亏大了。”

山林雨急了：“谁说我是处……不对，谁说我怕了？”

黄邃往嘴里塞了半个卤蛋，含混道：“不怕就好，急什么？”

廖喜笑道："你别吓他，掉不下去的，有安全绳绑着呢。"他转过头来，看着山林雨，"你黄叔说的，也不是完全没有道理，这个事情，你还得好好考虑。"

"没什么好考虑的，干就完事了。廖老板，十七年了，不光你等不了，我一样等不了。"

山林雨激动起来："实话告诉你，廖老板，别说十七年，我一天都不想等。我爸临死之前，唯一牵挂的，就是要抓住这个陈秋南。还有啊，你以为我不担心顾老师？万一她出了事，我一辈子也过不了这个坎。就像我爸死了这么多年，廖老板，你能过得了这个坎吗？"

廖喜苦笑了一下，没有说话。

"只要能把陈秋南送进去，铁架子是吧，别说有绳子绑着，没绳子我都敢爬。"

黄邃打了个嗝："小兄弟，戏过了哈。大风一吹，你就落地成盒啦。"

山林雨瞪了他一眼，又问道："廖老板，接下来怎么安排？"

"我有个朋友，公司在科技园附近，就是做高空清洗的。下午我们先去他公司，熟悉下安全绳、切割机什么的要怎么操作，然后再跟他借一套设备，服装什么的，装装样子。"

他看着黄邃："到晚上，就要看黄队长的了。"

黄邃嘿嘿笑道："小事，今晚我值班，把你们放进去就行。有人问起，我就说是明天洗广告字的人提前来了。不过等你们把陈秋南抓起来，这公司估计也完蛋了，我又得去找工作咯。"

说完这句话，他便用眼睛瞟着廖喜。

廖喜拍拍他肩膀："这个你放心，我心里有数。也不一定要找工作的嘛，拿笔钱玩个一两年，不也挺好？"

黄邃喜笑颜开："谢谢廖警官，廖警官好人有好报。"

两人跟黄邃商量好时间，便出了保安宿舍。

上车后，山林雨有点不放心："廖老板，这个保安队长，信得过吗？你能给他钱，陈秋南也能给啊，不怕他转过头去通风报信？"

廖喜笑道："他又不傻，钱拿到手，要花得安心才行。再说了，陈秋南这么变态，黄邃跑去找他，不怕被杀人灭口啊？"

"也是，换了我，我也不敢。"

"这个你就别担心了，我吃的盐比你吃的饭都多，看人的本事还是有的。你有这精神，担心下安全绳怎么套，切割机怎么用吧。"

"到时你也上去吗？"

"你说那铁架子？我可不爬，我肩膀有伤，还恐高。我就在架子下面给你守着。"

山林雨皱眉道："不对啊廖老板，我怎么感觉被你坑了？"

"你要是现在后悔啊，那就……"

"送我回学校？"

廖喜笑道："那就来不及啦。"

二〇一八年，十二月六号，星期四，凌晨一点。

夜黑风高，三十三楼天台上，家南科技四个巨型广告字发出刺眼的红光。

红光笼罩中，有两个鬼鬼祟祟的人影，其中一个是四十多岁的中年男人，另一个是没成年的毛头小子。他们身穿清洁公司制服，整张脸被光线染成红色，如同游戏人物般，显得不太真实。

山林雨在铁架上绑着安全绳，廖喜在旁边指手画脚。

"不对不对，你这样绑不对，应该这样，然后这样，最后再这样。"

山林雨一脸哀怨地看着他：“廖老板，要不你来？”

“那不行，这个责任太大了，还是你自己绑。”

山林雨无奈地叹了口气，低下头继续绑绳子。

风从很远的地方吹来，又刮到很远的地方去。在风与风之间的间隙，廖喜抬起头来，看向那发着红光的广告字。他翕动鼻翼，嗅着空气里若有若无的血腥味。

四个广告字，家南科技，其中的家字，最上面的点像〇，中间是一，下面的豕字，刚好七画。

〇一七。

陈秋南的〇一七号作品。

到底是怎样的天才才会想出这样变态的做法？把尸体藏在大厦顶楼的广告字里，每天都会被无数的人看到，尤其在夜里。受害者躺在中空的字体里，沉浸在无边黑暗中，而广告字发出的耀眼红光，在几公里外都能看见。多么绝佳的反讽。

无数人注视着这个广告牌，没有一个人知道，里面藏了尸体。

不，或许在地面上竖立着的，无数的广告字，雕塑，招牌，甚至建筑本身，这些城市中最显而易见的、堂而皇之的、光天化日之下的人造物里，都隐藏着不为人知的秘密。

所谓不为人知，就是作为人类的我们，明明生活在周围，却一无所知。

或许百万年以后，人类都灭亡了，这些广告字、雕塑、招牌，甚至建筑本身，有一部分遗留了下来，保存在地层里。新的智慧生命统治地球，它们也进行考古，把这些遗迹连同里面的秘密，都挖掘了出来。它们会发现，哇，这个史前物种，热衷于谋杀和藏尸。

“廖老板？”

廖喜这才发现，山林雨已经绑好了安全绳，准备往铁架上爬。

廖喜弯下腰，从地板上抬起消防切割机，这个大型圆锯般的机器，长长电线的另一端已经接在天台的插座上。

山林雨开始攀爬铁架，他所在的位置，是家字的左下方。

“廖老板，你觉得会在哪儿？”夜风中，他的声音断断续续。

“你看啊，这一个家字，六米高，下面的豖有个三四米，是中空的，横跟下面的弯钩连着。人肯定是竖着放进去的，那就掉到了弯钩底下，或者在中间卡着。”

山林雨爬到了铁架子上，豖字的弯钩左边，他脚底跟广告字底部平齐，两手位置刚好就在弯钩中间。

呼呼的风声中，他大喊道：“这里？”

廖喜也大喊着回复：“对！”

“切割机！”

廖喜便不顾左肩酸痛，使出浑身力气，将切割机高高举起，方便山林雨弯腰来接。

山林雨突然脚一滑。

廖喜大喊：“小心！”

山林雨勉强稳住，朝廖喜一笑：“没事。”

他接过切割机，直起身子，站在豖字左边的侧面，调整姿势。他双脚紧紧攀附着铁架，举起切割机，摁下开关。

切割机上的圆形锯片飞速转动，发出嗡嗡的声音。

山林雨将切割机横摆，以水平方向接触不锈钢的广告字体，也就是弯钩的左侧面，两撇之间的位置。

一阵火花飞溅。

按照之前的计划，他需要切开三十厘米见方的缺口，再用强光手电筒探视，就可以确认里面是不是真的藏着东西。

这绝不是一件轻松的工作。切割机很沉，他还要小心翼翼，避开字体边缘的灯管跟电线，以防触电。

山林雨满头大汗。额头上的汗淌了下来，流入眼睛，带来刺痛和模糊，但他没有工夫去擦。

廖喜也满头大汗，即使他只是站在铁架子上，仰头注视着山林雨。楼顶上风很大，他本不应该觉得热，但他确实觉得热。

边长三十厘米的正方形有四条边，山林雨已经锯开了上边的、左边的、右边的，他开始锯最下面的一条边。

真相即将揭晓。

廖喜嗅到，风中那股不祥的气息，越来越浓。

山林雨锯出了一个歪歪扭扭的正方形。

他身体后仰，皱着眉头，欣赏自己的消防切割处女作。

然后，山林雨关掉切割机，把锯片往缝隙里推了一下，再利用杠杆原理，往外撬动。

正方形的不锈钢片掉了出来，像一片废纸，在半空中飘荡。

廖喜不顾危险，跳起来抓住了钢片，手掌毫无疑问地被刮破了，流出又甜又锈的鲜血。

但是他只能如此，不然万一钢片掉到楼下，砸中了小朋友或者花花草草，都很危险。

山林雨喊道："什么鬼！"

他身体后仰，几包黑乎乎的东西，从缺口里掉了出来。

廖喜连忙退后，那几包东西摔在天台地面上，溅起一阵灰尘。

廖喜定下神来一看，却是几包活性炭。

刚装修完的房子，经常会有这样的活性炭，散放在各处。

用来吸附异味。

廖喜抬起头来，从山林雨身旁望了进去。

三十厘米见方的缺口里，有一个塑料之类的东西，反射着刺目的红光。

被抽成真空的薄膜下，是一张侧脸的轮廓。

廖喜迷糊了起来。

那张人脸，慢慢转了过来，面朝廖喜。几层真空薄膜覆盖下，极度脱水的嘴唇，居然缓慢翕动。

没有任何声音，但他却听见了。

“你们终于找到我了。”

“救我。”

突然之间，一股巨力撞向廖喜左肩，他站不住脚，整个人掉出天台围栏。

山林雨听见响动，朝下看去。

天台上多出了个人。

“廖老板！”

廖喜双手紧紧抓着围栏，身体挂在一百米高空，被风吹得左右晃动，像一个巨型钟摆。

被钢片割破的手不断流出鲜血，渗进了围栏水泥的缝隙里。

多出来的那个人，身穿黑色西服，被红光笼罩，犹如披着一身的累累血迹。

“去死吧。”他走近围栏，要去掰廖喜的手指。

山林雨怒吼：“陈秋南，我操你大爷！”他从铁架上一跃而下，膝盖撞上陈秋南的脸。

陈秋南向后滚去，倒在地上，山林雨没收住力，额头同样磕在了地上。

山林雨很晕。

但是他不能晕。

山林雨挣扎着起身，狂奔两步，扑在围栏上，抓住廖喜的手腕。

廖喜抬起头来，笑着说道：“阿雨，我没事，阿雨。”

他底下便是无尽的深渊，灯火辉煌的公路，像一条游动的巨蛇，等着把这个男人吞噬。

山林雨弯下腰去，双手抓住廖喜腋下，努力向上拉扯。

山林雨咬牙切齿道：“我不会让你有事。”

身边却有人鼓掌。

是陈秋南。

“好啊，像看电影。”

山林雨无暇后顾，他手上是十七年生命里，如同父亲一般的依靠。即使身后是一只发怒的巨熊，他也无暇后顾。

他只能拼命拉扯。

他听见，陈秋南拍拍肩上的尘土：“可惜了，这套是伦敦萨维尔街的高定啊。”

陈秋南走了过来，从口袋里掏出了什么东西。

“麻烦啊，虽然这个人是来偷东西的，不小心失足掉到楼下去，可还是麻烦，得给很多律师费，才能摆平。”

他笑道:“哈哈哈哈，不过幸好你不火啊，要是出名的小说家，那就更难办了。”

廖喜大喊:“你跑不掉的！”

“是吗？”

什么尖锐的东西，突然抵住了山林雨的颈动脉。

风声呼呼作响，震撼着每个人的耳膜。

“另一个是怎么死的？分赃不均？不对不对,另一个人失踪了。连十七号‘动物’，一起处理掉吧，多出一份钱而已。”

锐器离开了山林雨的颈部，下一秒，狠狠刺入山林雨右臂。

山林雨吃痛，右手一松，廖喜整个人只靠一只手拉着，悬挂在他左臂下面。

锐器从山林雨右臂拔出，绕过身后，又转移到了左边。

山林雨突然喊:“别闹，快帮我一把！”

陈秋南愣了一下:“什么？”

“你弱智啊？快帮我把他拉上来，再杀了，放进字里面就行，掉下去麻烦就大了！警察一来，我们谁也跑不了！”

陈秋南停止了动作，大脑飞速运转。

莫非这个姓山的，识时务者为俊杰，加入了他的阵营？

不不，也可能是他跟姓廖的原本就有过节，所以借刀杀人。对，这个姓山的，一直在恨姓廖的，恨当年死的不是他，恨那么多年来他一直僭越父亲的地位。

如果真是这样，跟姓山的合作，当然比让姓廖的掉下去要好。姓山的说得有道理，警察本来就怀疑自己，这次还想置身事外，他的把握也不大……

不。

陈秋南哈哈大笑起来:“想骗我？你再练个一百年吧！”

笑声回荡在风声里，以至于他没有听见身后的脚步声。

下一秒，切割机砸中了他后脑。

陈秋南脖子一缩，翻了几下白眼，歪倒在地。

保安队长黄邃，气喘吁吁地扔掉手中的切割机。

他扑在围栏上，半个身体伸了出去，勉强抓住廖喜的另一只手。

“小兄弟，戏挺好哈。廖警官，一年工资不够啊。我数一二三，一，二，三，拉！”

廖喜被两人拉了上来，像狗一样趴在地上，不停喘息。

他突然支撑不住，翻身躺倒在地。

“家南科技”四个大字，仍然发射出刺目的红光，遮掩了夜空中所有注视着人类的星星。

山林雨凑过来，俯瞰着他的脸:“廖老板，没事吧？”

廖喜喘着粗气:“我靠。”

二十一

二〇一九年，七月的最后一天，山林雪忌日。

每年这个时候，廖喜都会带上一瓶酒，一份沙县拌面，加很多辣椒，然后爬上罗浮山，请老朋友吃个饭。

今年，他带上了山林雨。

山林雨跪在墓前："爸，我跟你汇报啊，我妈同意了，明年让我上人民警察大学。我本来还想去刑事警察学院，就你母校，廖老板劝我别去，说沈阳太冷了。"

廖喜站在旁边，擦着额头上的汗。

"爸，你当年救了我妈，我去年救了廖老板，还救了我班主任，而且，我还活着。怎么样，不比你差吧？"

"行了行了，你是最棒的。"廖喜打岔道。

廖喜看着墓碑上山林雪的黑白照片："阿雪啊，破了哦，'七二三'案。庄主抓到了，在审呢。证据确凿，社会影响恶劣，死刑逃不了，不带缓的那种。这下你踏实了吧？"

山林雨接茬道："踏实，必须踏实，廖老板给力。"

廖喜坐了下来:“靠，阿雪，你都不知道多刺激，跟拍电影一样的，我差点没命了。你这儿子，白眼狼啊，跟你比差多了。我当时心都凉了，真以为他认贼作父。他说是在演戏，你说我信还是不信？”

山林雨反驳道:“廖老板,人和人之间基本的信任呢？你自己说的，要麻痹敌人，就要先麻痹队友啊。尤其是队友心理素质差的情况下。”

“滚。”

山林雨看着墓碑:“爸，还有件事，有个姐姐找我们帮忙，找她失踪的……”

廖喜打断道:“搞完再汇报吧，八字还没一撇的事。”

山林雨点点头:“也对。”于是他蹲下身来，从耐克旅行袋里，拿出剩下的半瓶茅台，放在墓碑前。

“爸，喝酒。”

廖喜一把抢过酒瓶:“靠，还不是我的？我告诉你阿雨，你爸不爱喝酒的，给他浪费了。”

他揭开瓶盖，闻着酒香，一脸陶醉的样子:“来，我们分了。你四月份过了生日，现在满十八周岁了，可以喝。”

“我是虚岁十八，还没成年呢。”

廖喜愣了一下:“也是哦。”他突然又笑道，“那更好了，都是我的了。”

“你真要喝啊。”

“对，你妈跟老板娘在山下等着呢，我回去不用开车。”

“那你也没有杯子啊。”

廖喜哈哈笑道:“要什么杯子！”说罢，举起酒瓶，正要往嘴里灌，突然想到了什么。

他把酒瓶交给山林雨，然后掏出手机，点开一首王杰的歌，开始播。

《英雄泪》。

手机里，王杰沙哑的声音在唱："云里去，风里来，带着一身的尘埃……"

山林雨皱眉道："又王杰？"

廖喜哈哈笑道："对啊，就是王杰。浪子啊，我们都是，你爸当年还说我跟他声线很像的。"

山林雨笑都没有笑。

廖喜拿过酒瓶，仰头喝了一大口，然后跟着王杰唱副歌部分。

"热血在心中沸腾，却把岁月刻下伤痕，回首天已黄昏，有谁在乎我……"

山林雨接过酒瓶，闻了一下又递给廖喜。

廖喜却不接，他低垂着头，肩膀不停耸动。

"廖老板，喝酒喝酒，你别哭啊。"

"靠。"

黑白照片上，山林雪难得在笑。

如果百万年后，新的智慧生命统治地球，

它们也进行考古，会发现，

埋藏在人类世里的，

除了遗骸、阴谋，

还有抗争、希望，

和爱。

感谢为本书提供建议的刑警、法医等专业人士

灵感来源于美剧《真探》

向所有正在和曾经奋斗在一线的人民警察致敬

二〇二〇年 二月五日 深圳

FONGHONG
凤凰联动出品